dtv

Vor tausend Jahren wurde die Magie des Schwarzmagiers Olav Krähenbein in eine Wolfshaut gebannt und diese zerrissen. So entstanden die vier Dunklen Pergamente. Lennart Malmkvist und sein sprechender Mops Bölthorn sind auf der Suche nach den verschollenen Pergamenten, um zu verhindern, dass Krähenbein seine Macht zurückerlangt. Dabei führt sie eine geheimnisvolle Namensliste zu Prof. Dr. Hellström, dem Direktor des Göteborger Naturhistorischen Museums. Doch der wirkt seltsam entrückt, und die Polizei ist vor Ort: Offenbar wurde Hellströms Frau entführt, die mit einer skrupellosen Sekte namens Tryggvasons Erben in Verbindung zu stehen scheint. Zu allem Überfluss verwüstet auch noch ein rätselhaftes Wesen Nacht für Nacht die Küche des Professors. Wie hängt das alles zusammen? Die Lösung scheint im Trindemossen verborgen zu liegen, einem Wald voller Magie am Rande Göteborgs …

Lars Simon, Jahrgang 1968, hat nach seinem Studium lange Jahre in der IT-Branche gearbeitet, bevor er mit seiner Familie nach Schweden zog, wo er als Handwerker tätig war. Heute lebt und schreibt der gebürtige Hesse wieder in der Nähe von Frankfurt am Main. Bisher sind von ihm bei dtv eine dreibändige Comedy-Reihe, das Weihnachtsbuch ›Gustafssons Jul‹ sowie der erste Band der Lennart-Malmkvist-Reihe, ›Lennart Malmkvist und der ziemlich seltsame Mops des Buri Bolmen‹, erschienen. Lars Simon ist ein Pseudonym.

Lars Simon

Lennart Malmkvist und der ganz und gar wunderliche Gast aus Trindemossen

Roman

dtv

Ausführliche Informationen über
unsere Autoren und Bücher
www.dtv.de

Von Lars Simon sind bei dtv außerdem erschienen:
Elchscheiße (21508)
Kaimankacke (21554)
Rentierköttel (21609)
Lennart Malmkvist und der ziemlich seltsame
Mops des Buri Bolmen (21651)
Gustafssons Jul (21695)

MIX
Papier aus verantwortungsvollen Quellen
FSC® C019821

Originalausgabe 2017

Dieses Werk wurde vermittelt durch die Literarische Agentur
Thomas Schlück GmbH, Garbsen
Umschlaggestaltung: Katharina Netolitzky/dtv
Gesetzt aus der Bembo 10,5/13,4'
Satz: Greiner & Reichel, Köln
Druck und Bindung: Druckerei C.H.Beck, Nördlingen
Gedruckt auf säurefreiem, chlorfrei gebleichtem Papier
Printed in Germany · ISBN 978-3-423-21704-0

Für Uli,
ohne die es weit weniger wunderbare Wesen geben würde,
die Bölthorns und Lennarts Welt bevölkern.

Prolog

»Und wieder erwartet uns eine eiskalte Nacht mit überfrorener Nässe auf glatten Straßen«, ertönte es aus dem Radio. »Fahren Sie bitte äußerst vorsichtig. Die Polizei meldete heute bereits am frühen Abend mehrere teils schwere Unfälle auf den Straßen rund um Göteborg. Jetzt aber ein Song passend zur Helligkeit in dieser Jahreszeit: ›When The Lights Go Out‹ von *Five.* Aktuell auf Platz 38 in den US Billboard Charts.«

Sie streckte ihre Hand aus, ertastete das Radio und schaltete es aus. Fieberhaft versuchte sie sich zu erinnern … Richtig, sie war auf dem Heimweg gewesen von der Versammlung in Billdal. Sie hatte getrunken, und das nicht zu knapp. Viele Becher *Glögg*, den verführerisch süßen Glühwein, und dazwischen Aquavit. Sie war trotzdem noch gefahren, wie die meisten von ihnen. Und nun lag sie in ihrem Auto in einer unnatürlichen Schräglage. So viel konnte sie trotz der Finsternis erkennen.

Schon als die junge Frau aus ihrer Ohnmacht erwacht war, wusste sie, dass etwas Furchtbares geschehen sein musste. Nur langsam waren ihre Sinne zurückgekehrt. Ein dumpfes Dröhnen in ihrem Kopf, Glassplitter, ein kalter Windhauch von irgendwoher. Ihre Schulter tat so weh, dass sie im ersten Moment nicht einmal den leisesten Gedanken daran verschwendete, sich bewegen zu wollen. Es war stockdunkel. In ihrem Mund schmeckte sie Blut. Der Schmerz an ihrer Stirn musste von einem Schnitt herrühren.

Sie wollte um Hilfe rufen, doch aus ihrer trockenen Kehle kam nur ein kraftloses Krächzen. Sie hustete. Es roch nach Benzin und verschmorten Kabeln.

»Ich muss hier raus«, sagte sie zu sich selbst.

Nach einigen vergeblichen Versuchen gelang es ihr, sich trotz des stechenden Schmerzes in der Schulter von dem Sicherheitsgurt zu befreien und die verbeulte Wagentür aufzustoßen. Sie kroch aus dem Fahrzeug hinaus in die Nacht. Mühevoll richtete sie sich auf und musste sich am Wagendach abstützen, um nicht zu stürzen. Der Asphalt war spiegelglatt, und ihr war schwindelig.

Hier würde um diese Uhrzeit wohl kaum jemand vorbeikommen, und bis zur nächsten größeren Straße in Richtung Göteborg waren es bestimmt noch sechs oder sieben Kilometer. Sie war allein. Und sie fror. Als sie losgefahren war, war ihr noch so heiß gewesen von all dem Glühwein …

Da fiel ihr Blick auf etwas, das am Boden lag. Vielleicht zwanzig Meter vor ihr. Mitten auf der Straße beleuchtete der fahle Mond etwas, das aussah wie … Nein, das konnte nicht sein. Vorsichtig und mit pochendem Herzen wankte sie dem dunklen Etwas entgegen. Als sie es erreicht hatte, blieb ihr fast das Herz stehen. Es war tatsächlich ein Mann, der da am Boden lag.

»Hallo? Hallo?«, rief sie. »Was ist mit Ihnen?«

Sie ging in die Hocke und rüttelte an dem leblosen Körper. Er reagierte nicht. Sie versuchte, ihn zu drehen, um das Gesicht zu erkennen. Doch er war zu schwer und ließ sich nicht bewegen. Sie tastete nach dem Kopf und schlug sich erschrocken die Hand vor den Mund, um ihren Schrei zu unterdrücken. Die Haut des Mannes war eiskalt, und an ihren Händen klebte Blut. Sie hatte ihn offenbar mit dem Wagen erwischt.

»Oh Gott, was habe ich getan!«, flüsterte sie fassungslos. Dann fiel sie auf die Knie und starrte auf die vor ihr liegende Gestalt, die durch ihren hastig ausgestoßenen Atem hinter einem Schleier aus Dunst verschwand.

Nichts wie weg hier!, schoss es ihr durch den Kopf. Aber wohin sollte sie fliehen? Und wie? Der Wagen lag im Graben, den würde sie ohne fremde Hilfe niemals da herausbekommen.

Ihr wurde plötzlich speiübel. Auf allen vieren kroch sie über die Straße an den Rand der Böschung und übergab sich. Der unverdaute *Glögg* brannte in ihrer Speiseröhre, Tränen trübten ihren Blick. Dann zuckte sie zusammen.

Ein Fahrzeug war zu hören.

Es war nicht mehr weit entfernt. Sie konnte schon die Scheinwerfer erkennen. Sollte sie weglaufen? Aber die Polizei würde schnell herausfinden, wem das Auto im Graben gehörte, und sie wahrscheinlich schon zu Hause erwarten, wenn sie dort ankäme. Trunkenheit am Steuer und Fahrerflucht – beides waren keine Kavaliersdelikte, und schon gar nicht in Verbindung mit einem Toten. Ihr Leben, ihr neuer Job … alles wäre dahin. Voller Verzweiflung schickte sie ein Stoßgebet gen Himmel.

Als sie die Augen wieder öffnete, blendete sie ein Paar Scheinwerfer. Das Auto kam wenige Meter vor der Unfallstelle zum Stehen. Das Licht und der Motor gingen aus.

Sie hörte, wie die Tür geöffnet und wieder zugeworfen wurde, dann Schritte. Jemand ging um das Fahrzeug herum nach hinten. Er öffnete den Kofferraum und kramte darin herum. Dann kam er zu ihr. Eine Taschenlampe leuchtete ihr direkt ins Gesicht.

»Ich habe befürchtet, dass so etwas eines Tages passiert, *Rōsa.*«

»*Hofuð?* Bist du das?«, rief sie verwirrt und beschirmte ihre Augen mit der Hand.

»Du trinkst manchmal zu viel und wolltest ja nicht auf mich hören, als ich dir geraten habe, das Auto stehen zu lassen.«

Er warf ihr ein Abschleppseil zu. Der Metallhaken am Ende schlug vor ihr auf den glitzernden Asphalt.

»Mach das vorn an deinem Auto fest, dann ziehe ich dich raus. Kriegst du das hin? Wir müssen schauen, ob deine Karre überhaupt noch fährt. Besser, du beeilst dich. Was ist mit dem da?« Er leuchtete zu dem leblosen Körper hinüber, der mitten auf der Straße lag.

»Er ist tot.«

Der Mann nickte. »Besser so. Dann gibt es keinen Zeugen.«

Sie zuckte verzweifelt mit den Schultern und schluchzte. »Ich habe keine Ahnung, wie das passieren konnte. Wahrscheinlich ist er mir vors Auto gelaufen. Ich kann mich nicht erinnern.«

»Hast du einen Schaden am Auto?«

»Die Karre ist so alt und verbeult … Ich weiß es nicht …«, antwortete sie.

Der Lichtkegel fiel erneut auf den Toten. Dunkle Flecken waren auf seiner Kleidung zu erkennen, und eine

Blutlache verbreitete sich rund um seinen Kopf. Das Licht huschte weiter, durchschnitt den Dunst der Nacht. Der Mann suchte den Fahrbahnrand ab.

»War er zu Fuß unterwegs oder mit dem Fahrrad?«

»Ich habe kein Fahrrad gesehen …«

»Er muss verschwinden. Hilf mir, den Kerl ins Feld zu schleppen, zum Waldrand hin. Glotz nicht so. Ich kann mir vorstellen, dass dir die Knochen wehtun. Es muss aber sein. Es dürfte ein paar Tage dauern, bis man ihn dort findet.« Er sah sie durchdringend an. »Wir sind uns gegenseitig verpflichtet, *Rōsa*. So verlangt es unser Bund. Ich hoffe, du erinnerst dich daran, falls ich mal deine Hilfe benötigen sollte.«

Etwa zwanzig Jahre später …

1. Kapitel

Eine Krähe flog in wenigen Metern Höhe zwischen den unbeleuchteten Häusern die Västra Hamngata entlang. Sie krächzte ein Mal, zwei Mal, dann verschwand sie in der Dunkelheit des eiskalten Göteborger Dezembermorgens. Der Sturm von gestern Abend war vorüber. Doch das Unwetter hatte noch mehr Kälte und über zwanzig Zentimeter Neuschnee mit sich gebracht. Lennart Malmkvist brauchte einige Zeit, die Scheiben seines Autos davon zu befreien. Bevor er einstieg, hievte er Bölthorn auf die Rückbank. Obwohl der übergewichtige Hund selbst kaum dabei mithalf, klang er, als wäre er kurz davor zu verenden.

Lennart hatte diesen Mops von seinem Nachbarn Buri Bolmen geerbt, der unlängst auf mysteriöse Weise ums Leben gekommen war. Auch wenn Lennart erst seit Kurzem Bölthorns Herrchen war, wusste er mittlerweile, dass es sich bei seinem röchelnden Gluckern um reguläre Mopsatemgeräusche handelte, die weder Sorgen noch einen Arztbesuch notwendig machten.

Lennart startete den Motor, drehte die Heizung hoch und zog den Brief, den er gestern Abend von Advokat Cornelius Isaksson erhalten hatte, aus der Innentasche seines Mantels, um ihn noch einmal genau zu studieren. Das

Gebläse atmete zunehmend warme Luft aus und versetzte das gelbliche Büttenpapier in zarte Schwingungen. Angestrengt versuchte Lennart, die ausschweifende und altertümlich anmutende Schrift im Schein der Innenraumbeleuchtung zu lesen:

Lennart Malmkvist,

diese Namensliste habe ich in Buri Bolmens Unterlagen gefunden. Er hatte sie gut verborgen, sie muss also äußerst wichtig für ihn gewesen sein. Nutzen Sie diese Liste – vielleicht hilft sie Ihnen dabei, die Dunklen Pergamente noch vor Olav Krähenbein zu finden und die Welt vor einem großen Unheil zu bewahren.
Viel Erfolg und noch mehr Glück, denn das werden Sie gewiss sehr nötig haben. Ich hoffe, dass wir uns nach meinem Skiurlaub wohlbehalten wiedersehen werden.

Hochachtungsvoll,
Cornelius Isaksson

Lennart musste unwillkürlich grinsen. Er konnte sich kaum vorstellen, wie der untersetzte, beinahe halslose Advokat mit uralten gewachsten Holzbrettern an den Füßen über eine Loipe zischte.

Diese Zeilen machten aber auch deutlich, dass Cornelius Isaksson weit mehr über die Existenz von Zauberei und der magischen Bedrohung wusste, als Lennart bisher angenommen hatte. Der Notizzettel, den Isaksson zusätzlich in den Briefumschlag gesteckt hatte, enthielt eine Namensliste, offenbar von Buri Bolmen verfasst, dem Mann, der in seinem eigenen Zauber- und Scherzartikelladen ermordet worden war.

Dunkle Zeiten waren angebrochen, von denen die meisten Menschen nicht einmal etwas ahnten. Genau wie Lennart selbst es noch bis vor Kurzem nicht hatte fassen können, als er aufgrund der verrückten Vorkommnisse ernsthaft an seinem Verstand gezweifelt hatte. Diese Phase war allerdings vorüber. Mittlerweile zweifelte er ernsthaft an der *Wirklichkeit*. Wenn beinahe alles möglich war, an was durfte man dann noch glauben? An Wunder? Oder die Liebe? Das Unwahrscheinlichste von allem?

Er betrachtete nachdenklich die Namensliste, über die Buri Bolmen in Druckbuchstaben die Überschrift »Tryggvasons Erben« gesetzt hatte. Sechs Personen waren darauf verzeichnet. Keine Frage, das mussten alles Mitglieder dieser okkulten Sekte sein, mit denen man besser nichts zu tun haben sollte. Diese Irren sehnten sich das herbei, was Lennart unbedingt verhindern wollte: dass der Schwarzmagier Olav Tryggvason, genannt Krähenbein, der vor über tausend Jahren unter Mühen besiegt worden war, in die Gegenwart zurückkam und zu alter Macht gelangte. Er durfte auf keinen Fall die vier magischen Dunklen Pergamente in seinen Besitz bekommen, in die seine Magie gebannt worden war, sonst würden seine Zauberkräfte wieder erstarken. Man konnte nur erahnen, was das für die Welt bedeuten würde – nicht nur für die magische … Und Lennart war laut Buri Bolmens Testament dazu auserwählt, dieses Unheil abzuwenden, obwohl er erst vor lachhaft kurzer Zeit angefangen hatte, das Zaubern zu erlernen.

Einen Namen auf dieser Liste kannte Lennart. Es war

der von Hendrik Nilsson, Exkommissar mit kriminellen Ambitionen. Nilsson hatte Lennart in Buri Bolmens Laden überfallen, um ihm das Dunkle Pergament abzunehmen, das Lennart von Buri geerbt hatte. Dabei hätte er Lennart und Bölthorn um ein Haar umgebracht … Zum Glück saß dieser Verbrecher mittlerweile in Haft. Und Lennarts Dunkles Pergament verbarg sich nach wie vor in der Werkstatt des Ladens, in einem unscheinbaren Aktenordner. Ärgerlicherweise fehlte von den restlichen drei Pergamenten jede Spur.

Buri Bolmen hatte Nilssons Namen auf der Liste rot markiert und durch einen Pfeil mit einem anderen verbunden, der ebenfalls rot eingekringelt war. Er lautete »Henrietta Hellström«. Lennart hatte gestern Nacht schon im Internet recherchiert und herausgefunden, dass es in ganz Schweden nur eine einzige Frau mit diesem Namen gab. Sie lebte in Göteborg. Und wenn er Genaueres über diese okkulte Sekte und ihre Aktivitäten herausfinden wollte – und vielleicht sogar etwas über den Aufenthaltsort von Nilsson und den Dunklen Pergamenten –, dann lag es mehr als nahe, ihr als erste einen Besuch abzustatten, bevor er sich um die anderen auf der Liste kümmerte.

Lennart faltete die Namensliste und den Brief des Anwalts sorgsam wieder zusammen und steckte sie in die Innentasche seiner Jacke. Dann gab er Henrietta Hellströms Adresse in sein Navi ein und fuhr los, die Västra Hamngata hinunter – denselben Weg, den vor wenigen Minuten die Krähe genommen hatte …

Lennart war die Anschrift von Henrietta Hellström gleich bekannt vorgekommen, und ein Blick auf den Kartendienst im Internet hatte seine Vermutung bestätigt: Es war die des Naturhistorischen Museums von Göteborg. Lennart selbst wohnte nur wenige Kilometer davon entfernt. Wenn es das Wetter zuließ, ging er oft in der Nähe des Museivägen im Schlosspark, dem Slottskogen, oder in dem angrenzenden Waldgebiet, dem Trindemossen, eine Runde joggen. Oder er ging mit Bölthorn dort Gassi. Doch ihm war nicht bewusst gewesen, dass es jemanden gab, der an diesem Ort seinen festen Wohnsitz hatte. Er parkte seinen Wagen am Linnéplatsen unweit des Museums.

Wer war diese ominöse Henrietta Hellström? Kannte sie Hendrik Nilsson tatsächlich, oder weshalb hatte Buri Bolmen beide Namen in Verbindung gebracht? Wusste diese Frau vielleicht etwas über Krähenbein? Immerhin war diese Sekte namens Tryggvasons Erben bereits einige Hundert Jahre alt. Lennart hoffte, bald Antworten auf seine Fragen zu erhalten.

Es röchelte und schmatzte auf der Rückbank des Wagens. Dann bellte Bölthorn stumpf.

»Ja, du hast recht. Wir sollten uns beeilen.« Lennart knipste die Innenraumbeleuchtung seines Volvos aus und öffnete die Tür.

Eisige Böen trugen kleine, unsichtbare Kristalle mit sich, die ins Gesicht stachen wie kalte Metallsplitter. Lennart schlug den Kragen hoch, setzte seine Strickmütze auf und begab sich mit Bölthorn im Schlepptau auf den verschlungenen, verschneiten Weg, der durch die Parkanlage hinüber zum Naturhistorischen Museum führte.

Nach etwa einhundert Metern tauchte das beeindruckende Gebäude vor ihm auf, dessen Dächer so steil abfielen, dass der Schnee sichtlich Mühe hatte, sich an den

Ziegeln festzuhalten. Dahinter reckten sich zwei grünspanbesetzte Rundtürme in die Höhe. Der eine war lang und spitz und fast doppelt so hoch wie der andere, der rund und kugelig wirkte. Das ganze Ensemble war aus blutrotem Backstein erbaut. Es hatte eine beinahe klösterliche Anmutung.

Am Eingang angelangt, schaute Lennart auf seine Uhr. Es war kurz vor zehn, das Museum öffnete jedoch erst in einer Stunde. Neben einem Plakat, das eine abendliche Veranstaltung ankündigte, stand auf der Glastür:

Göteborgs Naturhistorisches Museum,
Museivägen 10
Öffnungszeiten:
Dienstag bis Sonntag 11:00 – 17:00
Donnerstag 11:00 – 20:00
Montag geschlossen

Aber da stand auch, dass das Museum die Hausnummer 10 trug und nicht die 10a, die Lennart herausgefunden hatte. War er hier überhaupt richtig?

Schneefall setzte ein. Durch die eisigen Böen drang das weit entfernte Klingeln der Straßenbahn vom Linnéplatsen zu ihm herüber.

Ratlos sah er sich um. Da entdeckte er einen schmalen Weg, der um das Museum herumzuführen schien.

»Versuchen wir mal unser Glück«, sagte Lennart.

Bölthorn erhob sich und schüttelte sich mit einem kurzen Röcheln und fliegenden Lefzen den Schnee aus dem Fell. Dann trottete er hinterher.

Als sie den hinteren Teil des Museums erreicht hatten,

konnte Lennart erkennen, dass sich in dem modernen Anbau auf der Rückseite des Gebäudes nicht nur weitere Ausstellungflächen verbargen, sondern auch der Zugang zum Haus mit der Nummer 10a.

Prof. Dr. Titus Hellström, Direktor
&
Dr. Henrietta Hellström

war auf dem leicht verwitterten Messingschild neben einem vollgestopften Briefkasten zu lesen, aus dem ein ganzer Stoß Zeitungen sowie einige durchweichte Briefumschläge heraushingen.

Eine kleine Windhose wirbelte wie ein Miniaturtornado am Gebäude vorüber und warf mit kalten Flocken um sich. Lennart zog sich die Mütze tiefer ins Gesicht. Er drückte das schiefe, kniehohe Gartentor auf und durchschritt das Vorgärtchen. Vor der Eingangstür machte er Halt und betätigte den mächtigen und recht eigenartig anmutenden Türklopfer in der Form einer menschlichen Faust. Es hallte dumpf durch das ganze Haus. Sekunden verstrichen – nichts regte sich.

Bölthorn grunzte und röchelte, dann legte er sich gelangweilt auf die Fußmatte. Lennart ließ den Türklopfer noch einmal gegen das Holz donnern. Selbst wenn Professor Hellström schwerhörig gewesen wäre, hätte er diesen Schlag nicht ignorieren können.

Noch immer regte sich nichts.

Plötzlich hob Bölthorn den Kopf und spitzte die Ohren, so gut es einem Mops möglich war. Aus den Augenwinkeln bemerkte Lennart, dass sich der Vorhang hinter einem der Fenster kurz bewegte. Dann wurde die Tür etwas geöffnet, und ein zierlicher Kopf kam zum Vorschein.

»Professor Titus Hellström?«

»*Hejhej*, ja, ja, der bin ich wohl.«

»*Hej* und guten Morgen! Entschuldigen Sie bitte vielmals die Störung. Ich heiße Lennart Malmkvist und würde gerne mit Ihrer …«

»Was macht dieses Tier auf meiner Fußmatte?« Ein langer dünner Finger erschien im Türspalt und deutete wippend nach unten.

»Oh, das ist Bölthorn«, sagte Lennart entschuldigend.

Der Finger wippte weiter. »Es soll sich von meiner Fußmatte entfernen. Es ist meine Fußmatte und nicht die des Tieres.«

Bölthorn hatte verstanden. Mit einem angestrengten Schnauben erhob er sich, setzte sich vor den Treppenabsatz und betrachtete Professor Titus Hellström regungslos, aber durchaus interessiert.

»Das Tier ist dick und hässlich. Aber es hat schöne Augen. Das spricht für einen klaren Geist. Wussten Sie das?«

»Also, Herr Professor Hellström …«, begann Lennart von Neuem. »Wie ich schon sagte, mein Name ist Lennart Malmkvist, und ich würde furchtbar gerne mit Ihrer …«

»Malmkvist, wie die gleichnamige Sängerin? Hihi!« Unvermittelt trat Professor Hellström einen Schritt vor die Tür und begann, leise zu singen: »*La, la, la … underbart spännande ställen … la, la, la …*« Dabei schaukelte er mit dem Oberkörper im Takt dieses alten schwedischen Schlagers.

Lennart stand mit offenem Mund da und betrachtete staunend diesen sonderbaren Mann, dessen eigener Geist anscheinend alles andere als klar war. Hatte seine Psyche den Druck nicht ertragen, weil ihm irgendein Unglück widerfahren war, oder war Professor Hellström schon vorher Opfer einer mittelschweren mentalen Unwucht gewesen? Die Leitung eines Museums in diesem Zustand schien beinahe unmöglich. War das überhaupt der Mann von Henrietta Hellström? War Lennart hier richtig? Dieser Herr jedenfalls wirkte nicht, als könnte er Lennart mitteilen, wo sich Frau Hellström aufhielt. Ja, es wirkte im Moment sogar so, als wüsste er nicht einmal, dass er je eine Frau gehabt hatte. Ein Eindruck, der durch seine auffällige Kleiderwahl noch verstärkt wurde. Der Professor trug eine braune Flanellhose und Hausschuhe mit Pelzbesatz. Dazu ein viel zu großes weißes Hemd mit feinen Streifen und einen karminroten Pullunder, der das ganze Männchen zusammenzuhalten schien.

Dabei war die Kleidung noch längst nicht das Skurrilste an seiner Erscheinung. Noch exzentrischer wirkten die volle, weißgraue und etwas aus der Form geratene Tolle eines Siebzigerjahre-Elvis sowie die ungezügelt sprießenden Augenbrauen. Seine Augen lugten hinter einer monströsen altmodischen Brille mit Goldrand hervor. Professor Dr. Titus Hellström war eine Art Gesamtkunstwerk, und er schien dringend Hilfe zu benötigen. Lennart überlegte jedoch, ob es nicht ratsamer wäre, den armen Mann besser gleich in die treuen Hände eines Spezialisten aus dem medizinisch-therapeutischen Bereich zu übergeben. Aber er musste es versuchen.

»Herr Professor, ich würde jetzt gerne auf den Grund meines Besuches …«

»Wer, sagten Sie gleich, habe Sie geschickt?«

»Niemand. Ich ermittle nur in einer bestimmten Sache …«

»Was für eine?«

»Eine alte Geschichte.«

Professor Hellström krempelte sich hektisch beide Ärmel seines Hemdes über die dünnen Ärmchen und sagte: »Alte Geschichten sind mein Fachgebiet, müssen Sie wissen. Ich bin Historiker. Wie kann ich dienlich sein?«

»Na ja, Sie nicht direkt. Ich wollte eigentlich mit Ihrer Frau Henrietta …«, hob Lennart an, doch da verfinsterte sich urplötzlich das Gesicht des Professors. Er streckte seine Arme in die Höhe und schrie mit sich überschlagender Stimme: »Verschwinden Sie, verschwinden Sie!« Dann huschte er wieselflink in sein Haus zurück und schlug die Tür hinter sich zu.

Lennart war fassungslos. Und auch Bölthorn schaute, von Professor Hellströms Stimmungswechsel scheinbar vollkommen überrascht, perplex aus der Mopswäsche. Lennart hatte mit vielem gerechnet, aber mit einer solchen Reaktion? Nein, das sicher nicht. Doch da war noch etwas … Der Professor mochte seltsam sein, vielleicht sogar ein wenig verrückt, aber das erklärte beileibe nicht alles. Denn Lennart spürte etwas seltsam Bekanntes, etwas, das er erst ein oder zwei Mal derart intensiv außerhalb seines Ladens gefühlt hatte.

Magie.

Konnte das wirklich sein? Hier an diesem Ort?

Lennart nutzte die Gelegenheit, mit Bölthorn eine kleine Runde Gassi zu gehen. Er machte sich mit ihm auf den Weg durch Professor Hellströms Garten und weiter zum angrenzenden Park.

»Hast du es auch bemerkt?«, fragte er dann leise, an Bölthorn gerichtet. »Von diesem Haus geht ein starkes magisches Feld aus.«

Der Mops nickte und legte sein Gesicht in sorgenvolle Falten.

»Professor Hellström ist verwirrt, das ist offensichtlich«, fuhr Lennart fort. »Aber kaum dass ich den Namen seiner Frau erwähne, dreht er völlig durch … Er verschweigt uns etwas, und er hat Angst. Gleichzeitig steht Henrietta Hellström auf Buri Bolmens Liste. Das stinkt zum Himmel. Wir werden wohl noch einmal wiederkommen müssen. Am besten, wenn niemand zu Hause ist.«

Plötzlich gab Bölthorn warnend Laut.

»Na, sieh mal einer an …«, rief eine Stimme wie aus dem Nichts.

Lennart schaute auf. Sein Herz schlug ihm bis zum Hals. Vor ihm stand Kommissarin Maja Tysja mit türkisblau funkelnden Augen.

»Was machen Sie denn hier?«, fragte Lennart verwundert.

»Das frage ich Sie«, antwortete Tysja unwirsch.

Ihr Begleiter, ein groß gewachsener, breitschultriger Mann mit modernem Hipster-Rauschebart, baute sich neben ihr auf. Er schwieg, schien aber bereit zu sein, seiner Kollegin sofort beizustehen, sobald er auch nur ansatzweise Gefahr witterte. Vermutlich war ihm nicht bekannt, dass Maja Tysja keinen Beistand nötig hatte. Lennart wusste das nur zu gut, denn er hatte die junge Frau bei der Verhaftung von Hendrik Nilsson in *Bolmens Skämt- & Förtrollningsgrotta* in Aktion erlebt.

»Guten Morgen, Bölthorn«, begrüßte sie den Mops, der sich neben seinem Herrchen in den Schnee gesetzt hatte. Lächeln konnte sie auch, und es sah süß aus. Maja Tysja hatte zwei Gesichter. »Das ist mein neuer Mitarbeiter, Kommissar Svensson«, stellte sie ihren Kollegen vor. »Und das ist Lennart Malmkvist.«

Svenssons Miene nahm einen eigenartigen Ausdruck an, der irgendwo zwischen Misstrauen und Bewunderung lag.

»Sie interessieren sich wohl neuerdings für Naturgeschichte?«, fragte Kommissarin Tysja an Lennart gewandt und deutete zum Museumsgebäude hinüber. »Bestimmt ein schönes Hobby. Das Museum ist allerdings noch geschlossen.«

»Das mag sein«, antwortete Lennart, »aber ich wollte auch gar nicht in die Ausstellung, sondern nur mit meinem Hund spazieren gehen.«

»In der Nähe des Museums?« Tysja legte den Kopf schief und kniff die Augen zusammen.

»Ist das verboten?«

»Es ist wirklich seltsam …«, sagte die Kommissarin und überging damit Lennarts Frage. »Wann immer mysteriöse Dinge geschehen, tauchen Sie plötzlich auf, als hätten Sie einen siebten Sinn dafür …«

»Ich habe keinen siebten Sinn – ich war nur mit Bölthorn Gassi, wie ich schon sagte«, verteidigte sich Lennart. »Das ist alles.«

Der stumme, breitschultrige Hipster-Kollege, der Lennart die ganze Zeit fixierte, stieß seine Kollegin an und machte einen Schritt auf Lennart zu. Er hatte sich wohl fest vorgenommen, seiner Polizeikarriere durch offensichtlich zur Schau getragene Motivation auf die Sprünge zu helfen.

»Besser, Sie versuchen uns nicht für dumm zu verkaufen«, sagte er grimmig. »Ich mag es nicht, wenn man mich belügt. Also, raus mit der Sprache: Was wollten Sie hier?«

»Wird das jetzt ein Verhör, oder was?«, fragte Lennart. »Was soll der ganze Wirbel? Warum ist die Polizei überhaupt hier?« Er sah fragend zwischen Svensson und Tysja hin und her.

»Sie werden es nicht glauben, aber wir waren gerade auf dem Weg zu Ihnen, als uns die Zentrale darüber informierte, dass sich der Direktor des Göteborger Naturhistorischen Museums, Herr Professor Hellström, bei der Polizei gemeldet hat, weil er sich durch einen gewissen Lennart Malmkvist bedroht fühle.«

»Bedroht? Durch mich?«, fragte Lennart erstaunt. Der Professor musste, nachdem er Lennart die Tür vor der Nase zugeschlagen hatte, sofort bei der Polizei angerufen haben.

»Ja, das ist wirklich kaum vorstellbar«, stichelte Svensson. »Aber damit geben Sie indirekt zu, dass Sie doch bei ihm gewesen sind. Nicht sehr gewieft, Herr Malmkvist.«

Lennart hätte dem vorlauten Junior-Kommissar am liebsten eine behaarte Warze auf die Nase gezaubert – er nahm sich insgeheim vor, im magischen Lehrbuch in der Werkstatt des Ladens nach einem solchen Zauber zu suchen.

Lennart ging nicht weiter auf Svensson ein, sondern fragte Maja Tysja: »Und warum wollten Sie zu mir?«

»Wir wollten Sie darüber informieren, dass Hendrik Nilsson aus seiner Haft entkommen ist«, antwortete sie knapp.

»Wie bitte? Hendrik Nilsson?«, rief Lennart entsetzt. »Wie ist das möglich?«

»Sie werden sich vielleicht noch daran erinnern, dass

er sich in Ihrem Laden durch herabstürzende Aktenordner Schnittverletzungen, Prellungen und eine Platzwunde zugezogen hat, oder? Nachdem er vor drei Tagen abends über starke Kopfschmerzen geklagt hat, wurde er aus der Untersuchungshaft in die neurologische Abteilung des Krankenhauses gebracht. Ich vermute, dass er alles nur vorgetäuscht hat. Im Krankenhaus hat er nämlich zuerst zwei unserer Kollegen überwältigt, eine Geisel genommen und dann auch noch ein Auto geklaut. Damit konnte er trotz Straßensperren und Großfahndung bedauerlicherweise verschwinden. Ich glaube, das alles war geplant, und er hatte mit Sicherheit einen Komplizen.«

»Oder eine Kompliz*in*«, warf Svensson vorlaut ein, wofür er einen strengen Blick seiner Vorgesetzten kassierte.

Lennarts Schmunzeln anlässlich dieser nonverbalen Zurechtweisung verging ihm schnell, als er sich an seine eigene, äußerst unschöne Begegnung mit Hendrik Nilsson erinnerte. Und wäre der geheimnisvolle Leierkastenmann damals nicht aufgetaucht, was den bewaffneten Schurken ziemlich verwirrt hatte, dann stünde er jetzt wahrscheinlich nicht unversehrt hier. Jetzt erinnerte er sich auch an die Radiomeldungen über den Polizeieinsatz vor drei Tagen. Hatte der Leierkastenmann vielleicht auch damit zu tun gehabt? Es war angeblich zu Behinderungen wegen einer groß angelegten Verkehrskontrolle gekommen.

»Das heißt, unser Freund Nilsson ist im Augenblick vermutlich bewaffnet? Mit einer Pistole Ihrer Kollegen, nicht wahr?«

Die Kommissarin schwieg.

Es begann wieder heftiger zu schneien. Flocken, dicht an dicht.

»Sagen Sie mir wenigstens, ob Sie einen Verdacht haben, wer ihm geholfen haben könnte. Stecken vielleicht Tryggvasons Erben dahinter?«, fragte Lennart und hoffte, eine Bestätigung dafür zu bekommen, dass er sich auf der richtigen Fährte befand. »Nilsson war lange Mitglied bei diesen skrupellosen und militanten Spinnern mit ihren Fantasien zur Weltherrschaft.«

Kommissarin Tysja sah Lennart stumm an.

Stattdessen wandte sich Kommissar Svensson an ihn. »Warum verkaufen Sie nicht einfach ein paar Scherzartikel oder ein bisschen Zauberquatsch und lassen die Erwachsenen ihren Job machen, hm? Wir schnappen Nilsson schon. Dazu brauchen wir weder Hilfe noch Ermittlungstipps von Möchtegerndetektiven. Außerdem würde ich Ihnen dringend empfehlen, Herrn Professor Hellström nicht weiter zu belästigen, sonst haben Sie ruck, zuck eine Anzeige wegen Hausfriedensbruchs und Nötigung am Hals. Kapiert? Wenn es sein muss, besorgen wir innerhalb einer halben Stunde eine richterliche Anordnung. Professor Hellström steht als Zeuge unter unserem Schutz.«

»Zeuge wofür? Hat Nilsson wieder was verbrochen, oder …?«

»Das genügt, Malmkvist«, unterbrach ihn Kommissarin Tysja scharf. »Kollege Svensson hat recht. Lassen Sie Professor Hellström einfach in Frieden und uns unsere Arbeit machen. Und falls Sie etwas von Nilsson hören, melden Sie uns das unverzüglich. Klar?«

»Klar«, sagte Lennart.

»*Hej då*, Herr Malmkvist«, verabschiedete sie sich, doch dann drehte sie sich noch einmal zu ihm um. »Ach, und noch etwas …«

»Ja?«

»Schauen Sie mal, dass Sie früher ins Bett kommen. Sie sehen nicht gerade aus wie das blühende Leben … eher, als hätten Sie ein Gespenst gesehen.« Damit ging sie auf dem schmalen Weg in Richtung Professor Hellströms Haus davon.

Svensson warf Lennart noch einen letzten strengen Kommissarblick zu, der aus einem zweitklassigen Kriminalfilm hätte stammen können. Dann folgte er seiner Vorgesetzten durch das mittlerweile dichte Schneetreiben.

Lennart sah beiden nach, bis sie hinter dem Museumsgebäude verschwunden waren. Dann beugte er sich zu Bölthorn hinab, der noch immer stoisch neben ihm im Schnee hockte, den Mopskopf voller frischer Schneeflocken. Es war bedauerlich, dass Lennart nicht wusste, was der Hund im Moment dachte. Allerdings hatte Bölthorn einen Gesichtsausdruck aufgesetzt, den man als besorgt interpretieren konnte. Kleine nachdenkliche Fellwellen schoben sich hinter der platt gedrückten Schnauze zusammen, wo sein Unterkiefer den Blick auf ein paar schräg herausstehende, gelbliche Zähne freigab.

Nein, es gab keinen optischen Grund, dieses Tier zu mögen. Im fahlen Licht des Morgens wirkte der Mops wie eine lange Zeit im hintersten Eck des Kühlschranks ignorierte Fleischwurst, an die ein wenig kreativer Schöpfer Stummelbeine, ein kurzes Schwänzchen und einen zerknautschten Kopf mit viel zu großen Waschlappenohren montiert hatte. Dennoch musste Lennart sich eingestehen, dass ihm dieser ziemlich seltsame Mops inzwischen sehr ans Herz gewachsen war. Er ging in die Hocke und streichelte ihm über den Kopf.

»Wir sollten dringend mit dieser Henrietta Hellström ein Wörtchen wechseln. Vielleicht kann sie uns auf Nilssons Spur führen, wenn sie angeblich bei Tryggvasons Erben mitmischt. Und dann bewohnt sie mit ihrem verrückten Ehemann auch noch ein magisches Haus, wo Kommissarin Tysja zufällig auftaucht … Bölli, hier stimmt irgendetwas nicht, und das alles scheint mir irgendwie zusammenzuhängen. Nilsson ist abgehauen, und ich bin mir ziemlich sicher, dass er jetzt weiter versuchen wird, die Dunklen Pergamente zu finden und in seinen Besitz zu bringen. Das müssen wir unbedingt verhindern, und zwar noch bevor Olav Krähenbein uns zuvorkommt.«

2. Kapitel

Lennart stellte sein Auto in der Drottninggatan ab und besorgte sich bei seinem Lieblingskiosk noch zwei *Kanelbullar*, die leckeren Zimtkringel, die ihm jeden noch so trüben Tag versüßen konnten, sowie die aktuelle Ausgabe des *Göteborgs Spegeln*. Er blätterte sofort darin herum, um zu sehen, ob die Presse den Fall Nilsson mittlerweile aufgegriffen hatte. Und tatsächlich fand er im Lokalteil einen halbseitigen Artikel mit der Überschrift »Häftling gelingt Flucht aus der Universitätsklinik«. Er überflog den Text und stellte fest, dass sich die Journalisten ausnahmsweise an die Bitte gehalten hatten, die Namen der Opfer nicht zu veröffentlichen, oder dass die Polizei tatsächlich keine undichten Stellen hatte. In dem Artikel stand außer einer Beschreibung des Fluchtwagens kaum etwas, das Lennart nicht schon wusste. Er faltete die Zeitung zusammen und machte sich mit Bölthorn auf den Heimweg.

Vor dem Eingang zu seinem Laden blieb er einen Moment lang nachdenklich stehen. Ein Wagen der Stadtverwaltung parkte mit Warnblinklicht an einer Straßenlaterne und beförderte soeben zwei Arbeiter mit einem Hubarm in die Höhe. Sie führten eine mit Kunstgrün bekränzte Neonröhre in Form eines Rentieres mit sich im Käfig. Es waren nur noch zwei Wochen bis Weihnachten.

Etwas weiter entfernt parkte ein dunkelblauer Volvo mit zwei Personen. Wahrscheinlich Tysjas Leute, die das Haus beobachteten und darauf warteten, dass Hendrik Nilsson dumm genug wäre, nochmals hierherzukommen. Wäre die Sache nicht so tragisch, hätte Lennart darüber schmunzeln können. Hendrik Nilsson war der ehemalige Leiter der Abteilung für Kapitaldelikte und Kommissarin Tysjas Vorgesetzter gewesen. Wenn jemand wusste, wie die Polizei arbeitete, dann er. Und an einen Tatort würde er mit Sicherheit nicht zurückkehren. Aber sollten sie ruhig beobachten. Immerhin besser, als von dem bewaffneten und zu allem bereiten Hendrik Nilsson vielleicht doch überrascht zu werden.

Lennart wandte sich wieder dem Laden zu. Wäre es angebracht, Buri Bolmens altes Schild zu ändern? Die Fassade des Gebäudes war eine Augenweide – hohe Fenster, Stuck und sandfarbener Putz. Dazu eine wunderschöne Holztür mit schmiedeeisernen Beschlägen. Das alte Schild passte hier überhaupt nicht, und es war so klein, dass es kaum auffiel, wenn man daran vorbeifuhr. War das in Anbetracht der Umstände, wie er zu diesem Zauberladen gekommen war und worum es in seinem Inneren in Wirklichkeit ging, am Ende gar kein Nachteil? Schwer zu sagen … Er hatte ja noch nicht einmal einen Bruchteil der magischen Stücke gefunden, die sich zwischen all dem Plunder und Nippes verbargen, den Buri Bolmen darin angehäuft hatte. Ganz zu schweigen davon, dass er deren Wirkung begriffen hatte.

Auch wenn sich vieles seit Lennarts Geschäftsübernahme bereits geändert hatte, Buri Bolmens batteriebetriebene

Türglocke war immer noch dieselbe. Sie klang nach dem Kichern einer mit psychischen Problemen schwer belasteten Hexe. Ein Anflug von Trauer befiel Lennart und klammerte sich an ihn wie ein boshafter Troll.

Buri Bolmen war tot.

Nie wieder würde er mit seinem langen weißen Bart und seiner unmöglichen Kleidung im Laden stehen und ungefragt Weisheiten zum Besten geben. Nie wieder würde er den Kopf schief auf den Schwalbenkragen seines Sternschnuppenhemdes legen und Lennart freundlich zuzwinkern. Und Lennart würde ihm auch nie wieder Essen von seiner Nachbarin Maria Calvino hinunterbringen. Wie oft hatte ihn das genervt, aber was würde Lennart jetzt dafür geben, es noch ein einziges Mal tun zu dürfen …

Buri Bolmen fehlte ihm. Es blieben nur Erinnerungen an ihn und sein Vermächtnis. Lennart schloss die Tür hinter sich. Die Hexe kicherte wieder. Sein Blick ging nach oben, wo sich in pinselbreiten, kaum sichtbaren Linien ein Kreis mit vielen kleinen Symbolen über die gesamte Zimmerdecke erstreckte. Er atmete entspannt aus. Das Schutzmandala der Wächter würde Krähenbein davon abhalten, das Dunkle Pergament zu finden, das Lennart hier im Laden versteckt hatte.

»*Hej*, Lennart!«

Frederik riss ihn aus seinen Gedanken. Lennart sah, wie Bölthorn zwischen den hohen Regalen durch den halbdunklen Raum schoss und seinen Freund freudig schwanzwedelnd begrüßte.

»*Hejsan*«, erwiderte Lennart und ging Frederik entgegen.

Frederik lachte, dass seine Sommersprossen mit den wilden Locken um die Wette wackelten. Die Brille rutschte ihm dabei fast von der Nase. Frederik trug seine übliche Nerduniform: eine viel zu große, mehrfach umgeschlagene Jeans sowie einen verwaschenen bordeauxroten Kapuzenpulli mit dem Aufdruck: *Friends don't let friends use Windows*. Darüber saß ein grinsender Comic-Pinguin, das Logo eines UNIX-Betriebssystemderivats. Frederik sah aus wie ein Studienanfänger, keinesfalls wie das Genie, das er zweifelsohne war.

»Wie war dein Ausflug?«, fragte Frederik. »Warst du erfolgreich?«

»Nicht wirklich«, antwortete Lennart. »Ich hab nur herausgefunden, dass der Direktor des Naturhistorischen Museums sich – untertrieben gesagt – recht eigenartig aufführt. Eigentlich wollte ich ja zu seiner Frau, um sie etwas zu fragen. Aber kaum hatte ich ihren Namen erwähnt, hat er mir die Tür vor der Nase zugeschmissen. Und dann kam auch noch die Polizei, und ich hatte mit Kommissarin Tysja und ihrem neuen Kollegen ein unerfreuliches Gespräch.«

»Die Polizei?«, fragte Frederik und stellte einen halb vollen Müllsack auf den Boden. »Jetzt mal von Anfang an«, forderte er Lennart auf.

Daraufhin erzählte Lennart seinem Freund, was genau geschehen war. Als er geendet hatte, sagte Frederik: »Aus der Sache soll einer schlau werden. Dieser Hellström scheint echt eine Macke zu haben.« Frederik lachte. »Trotzdem, sieh dich vor! Mit Nilsson ist nicht zu spaßen. Wer weiß, was der im Schilde führt. Er hat dich schließlich schon mal hier im Laden überfallen. Vielleicht überlässt du die ganze Sache wirklich besser der Polizei.« Dann hob er den Müllsack vom Boden auf und stellte ihn neben die Eingangstür. »Ich habe übrigens schon damit angefangen, hier ein wenig zu entrümpeln und auszusortieren, damit für die Wiedereröffnung im neuen Jahr nur die besten Waren zum Verkauf stehen. Komm, ich zeig's dir. Steht alles in der Werkstatt.« Damit eilte Frederik in den hinteren Teil des Ladens, und Bölthorn lief ihm schnaufend und röchelnd hinterher.

Lennart folgte seinem Freund durch die engen Gänge aus deckenhohen Regalen, die mit Kleinartikeln, Kistchen und Kästchen vollgestopft waren. Am Eingang zur Werkstatt blieb er stehen und schob den schweren Samtvorhang zur Seite, der als Sichtschutz zwischen dem Laden und der kleinen Werkstatt diente. Bölthorn saß bereits vor der Werkbank neben dem durchgesessenen Drehstuhl. Auf dem Boden mit den schwarzen und weißen Fliesenquadraten hatten damals Buri Bolmens Überreste gelegen, oder vielmehr die Asche, die der Leierkastenmann von ihm übrig gelassen hatte. Lennart schluckte. Buris Geist war noch immer präsent, und er würde wahrscheinlich nie vergehen.

»Dieser ganze Laden ist eine einzige Wundertüte«, sagte Frederik und holte Lennart damit aus seinen Gedanken. »Ich habe noch lange nicht alles durchsehen können, aber ich habe beim Aufräumen einen ganz seltsamen Stein entdeckt. Er lag unter einem der Regale. Und diesen Krempel hier habe ich schon mal für die Tonne aussortiert.« Er zog einen Stapel von vier vollen Umzugskartons geräuschvoll über den Boden in die Mitte der Werkstatt.

Zu seinem Entsetzen entdeckte Lennart darin sofort

etwas, das alles andere als Abfall war. »Oh … also diese Keksdose bitte auf keinen Fall entsorgen. Sie ist … sie ist … wertvoll. Antik.«

»Dieses Ding da?« Frederik nahm die Dose in die Hand. »Das ist doch bloß ein hässliches Teil aus rostigem Weißblech. Ich bin zwar ein IT-Spezialist und kein Antiquitätenhändler – aber kannst du mir erklären, was daran wertvoll sein soll?«

»Eine Rarität … hat Buri Bolmen mir einmal erzählt. Die kann man bestimmt noch gut verkaufen.«

Frederik blickte Lennart entgeistert an. Schließlich stellte er die Keksdose auf die Werkbank. »Okay, deine Entscheidung, du bist der Boss.«

Lennart trat näher zu den Umzugskisten und konzentrierte sich, um weitere magische Artefakte aufzuspüren, die sich möglicherweise in den Kisten befanden. War da etwas? Konnte er etwas fühlen? Nein, keine weitere Magie.

»Okay, der Rest kann weg«, sagte er erleichtert.

»Na, da bin ich aber froh, dass darin nicht noch weitere Kleinode oder Schätze verborgen sind«, sagte Frederik grinsend.

»Ich auch«, sagte Lennart. »Aber wo ist der seltsame Stein, von dem du gesprochen hast?«

Frederik fummelte in seiner Hosentasche herum und zog einen kleinen, kieselsteinartigen Gegenstand hervor, den er Lennart hinstreckte.

»Cool, was? Sieht teuer aus, kein China-Krempel, schätze ich. Wir könnten ihn als supermagischen Stein verkaufen oder so.«

Er lachte und ließ ihn in Lennarts geöffnete Hand fallen. Was Lennarts Finger nach wenigen Augenblicken spürten, war eine physikalische Unmöglichkeit. Es fühlte sich zugleich heiß und kalt, feucht und trocken, hart und weich an. Auf jeden Fall aber war es pure Magie. Die Oberfläche des Steins war derart glatt, als wäre er jahrtausendelang den Wassermassen eines reißenden Stromes ausgesetzt gewesen und zurechtgeschmirgelt worden. Trotz der schlechten Lichtverhältnisse meinte Lennart sein eigenes Gesicht darin widergespiegelt zu sehen. Die Struktur dieses Steins war auf eine eigentümliche Art in Bewegung, als bestünde sein Kern aus einer zähen Flüssigkeit, die in einer Hülle aus kristallklarem Glas eingeschlossen war. Ganz gleich, woraus dieses Ding nun wirklich bestand – Lennart ahnte, dass Frederik, ohne es zu wissen, eine wunderbare Entdeckung gemacht hatte.

Auch Bölthorn schien das starke magische Feld zu spüren und war herangekommen. Als er sah, was Lennart in den Händen hielt, machte er große Augen und nickte ihm auffordernd zu.

»Danke, Frederik«, sagte Lennart eilig. »Sehr gut gemacht. Für den Stein bekommen wir bestimmt ein paar Kronen. So etwas habe ich noch nie gesehen.« Mit diesen Worten ließ er den Stein in die Hosentasche gleiten und griff sich den obersten der Kartons mit den aussortierten Gegenständen, um ihn hinauszutragen.

Zwanzig Minuten später hatten sie Lennarts Auto mit den vier schweren Kisten beladen, und Frederik machte sich auf den Weg zum Bauhof. Er wollte danach noch einen Großeinkauf für sich selbst erledigen, wofür ihm Lennart den Wagen bis zum nächsten Morgen lieh.

Lennart hob die Hand zum Abschied und winkte damit den Beamten im dunkelblauen Volvo ebenfalls zu, die anscheinend noch immer Schicht hatten und an derselben Stelle parkten wie schon heute Morgen. Dann schloss er die Ladentür hinter sich und ging mit Bölthorn zurück in die Werkstatt, wo er sich in den quietschenden Stuhl plumpsen ließ. Er zog den Stein, den Frederik gefunden hatte, aus der Hosentasche und platzierte ihn so vorsichtig vor sich auf der vernarbten Arbeitsplatte, als ob es ein Jungvogel wäre, der aus dem Nest gestürzt war. Lennart war richtig aufgeregt. Auch wenn er noch keine Ahnung hatte, was genau da vor ihm lag und was man damit alles anfangen konnte, war für ihn offensichtlich, dass dieses Ding unglaubliche magische Kräfte besaß.

Hoffentlich wusste Bölthorn mehr darüber …

Der Mops setzte sich vor Lennart auf den Boden, sodass sein wenig behaarter rosafarbener Bauch seitlich herausquoll. Er schmatzte, röchelte, schmatzte wieder und blickte Lennart erwartungsvoll an.

Ohne externe Hilfsmittel war leider keine verbale Kommunikation mit diesem magischen Wesen möglich, beziehungsweise nur eine einseitige, wie Lennart, schon bald nachdem er den Mops von Bolmen geerbt hatte, herausgefunden hatte. Ja, dieser Mops konnte sprechen. Aber man benötigte ein Gewitter dazu oder ein einigermaßen vernünftiges elektrisches Feld, wie es beispielsweise eine Plasmalampe erzeugen konnte. Auch wenn sie nur ein Ersatz für ein anständiges Gewitter war und man Bölthorn damit weniger deutlich verstehen konnte, war es doch die einzige Möglichkeit, sich mit Bölthorn donnerwetterunabhängig zu unterhalten.

Lennart betätigte den Drehschalter der Lampe. Bläulich-violette Blitze zuckten in immer wechselnden Formen und Richtungen von der Mitte der Kathode ans Innere der Glaskugel. Es summte leise.

Bölthorn sagte: »Danke. Es ist ziemlich anstrengend, wenn man den ganzen Tag etwas sagen will, aber niemand einen versteht.«

»Was ist das für ein Ding?«, fragte Lennart und deutete auf den Stein.

Bölthorn räusperte sich. »Das ist ein *ðrynhraun*.«

Lennart sah Bölthorn verständnislos an.

»Ein *ðrynhraun* ist ein ganz besonderes magisches Artefakt«, fuhr der Mops fort. »Keiner weiß, wie viele davon es auf der Erde gibt. Aber wahrscheinlich nicht mehr als ein paar Dutzend. Ihre genaue Herkunft ist unbekannt. Ein *ðrynhraun* unterscheidet sich deutlich von den meisten anderen magischen Gegenständen.«

»Inwiefern?«, wollte Lennart wissen.

»Er entscheidet selbst, wann und wem er sich zeigt und wem er seine Kraft offenbart.«

Lennart musterte den Mops misstrauisch. »Und ich dachte bisher immer, dass nur Lebewesen einen eigenen Willen hätten.«

»Wer hat das Gegenteil behauptet?« Bölthorn schmatzte, als wollte er das Gewicht seiner Worte unterstreichen.

Lennart deutete zur Werkbank hinüber. »Du meinst also, dass dieser Kieselstein da drüben *lebendig ist*?«

Bölthorn zuckte die Achseln. »Eine alte Sage behauptet, diesen Steinen wohnen die Seelen junger Elfen inne, die beim Kampf gegen das Böse gefallen sind. Durch einen großen, wunderbaren Zauber konnten sie in einer Hülle aus unzerstörbarem Bergkristall überleben und warten nun auf den Tag ihrer Wiedergeburt. Darum nennt sie der magische Volksmund auch gern Elfensteine«, fügte Bölthorn leise hinzu.

In diesem Moment fiel Lennart auf, wie betrübt sein Freund dreinblickte, während er von dieser wunderschönen und gleichzeitig auch bedrückenden Legende berichtete. Doch Bölthorn fasste sich schnell. Er räusperte sich, dass die Lefzen flatterten.

»Es ist nur eine Sage«, betonte er schließlich.

»Und wie kann man mit einem Elfenstein *galieren*?«, fragte Lennart, der den Stein inzwischen wieder in die Hand genommen hatte. Sofort spürte er, wie Magie ihn durchströmte und in seinem Inneren an Kraft gewann. Es war ein fremdes, wundervolles Gefühl.

»Wie du mit ihm zaubern kannst? Nun, er hat keine speziellen Kräfte«, erklärte Bölthorn. »Er verstärkt nur das am besten ausgeprägte magische Talent eines Zauberers oder einen Zauber, den man ihm direkt einpflanzt.«

»Und wie macht man das?«, fragte Lennart neugierig, der den Elfenstein immer noch in der Hand hielt.

»Genau so, wie du es im Augenblick machst. Man braucht Hautkontakt, und wenn man dann *galiert*, verstärkt der *ðrynhraun* diesen Zauber oder speichert ihn, um ihn später auszuführen. Einen Elfenstein zu beherrschen ist keine einfache Sache. Man muss dabei vorsichtig vorgehen.«

Lennart blickte sich um und erkannte ein Objekt, das sich für einen Test hervorragend zu eignen schien. Die letzte Ausgabe des *Göteborgs Spegeln*, die noch immer auf der Werkbank lag. Mit der einen Hand umschloss er den Elfenstein noch fester, mit der anderen zog er seinen Zauberstab hervor. Dann konzentrierte er sich und führte blitzschnell einen Bewegungszauber aus – den er mittlerweile schon in beachtlicher Geschwindigkeit und mit hoher Präzision durchführen konnte. »*Bladra lafa rìða våga vappa*!«

Augenblicklich erzitterte die zusammengefaltete Zeitung, drehte sich mehrfach um die eigene Achse und schoss dann wie ein Blitz quer durch den Raum an die Stelle, wohin Lennarts Zauberstab zeigte. Dort fielen die einzelnen aufgeschlagenen Seiten langsam und raschelnd zu Boden.

»Das war nicht schlecht«, sagte Bölthorn mit süffisantem Unterton. »Verstecke den *ðrynhraun* gut und verliere ihn nicht, denn er ist ein seltenes Artefakt. Ich habe bis heute selbst nicht gewusst, dass Buri einen besaß. Aber viel wichtiger als jeder Elfenstein ist, dass du die Dunklen Pergamente endlich findest.«

»Du hast recht«, sagte Lennart und nickte. »Was meinst du zu der ganzen Sache mit Nilsson und Hellström?« Er lehnte sich etwas nach vorn, die Ellbogen auf die Knie gestützt. »Vielleicht kann uns die Polizei in diesem Fall tatsächlich nützlich sein. Hast du den auffälligen Wagen draußen auch gesehen?«

Bölthorn knautschte die Schnauze zu einer unförmigen Masse aus Fell und Falten zusammen und verdrehte die Augen. »Ich bin im Körper eines Mopses gefangen, nicht in dem eines Maulwurfs«, sagte er mit dumpf blubbernder und wenig menschlicher Stimme. »Wie lautet dein Plan?«, fragte er Lennart.

»Ich werde mich heute Nacht mal bei Hellström umsehen. Wer weiß, vielleicht finde ich ja ein paar magische Antworten.«

»Das ist kein Plan, sondern maximal ein kindisches Vorhaben«, entgegnete Bölthorn. »Wenn der Professor dich erwischt, triffst du Maja Tysja schneller wieder, als es dir lieb sein dürfte.«

»Normalerweise würde ich dir ja recht geben«, sagte Lennart und lächelte verschmitzt. »Heute allerdings nicht.«

»Weshalb?«

»Weil im *Göteborgs Spegeln* stand«, Lennart deutete auf den Boden, wo die einzelnen Seiten der Zeitung verstreut lagen, »dass heute Abend im Museum ein festlicher Empfang zu Ehren eines neuen Sponsors gegeben wird. Beginn 19:00 Uhr, Ende 21:00 Uhr. Eine nahezu perfekte Gelegenheit, denn Professor Hellström ist einer der Festredner und wird in dieser Zeitspanne garantiert nicht zu Hause sein«, sagte er.

»Doch nicht so schlecht, die Idee«, gestand Bölthorn ein und nickte zustimmend.

»Findest du?«

»Möpse lügen nicht. Aber bilde dir bloß nicht zu viel darauf ein.«

3. Kapitel

Nach Einbruch der Dunkelheit gab Lennart Bölthorn bei seiner Nachbarin Maria Calvino in Obhut, die über den Besuch des Mopses ganz aus dem Häuschen geriet. Und das, obwohl sie von einer Allergie geplagt wurde, sobald sich eine Hund längere Zeit bei ihr in der Wohnung aufhielt. Ein Leiden, das Lennart auf gewisse Weise selbst gut kannte, auch wenn es bei ihm nicht durch Hundehaare verursacht wurde und noch weitaus unangenehmer war. Sobald er nämlich auch nur mit dem Gedanken spielte, sich bei einer Frau auf mehr einzulassen als auf eine flüchtige Bekanntschaft oder ein Abenteuer, sobald er ein Gefühl entwickelte, das über Begierde hinausging, begann Lennarts Haut zu jucken und zu brennen, und kleine rote Pusteln sprossen ihm am ganzen Körper. Es kam ihm vor wie ein lächerlicher Fluch, eine Art Beziehungsallergie.

Seinem vierbeinigen Gefährten konnte allerdings keine bessere Betreuung widerfahren als durch die rundliche, liebenswürdige Italienerin, die für Mops und Mensch gleichermaßen gern (und viel) kochte. Maria liebte Bölthorn geradezu abgöttisch. Vielleicht nach Buri Bolmens Tod umso mehr, weil er sie an ihre heimliche Liaison mit dem ermordeten Ladenbesitzer erinnerte.

Lennart versprach Maria, den Mops gegen halb zehn

Uhr am Abend wieder bei ihr abzuholen, und verabschiedete sich. Bölthorn warf Lennart noch einen Blick zu, in dem der etwas Aufmunterndes zu erkennen glaubte, dann stieg Lennart die Treppen hinunter und trat hinaus auf die Västra Hamngata.

Der frisch installierte städtische Weihnachtsschmuck leuchtete verhalten durch die tanzenden Flocken. Der dunkelblaue Volvo auf der anderen Straßenseite war verschwunden. Dafür stand jetzt etwas weiter entfernt ein dunkelroter Wagen. Vermutlich das neue Team von Tysjas Männern für die Spätschicht.

Lennart hoffte, dass sich die Beamten wirklich auf den Laden und sein Haus konzentrierten, um Nilsson zu fassen, falls er hier auftauchen würde, und dass sie ihm nicht zum Museum folgten. Zeugen konnte er bei dem, was er vorhatte, nicht gebrauchen. Und schon gar keine Polizisten. Er steckte die Hände in die Taschen seiner Daunenjacke und machte sich auf den Weg zur Straßenbahnhaltestelle an der Domkirche.

Als er gut zwanzig Minuten später am Linnéplatsen ausstieg, zeigte die Uhr halb acht. Ihm blieb nicht viel Zeit für Operation Hellström.

Es hatte aufgehört zu schneien, doch es war bitterkalt geworden. Im Schein der Straßenlaternen konnte er auf den Autos eine dünne Schicht Eis erkennen, das wie funkelnder Puderzucker aussah. Seine Schritte knirschten im Schnee, während er den Weg zum Museum hinüberging. Die Laternen warfen gelbliche Lichtflecken auf den Boden.

Auch der Wind hatte sich gelegt. Nur ein leises Lüftchen trug die Geräusche zu ihm herüber, die vom Museum kamen. Sie wurden lauter, je mehr er sich dem Gebäude näherte. Schließlich erreichte er den Eingang und hörte die Stimme eines Festredners. Die Veranstaltung schien in vollem Gange zu sein.

Plötzlich horchte er auf. Er kannte diese Stimme …

Lennart schlich sich seitlich im Schatten des Vordaches die Stufen zum Eingang hinauf, wo das Plakat der heutigen Veranstaltung hing.

Diese Stimme …

Er las.

+++ Veranstaltungshinweis +++
Zu Ehren unseres neuen Hauptsponsors veranstaltet das Naturhistorische Museum Göteborg einen Festakt.
Beginn 19:00 Uhr, Ende ca. 21:00 Uhr.
Es sprechen:
- *Prof. Dr. Titus Hellström, Museumsdirektor*
- *Ann-Sofie Sigmundsson, Vorsitzende des Kulturausschusses der Stadt und des Landkreises Göteborg*
- *Harald Hadding, Haupteigner und Vorstandsvorsitzender der HIC AB, Stockholm, sowie Vorsitzender von Haddings Kulturhistorischer Stiftung*

Nur für geladene Gäste.

Durch die Scheiben der Museumstüren sah er ihn.

Schemenhaft.

Harald Hadding.

Er stand im Foyer des Museums an einem erhöhten Rednerpult und hielt seine Ansprache, zog die Anwesenden magisch in seinen Bann. Sie lauschten seinen Worten, bewunderten ihn offenbar für alles, was er erreicht hatte – er war ein mächtiger Wirtschaftsmagnat und Investor, Geschäftsführer zahlreicher Firmen, besonders im Telekommunikationsbereich, und nun auch noch Sponsor eines der angesehensten schwedischen Museen.

Unschöne Erinnerungen rasten Lennart durch den Kopf. Hadding war sein alter Arbeitgeber gewesen, Chef und alleiniger Inhaber der HIC AB. Er war offenbar in zwielichtige Machenschaften verwickelt. Lennarts ehemalige Kollegin Emma Mårtensson hatte ihm bei einem Rendezvous mehr über diesen Mann und sein Unternehmen mitteilen wollen. Doch dieses Abendessen mit ihr war nie zustande gekommen. Emma hatte ihn stets vor Harald Hadding gewarnt. Lennart hatte sie anfangs noch für verrückt gehalten und ihr insgeheim sogar Verfolgungswahn attestiert.

Dann war sie untergetaucht.

Emmas Mutter hatte Lennart schließlich auf ihre Spur gebracht. Bis nach Skaftet an die Ostküste war er ihr gefolgt. Vor der Höhle von Äskestock, die ganz in der Nähe vom Ferienhaus ihres Großvaters lag, hatte Lennart schließlich eine Hinweistafel entdeckt. Darauf war zu lesen, dass Harald Haddings Kulturstiftung auch dort ihre Finger im Spiel hatte. Damals war Lennart klar geworden, dass Emma recht gehabt hatte und dass sie keineswegs verrückt war.

Und jetzt tauchte Hadding als Redner hier im Naturhistorischen Museum auf … Konnte das Zufall sein?

Plötzlich hielt Hadding inne und blickte in Lennarts Richtung. Er konnte ihn unmöglich erkannt haben. Nicht durch zwei Glastüren und auf diese Entfernung.

Wie zur Bestätigung nahm Hadding seine Rede wieder auf. Lennart schüttelte den Kopf über seine eigene Schreckhaftigkeit. Was war nur los mit ihm? Er entfernte sich im Schatten des Gebäudes vom Eingang und schlug den Weg ein, den er heute Morgen schon einmal gegangen war.

Bald darauf stand Lennart vor dem Haus von Professor Hellström. Kein Licht drang durch die Fenster. Er lauschte in die Nacht, die lediglich von einer kleinen Lampe am Hauseingang und wenigen Sternen erhellt wurde.

Nur Haddings Rede … leise, gedämpft, weit entfernt.

Sonst Stille.

Lennart drückte das Gartentörchen auf und schlich bis zum Eingang. Am Treppenabsatz angekommen, blickte er sich nochmals um.

Nun galt es.

Lennart öffnete den Reißverschluss seiner Daunenjacke. Aus der Innentasche zog er seinen Zauberstab hervor und richtete ihn auf die Tür. Konzentriert und mit geschlossenen Augen flüsterte er: »*Luka øppna şpretta yppa!*«

Ein kleiner, grünlicher Lichtbogen floss von der Zauberstabspitze in Richtung Türklinke, umschmeichelte ihre Konturen und verschwand dann glimmend im Schloss. Die ganze Tür wackelte sanft, wie von einer starken Sommerbrise bewegt, und ein metallisches Geräusch erklang, als würde jemand einen unsichtbaren Schlüssel herumdrehen. Dann machte es traurig: »*Pffft!*«, und ein einzelner Funke flog aus dem Schloss. Der Spuk war vorüber. Leider war die Tür noch immer zu.

Die Nacht trug das Geräusch gedämpften Applauses vom Foyer des Museums herüber. Harald Hadding musste seine Rede soeben beendet haben. Lennart blickte nervös auf seine Armbanduhr. Viertel vor acht, er musste sich sputen.

»Los! Das schaffst du!«, spornte er sich an.

Er wiederholte den Zauber, doch diesmal ließ er sich fallen, versank in sich selbst, spürte den magischen Worten nach, goss sie in Gedanken in eine formlose Gestalt und ließ sie dann erst frei. »*Luka øppna ȿpretta yppa!*«

Wieder floss der Lichtbogen, wieder sammelte sich die Energie an der Klinke, doch dann strömte sie mit einem Knistern und hellem Leuchten ins Schloss, sodass sich die Tür für den Bruchteil einer Sekunde verbog. Ein grüner Blitz flammte aus dem Schlüsselloch, und die Tür sprang fingerbreit auf. Der eiserne Türklopfer schlug sanft gegen das Holz.

Es hatte geklappt.

Lennart wischte sich mit dem Handrücken über die Stirn und blickte sich noch ein letztes Mal um. Dann betrat er das Haus von Professor Titus Hellström und lehnte die Tür hinter sich an.

Es roch muffig.

Es war stockdunkel.

Und Lennart war nicht allein.

Von irgendwoher drangen seltsame Geräusche. Es hörte sich an, als würde jemand leise fluchend Schubladen und Schranktüren im hintersten Winkel des Hauses öffnen. Doch da war noch etwas. Etwas, das er schon heute Morgen bei seinem ersten Besuch hier deutlich gespürt hatte: Magie!

Lennart überlegte, ob er die Taschenlampen-App an seinem Handy einschalten oder einen weiteren Zauber verwenden sollte. Wenn schon, denn schon! Wieder holte er den Zauberstab hervor, vereinte Worte und Gedanken zu einem Spruch: »*Glittā gløa lyşa!*«

Wie ein fabrikneues Teelicht leuchtete die Spitze des Zauberstabs auf und tauchte die Umgebung in einen sanften grünen Schimmer, der es Lennart ermöglichte, einige Meter weit zu sehen. Und was er sah, war das reinste Chaos. Wenn er gedacht hatte, Buri Bolmens Laden wäre ein heilloses Durcheinander, musste er nun zugeben, dass eine Steigerung durchaus möglich war.

Überall lagen Bücher, Akten und merkwürdige Artefakte herum. Auf dem Kaminsims befanden sich Dutzende kleine Figuren. Auf den Tischen und Kommoden standen ausgestopfte Tiere und Insektensammlungen hinter Glas, aus aller Herren Länder. An den Wänden hingen unzählige Fotos und Gemälde, sodass wohl auch ein gewöhnlicher Besucher den Lichtschalter nicht gefunden hätte.

Lennart hielt den Atem an und versuchte herauszufinden, woher die Geräusche kamen, die immer noch zu hören waren. Sie mussten aus dem Raum am Ende des Flurs stammen …

Behutsam und angespannt zugleich schritt er über ein Zebrafell, einen flauschigen Teppich, wich einem hüfthohen Globus aus, der neben einer Sitzgruppe auf dem Boden stand, schob sich am Kamin vorbei und … stieß plötzlich gegen etwas Hartes. Es klirrte leise, dann fiel der Ständer mit dem Kaminbesteck um und schlug scheppernd auf die Steinplatte vor der Feuerstelle.

Lennart hätte sich am liebsten vor Wut über seine Unachtsamkeit in die eigene Faust gebissen. Er lauschte angespannt. Die seltsamen Geräusche hatten schlagartig aufgehört. Er beschloss, dass nun alles egal sei, und stürmte, die leuchtende Spitze seines Zauberstabes vorgestreckt, durchs Wohnzimmer in den Raum, aus dem die Geräusche gekommen zu sein schienen. Lennart tastete nach dem Lichtschalter und knipste ihn an.

Er befand sich in Professor Hellströms Küche.

Beziehungsweise in dem, was davon übrig war.

Denn so wie es hier aussah, schien eben eine Herde Rentiere hindurchgezogen zu sein. Ein Wohnungseinbruch? Offenbar hatten sich der oder die Täter vorgenommen, möglichst viel Unordnung zu stiften, und es war ihnen eindeutig gelungen.

Sämtliche Schubladen und Schranktüren, bis hin zur Kühlschranktür, standen weit offen. Lebensmittel lagen überall verstreut. Konservendosen waren zerquetscht worden. Reis, Linsen, Nudeln und Frühstücksflocken hatte man ausgeschüttet und die leeren Packungen waren in kleine Fetzen zerrissen worden. Joghurts, Säfte, Käse, Wurst bedeckten den Boden. Das hier sah nicht aus wie ein Einbruch, sondern wie extremer Vandalismus aus purer Rache oder abgrundtiefem Hass. Und der Täter musste ganz in der Nähe sein, denn von der Küchenarbeitsfläche tropfte noch Marmelade auf das unappetitliche Speisepotpourri am Boden.

Plötzlich schoss ein hüfthoher Schatten auf Lennart zu. Ein krächzender, gurgelnder Schrei ertönte, der Schatten flog vorüber und verschwand in der dunklen Wohnung. Lennart hatte nichts erkennen können. Hendrik Nilsson war das jedenfalls nicht gewesen … kein Mensch … es war *etwas* anderes … Wohin war der Schatten verschwunden?

Die schief an der Wand hängende Küchenuhr zeigte bereits kurz nach neun. Lennart blieb keine Zeit mehr, weiter nachzuforschen. Es war besser, sich schnellstens aus dem Staub zu machen. Er schaltete rasch das Licht in der Küche aus und huschte durchs Wohnzimmer zur Haustür. Dort machte er eine sanfte Handbewegung. »*Slǫckna*!« Das Leuchten seines Zauberstabes erlosch, und Lennart steckte ihn zurück in die Daunenjacke.

Doch kaum dass er die Tür geöffnet hatte, musste er sich schützend die Hand über die Augen halten. Lampen waren auf ihn gerichtet und blendeten ihn. Lennart wendete instinktiv seinen Blick ab.

»Hände hoch und keine Bewegung!«, befahl jemand im selben Moment. Es klang so entschlossen, dass Lennart unverzüglich gehorchte.

»Malmkvist?«, rief es plötzlich verwundert. »Sind Sie das?«

»Ja, ja, ja, das ist er!«, rief jemand anderes aufgeregt. Es war Professor Hellström.

»Lassen Sie die Hände oben, und kommen Sie her!«, ertönte es laut. Nun erkannte Lennart auch diese zweite Stimme. Es war die von Kommissar Svensson. Als er bei ihm angelangt war, kam ein weiterer Beamter hinzu, packte seine Arme und zog sie nach unten.

»Ich habe Sie zwar für einen verrückten und sich selbst überschätzenden Möchtegern-Ermittler gehalten, aber dass Sie dafür sogar so weit gehen, hätte ich nicht gedacht. Lennart Malmkvist, Sie sind vorläufig festgenommen wegen des dringenden Tatverdachts, mehrfach in das Haus von Professor Hellström eingebrochen zu sein und dort randaliert zu haben.« Mit diesen Worten legte ihm Svensson Handschellen an. »Ich bin gespannt, was Kommissarin Tysja und der Haftrichter dazu sagen werden.«

»Das habe ich gleich gewusst«, ereiferte sich Professor Hellström, der wild gestikulierend neben ihm stand. »Schon heute Morgen. Ich hatte ihn gleich als Einbrecher unter Verdacht. Und als ich vorhin nach Hause kam – mein Haar, ich musste es dringend richten! –, da habe ich gesehen, dass die Haustür gewaltsam geöffnet worden war. Was wollen Sie von meiner Frau? Sie ist tot, sie ist ein Geist, und sie verwüstet meine Küche. Und Sie wollen mich auch bestehlen? Wofür bestrafen Sie uns? Und wer bezahlt Sie?«, fragte er Lennart vollkommen außer sich.

»Was sagen Sie? Ihre Frau ist ein Geist?«, fragte Lennart fassungslos, an den Professor gerichtet.

Doch der verschränkte mit einem Mal trotzig die Arme wie ein kleines Kind und schwieg.

»Die Polizei kann Ihnen hier nicht helfen, Herr Professor! Das kann nur ich, glauben Sie mir!«, rief Lennart, der sich in seinem magischen Gefühl bestätigt sah.

»Natürlich«, sagte Svensson verächtlich, »der schlaue Herr Malmkvist ist der mit dem Überblick, und die Polizei ist völlig unfähig. Kommen Sie, wir gehen.« Damit packte er Lennart unsanft am linken Arm und führte ihn in Begleitung eines weiteren Uniformierten ab.

Vor dem Haupteingang des Museums warteten drei Polizeiautos. Selbstverständlich mit Blaulicht, sodass auch der letzte Besucher der Veranstaltung das Spektakel mitbekam. Einige standen neugierig vor dem Museum, doch die meisten drückten sich an den beschlagenen Scheiben der Eingangstür die Nasen platt.

Plötzlich sagte jemand: »Um Himmels willen, sind Sie das, Malmkvist?«

Svensson hielt abrupt inne. »Sie kennen den Mann?«, fragte er, an den Fremden gerichtet.

»Bedeutende Persönlichkeiten vergesse ich niemals. Malmkvist war einmal einer meiner besten Berater, müssen Sie wissen. Und nun hat er eine große Zukunft im Zauberartikelbusiness, wie ich erfahren habe.«

»Und wer sind Sie?«

»Oh, natürlich, verzeihen Sie. Mein Name ist Harald Hadding. Aber unter uns, dass Sie Herrn Malmkvist festgenommen haben, ist doch sicher ein Missverständnis, oder, Herr Kommissar?« Dabei schüttelte er wie ein gütiger Vater milde lächelnd den Kopf.

Lennart hatte ganz vergessen, wie groß und charismatisch er war. Und diese Augen …

»Das wird sich weisen«, erwiderte Svensson. »Jetzt entschuldigen Sie uns bitte.«

Kommissar Svensson und dessen uniformierter Kollege zogen Lennart weiter mit sich, während sie sich durch die Menge der Schaulustigen auf dem Museumsvorplatz drängten.

»Malmkvist, Malmkvist, wie tief sind Sie gesunken!«, rief Hadding ihnen nach und schüttelte dabei den Kopf. »Erst die Kündigung, dann der Mord an diesem Bolmen, und jetzt noch eine Verhaftung. Wo soll das alles bloß hinführen?«

Lennart sah Harald Hadding noch am Rande der Menschenmenge stehen, als er schon im Fond des Polizeiwagens saß und sie auf die Hauptstraße abbogen. Wirbelnde Schneeflocken und die an den Autoscheiben herunterlaufenden Tropfen verwandelten alles um ihn herum in ein irreales Farbspektakel. Er fühlte sich niedergeschlagen und leer.

4. Kapitel

Die Polizisten hatten Lennart aufmerksam dabei zugesehen, wie Lennart zuerst den Zauberstab aus der Jacke und dann den Blechring vom Finger zog. Zugegeben, der Ring sah hochgradig albern aus, und welcher normale Mensch lief ernsthaft mit einem Plastikzauberstab herum? Die Polizei konnte ja nicht ahnen, dass diese Gegenstände keine Spiel-, sondern mächtige magische Werkzeuge waren. Der Zauberstab stammte zur Tarnung aus einem Fünfzigerjahre-Kinderzauberkasten aus Buris Laden und war tatsächlich ein *richtiger* Zauberstab. Und der Spielzeugring mit dem stilisierten Zuckerkristall gehörte zu der alten Keksdose im Zauberladen. Wenn man ihn trug, konnte man das in ihr hausende Orakel befragen. Lennart hatte diesen Ring, seit er ihn mit Buris Nachlass erhalten und sein Geheimnis erkannt hatte, nie mehr abgelegt.

Auch wenn Lennart meinte, Belustigung und sogar eine Spur Verächtlichkeit in den Gesichtern der Polizeibeamten zu erkennen, was ihn ziemlich ärgerte, wollte er diesen Männern, die vermutlich nicht einmal im Entferntesten an Magie glaubten, das Ganze besser nicht zu erklären versuchen.

So landeten seine Besitztümer kommentarlos zuerst in einer beschrifteten Plastiktüte und kurz darauf in der Asservatenkammer. Dann führte man Lennart in die Untersuchungszelle und schloss die dicke Stahltür hinter ihm ab.

Der nüchterne Verhörraum im Polizeipräsidium in der Stampgata war Lennart gut bekannt. Er war im Zuge der Ermittlungen im Mordfall Buri Bolmen schon mehrfach in den Genuss gekommen, dort einige Zeit mit Maja Tysja und ihrem damaligen Vorgesetzten, Hendrik Nilsson, verbringen zu dürfen, als dieser noch auf der anderen Seite des Gesetzes gestanden hatte. Die Zelle für seine Untersuchungshaft im Erdgeschoss des schmucklosen Zweckbaus kannte er jedoch noch nicht. Und die mit der zeitweiligen Inhaftierung einhergehende Entwürdigung durch die staatliche Gewalt ebenso wenig.

Wenn es hier weiterging wie in einem Krimi, würde Lennart bald telefonieren dürfen. Jeder anständige Inhaftierte hatte das Recht dazu. Und dieses Telefonat würde er auch nutzen, wie es sich für einen Kriminellen gehörte. Er würde Advokat Cornelius Isaksson anrufen, Skiurlaub hin oder her, zur Not müsste ihm seine Sekretärin die Nachricht übermitteln. Schließlich hatte alles mit seinem Brief und Buri Bolmens handschriftlicher Liste begonnen. Nicht dass er ihm Vorwürfe machen wollte – schließlich war Lennart alt genug, um auf sich selbst aufzupassen, und als Auserwählter natürlich verantwortlich dafür, die Dunklen Pergamente zu beschaffen (wenn man Buri Bolmens Worten Glauben schenken konnte). Dennoch täte Cornelius Isaksson gut daran, ihn schnellstens aus dem Polizeigewahrsam herauszuholen. Eine oder vielleicht sogar mehrere Übernachtungen in dieser hellgrau getünchten Zelle mit dem Edelstahlklosett ohne Deckel und den vollgekritzelten Wänden mit pseudopolitischen Botschaften und obszönen Skizzen war nämlich nicht gerade das, was Lennart sich erträumte. Und dass Tysja vom zuständigen Richter einen Haftbefehl für Lennart bekäme, um seinen Aufenthalt zu verlängern, wenn sie es darauf anlegte, daran bestand kein Zweifel für ihn. Außerdem wusste Lennart, dass jede Minute, die er hier verbrachte, Olav Krähenbein in die Hände spielte.

Nachdem Lennart eine gute halbe Stunde im grellen Neonlicht des schlecht beheizten Raumes gewartet hatte, ging plötzlich die Tür auf und Maja Tysja stand vor ihm.

»Kommen Sie, Herr Malmkvist, wir haben zu reden!«, sagte sie in befehlsmäßigem Ton, holte ihn aus der Zelle und führte ihn mit ausladenden Schritten den Flur entlang. Ihr blondes Haar hatte sie zu einem Pferdeschwanz gebunden, der im Takt ihrer Schritte energisch hin- und herschwang.

Tysja brachte Lennart in einen Verhörraum im zweiten Stock. Sie deutete wortlos auf einen der beiden freien Stühle und schloss die Tür. Kommissar Svensson saß bereits am Tisch, hatte die Arme verschränkt und lächelte süffisant. Nachdem Lennart Platz genommen hatte, setzte sich Maja Tysja neben ihren Kollegen und schaute Lennart prüfend an. In ihren Augen lag ein eisblaues Funkeln, wie von Januarlicht auf einem zugefrorenen See.

»Wollen Sie mir erklären, was da heute Abend vorgefallen ist, Herr Malmkvist?«, fragte sie nach einer Weile tonlos.

»Heute Abend war ich tatsächlich im Haus von Professor Hellström, weil ich dachte, jemand befände sich darin in einer Notlage«, schwindelte Lennart. »Dann haben mich zuerst Professor Hellström und danach Ihr engagierter Kollege Svensson zu Unrecht des Einbruchs bezichtigt. Ich wurde festgenommen. Und jetzt sitze ich hier. Genau das ist vorgefallen.«

Svensson wollte etwas sagen, doch Tysja hob abwehrend die Hand. Damit war zweifelsfrei geklärt, wer das Verhör führte. Es lag eine Stimmung in der Luft, als ob die Druckwelle einer gewaltigen, weit entfernten Explosion jeden Moment hier eintreffen würde. Deswegen verwarf Lennart seinen Gedanken, noch eine sarkastische Bemerkung hinzuzufügen.

»Und warum waren Sie heute Morgen bei Professor Hellström? Das war doch auch kein Zufall«, sagte Kommissarin Tysja. Dann fuhr sie verärgert fort: »Malmkvist, reden Sie endlich, oder ich verschaffe ihnen ein paar Tage Urlaub in der Haftzelle. Sie wissen, dass ich prinzipiell nichts gegen Sie habe, aber Sie wissen auch, dass ich nicht zimperlich bin. Das Theater können wir uns doch schenken, oder?« Tysja setzte sich etwas entspannter hin, sah allerdings noch nicht so aus, als wollte sie eine Friedenspfeife mit ihm rauchen.

»Wie ich heute Morgen schon gesagt habe, bin ich bloß mit meinem Hund beim Museum Gassi gegangen. Als ich am Haus des Professors vorbeispaziert bin, stand er im Garten, und wir kamen ins Gespräch. Er war ganz nett, aber plötzlich ist er ausgerastet und hat mir die Tür vor der Nase zugeknallt, ehe ich bis drei zählen konnte«, erklärte Lennart. »Ich glaube, der Gute ist psychisch nicht ganz auf der Höhe.«

Buri Bolmens Liste mit den Mitgliedern von Tryggvasons Erben, die auch die Namen von Henrietta Hellström und Hendrik Nilsson enthielt, sowie den Begleitbrief von

Cornelius Isaksson – kurzum: die Wahrheit – ließ Lennart besser unerwähnt. Weder Dunkle Pergamente noch der Zauberer Olav Krähenbein eigneten sich für Polizeiohren.

Tysja warf Svensson einen Seitenblick zu, dann wandte sie sich wieder an Lennart. »Das ist eine der bescheuertsten Geschichten, die ich je gehört habe. Und sie erklärt nach wie vor nicht, warum Sie heute Abend noch einmal in Professor Hellströms Haus waren. Wer soll dort in Not gewesen sein? Ich bin ganz Ohr …«

»Ich weiß, das klingt verrückt, aber ich hatte so ein seltsames Gefühl, dass bei ihm zu Hause etwas nicht stimmt, und wollte mit ihm reden und mich für die Unannehmlichkeiten von heute Morgen entschuldigen«, antwortete Lennart und hoffte, dass sie ihm endlich glauben würde. »Dann hörte ich plötzlich … merkwürdige Geräusche aus seinem Haus, und das war auch der Grund, weshalb ich hineingegangen bin.«

Tysja lachte auf. »Eben erzählen Sie mir, Sie hielten Professor Hellström für psychisch labil, und dann haben Sie selbst seltsame Gefühle und brechen bei ihm ein – nur weil Sie irgendwelche Geräusche hören? Malmkvist, Sie sind unglaublich«, sagte Maja Tysja. »Warum verkaufen Sie nicht Ihren Laden und schreiben stattdessen ein Buch? Vielleicht ein schönes Märchen?«

»Als ich bei ihm ankam, war die Tür bereits aufgebrochen und nur angelehnt, das habe ich Ihrem Kollegen vorhin schon erzählt«, sagte Lennart. »Hören Sie! Nichts für ungut, aber was soll der ganze Mist hier eigentlich? Ich habe nichts verbrochen und wollte nur helfen, aber Sie verhören mich hier, als ob ich jemanden ermordet hätte.«

»Okay«, zischte Tyjsa, »ich sage Ihnen, weshalb das hier

bitterer Ernst ist. Wie Sie wissen, ist Hendrik Nilsson seit zwei Tagen flüchtig. Aber wissen Sie auch, wer gemeinsam mit ihm aus der Klinik verschwunden ist? Ich sage es Ihnen. Es ist Frau Doktor Henrietta Hellström, ihres Zeichens Neurologin und verheiratet mit einem gewissen Professor Titus Hellström … klingelt es bei Ihnen?«

Auch wenn ihm diese Fachrichtung bei einem solchen Ehemann wie die einzig logische Konsequenz vorkam, war Lennart überrascht, doch dann fügte sich das Ganze wie ein Mosaiksteinchen ins andere.

»Natürlich. Hendrik Nilsson hat Henrietta Hellström entführt. Jetzt wird mir einiges klar«, sagte er und schüttelte den Kopf.

Tysja musterte Lennart einen Moment lang skeptisch, dann sagte sie mit einem undefinierbaren Lächeln: »Aber das ist noch nicht alles. Seitdem verwüstet irgendjemand regelmäßig die Küche in Professor Hellströms Haus. Das ist jetzt schon das fünfte Mal in kurzer Zeit. Wann immer Hellström die Küche betritt, herrscht dort Chaos. Und da kommen auf einmal Sie ins Spiel.« Tysja sah Lennart lauernd an. »Meine Kollegen werden zu Hellström gerufen, und wen finden Sie dort vor? Den umtriebigen Herrn Malmkvist, der überall seine Nase reinstecken muss. Und die Küche ist wieder ein Schlachtfeld. Es ist doch offensichtlich, dass Sie damit irgendetwas zu tun haben!«

Die Kommissarin lehnte sich mit verschränkten Armen in ihrem Bürostuhl zurück und fixierte Lennart.

»Blödsinn!«, fuhr dieser auf. »Warum sollte ich das tun?«

Maja Tysja seufzte, schob ihren Stuhl zurück und erhob sich. »Wir machen jetzt eine kleine Pause, dann werden wir Sie noch einmal verhören.«

»Was soll das heißen?«, fragte Lennart. »Ich dachte, wir wären hier gleich fertig und ich könnte nach Hause.«

Tysja schien das zu amüsieren. Lennart meinte, ein spöttisches Zucken ihrer Mundwinkel wahrzunehmen.

»Wir haben Sie auf frischer Tat ertappt.« Svenssons Lippen deuteten ein Siegerlächeln unter seinem Hipster-Gestrüpp an. »Daher werden wir nachher noch ein weiteres Interview mit Ihnen führen, und erst wenn alles widerspruchslos geklärt ist und wir ein unterzeichnetes Protokoll Ihrer Aussage haben, können Sie vielleicht, aber auch nur vielleicht, nach Hause gehen. Kapiert?«

Maja Tysja verschränkte wieder die Arme vor ihrer Brust. »Wie gesagt, wir können auch die harte Nummer durchziehen, Malmkvist, und ich besorge einen Haftbefehl«, sagte sie betont gleichgültig. »Dann können Sie jetzt nach Hause, und ich hole Sie in ungefähr einer Stunde mit ein paar Kollegen und Blaulicht wieder ab. Klingeln. Türklopfen. Haftbefehl. Handschellen. Neugierige Nachbarn. Das volle Programm. Ihre Entscheidung.«

»Ich muss telefonieren«, sagte Lennart. Er sah ein, dass Kooperation jetzt angebracht war.

»Wen wollen Sie anrufen?«, fragte Tysja.

»Frau Calvino. Sie passt auf meinen Hund auf und macht sich bestimmt schon Sorgen. Und dann meinen Anwalt.«

»Frau Calvino übernehme ich«, sagte Kommissarin Tysja. Sie sah auf die Uhr, bevor sie zum Telefon griff. »Meinen Sie, Ihr Anwalt ist um elf Uhr nachts noch wach? Oder hat er eine Malmkvist-Hotline eingerichtet? Sie sollten sich besser beeilen.«

Tysja verließ den Verhörraum, und Kommissar Svensson brachte Lennart ein Telefon.

Dann ließ er ihn allein und schloss die Tür hinter sich.

Lennart fühlte sich mies. Er tippte Cornelius Isakssons Nummer in die Tasten. Doch ehe er damit fertig war, drang von irgendwoher Musik an sein Ohr.

Er erschrak.

Leierkastenmusik …

Das Licht im Raum flackerte auf.

Die Musik wurde immer lauter, bis Lennarts Ohren schmerzten. Wieder flackerte das Licht. Er sprang auf, rannte zur Tür, drehte und rüttelte am Knauf, doch der ließ sich keinen Millimeter bewegen, als wäre er fest angeschweißt. Das Licht flackerte weiter, ein dumpfer, dunkler Druck fuhr durch den Raum, dann verstummte die Musik.

Irgendetwas hatte sich verändert.

Lennart schloss seine Lider und drehte sich langsam um.

Er wusste genau, wer da vor ihm stand. Er würde ihm nicht entkommen.

Lennart atmete tief durch und riss dann mutig die Augen auf.

Tatsächlich, es war der Leierkastenmann. Er wirkte wie von düsteren Schlieren verzerrt und stand nur wenige Schritte von Lennart entfernt, die knöcherne Hand auf die Kurbel seines Instruments gelegt, das aussah wie vom Abfallhaufen eines uralten Jahrmarkts – rostig, schief und mit abblätterndem Lack. Ein stockfleckiger und ausgefranster Frack in Bordeauxrot verhüllte seine große, hagere Gestalt. Der rote Zylinder saß schief und verbeult auf seinem Schädel, seine Augen glühten wie Kohlestücke.

»Was willst du von mir?«, rief Lennart entsetzt.

Faule Lippen formten etwas, das an ein Grinsen erinnerte. Die Gestalt bewegte sich wie verseuchte Luft auf Lennart zu. Ihren Leierkasten zog sie hinter sich her, das schauderhafte Quietschen fuhr Lennart durch Mark und Bein.

»Ich will dich warnen«, hauchte der Leierkastenmann, als er bei Lennart angekommen war. Der wich instinktiv einen Schritt zurück – der Atem seines Gegenübers roch nach Teer und Untergang.

»Warum?« Lennart war übel von dem Gestank, und ihm wurde schwindelig. »Ist Krähenbein etwa in der Nähe?«, hauchte er.

»Ja, er will die Dunklen Pergamente. Auch das von Buri Bolmen, das du versteckt hältst.«

Plötzlich waren Schritte hinter der verschlossenen Tür zu hören. Dann versuchte jemand, sie zu öffnen, und rüttelte daran.

»He, Herr Malmkvist! Lassen Sie diesen Unfug! Was haben Sie mit der Tür gemacht? Öffnen Sie, und zwar sofort!«

»Er ist ganz nah …«, flüsterte der Leierkastenmann. »Hüte dich vor ihm. Noch kannst du ihm Einhalt gebieten, noch ist er nur eine schwache Illusion. Er braucht Verbündete aus dieser Welt, die ihm helfen. Jetzt ist er noch schwach, kaum stärker als du …«

»Herr Malmkvist! Das ist nicht witzig! Aufmachen! Oder wir treten die Tür ein!«, tobte Maja Tysja draußen. Wieder wurde gerüttelt.

»Was soll ich tun?«, fragte Lennart den Leierkastenmann, während ihm langsam schwarz vor Augen wurde.

»Löse das Rätsel, das den Professor umgibt, und finde seine Frau, nur so wirst du an Stärke gewinnen.«

»Warum … warum hilfst du mir …?« Lennart tastete nach einem der Stühle am Tisch, um sich abzustützen.

Der Leierkastenmann lachte blechern. »Ich helfe nicht dir, du Tor! Dein Leben interessiert mich nicht. Ich will, dass sich die Prophezeiung erfüllt, doch du bist blind und erkennst sie nicht. Darum habe ich dich einst verflucht.«

Von draußen waren nun laute Schläge zu hören, die gegen die Tür donnerten.

Lennart sank auf die Knie. »Warum … ich … was für ein Fluch? Welche Prophezeiung?«

»Du wirst für immer und ewig allein bleiben und keine Frau an deiner Seite haben. Und wenn du dich dagegen wehrst, werde ich dich töten.« Der Leierkastenmann schenkte Lennart ein Grinsen, dann schnippte er mit dem Finger und löste sich schlagartig in nichts auf. Ein letzter schwarzer Dunst wirbelte dort, wo er eben noch gestanden hatte, dann war auch der verschwunden.

Im selben Moment sprang die Tür auf, und Maja Tysja stürmte mit Svensson und zwei weiteren Beamten herein.

Dann schwanden Lennart die Sinne.

5. Kapitel

Die Prinzessin war von einem wundersamen Leuchten umgeben wie von Abertausenden Sternen. Sie schwebte auf ihn zu, verschleiert von dichtem Nebel. Der löste sich plötzlich auf und gab die Wahrheit frei. Es war ein wunderbarer Traum. Voller Sehnsucht, die er niemals haben durfte. Lennarts Körper begann zu jucken, immer stärker.

Schließlich schlug er die Augen auf und fand sich auf dem Boden des Verhörraums wieder, in den Armen von Maja Tysja. Die Kommissarin wirkte besorgt, doch als sie bemerkte, dass er erwacht war, verfinsterte sich ihre Miene. Sie ließ von ihm ab und stand auf.

»Was war hier los?«

Lennart blickte ins grelle Neonlicht an der Decke und blinzelte. Von wegen Sterne. In seinem Sichtfeld tauchten Kommissar Svensson und die beiden Beamten auf.

»Soll ich nicht doch lieber den Arzt holen?«, fragte einer der Uniformierten, an Tysja und Svensson gerichtet.

»Nein, es geht schon wieder«, antwortete Lennart mit schwacher Stimme und richtete sich auf. »Mir ist nur schlecht geworden, keine Ahnung, weshalb. Vielleicht wegen dem ganzen psychischen Stress hier.«

Svensson entfuhr ein verächtliches Schnauben. »Oder haben Sie sich vielleicht dabei überanstrengt, die Tür von innen zu verrammeln und theatralische Selbstgespräche zu führen? Was sollte der Mist?«

»Ich habe weder die Tür versperrt noch Selbstgespräche geführt«, verteidigte sich Lennart. »Was reden Sie denn da? Wie soll ich das denn hinbekommen haben ohne Schlüssel? Schauen Sie sich einfach die Videoaufzeichnungen an. Sie haben doch sicherlich welche, oder?«

»Kamera und Mikros sind ausgefallen«, sagte Tysja nüchtern.

Lennart hatte Mühe, ein Grinsen zu unterdrücken. Wenn der Leierkastenmann auftauchte, fiel gerne mal der Strom aus. Das wusste er, spätestens seit diese Horrorgestalt damals während ihres Einbruchs in Buri Bolmens Laden auch die Überwachungskamera am Haus gegenüber lahmgelegt hatte.

»Tja, dann werden wir dieses Rätsel wohl niemals lösen«, sagte Lennart. »Ich habe die Tür nicht mal angefasst.«

Svensson schwieg, sichtlich verärgert.

»Im Grunde ist es mir auch völlig egal. Sie können jetzt jedenfalls gehen«, sagte Maja Tysja.

Lennart blickte sie erstaunt an. »Woher kommt der plötzliche Sinneswandel?«

»Professor Hellström hat sich telefonisch gemeldet und überraschend verkündet, er wolle Sie nun doch nicht anzeigen.«

Svensson ergänzte resigniert: »Der Mann ist wirklich nicht ganz bei Trost.«

Lennart rappelte sich erleichtert vom Boden auf. Seine Knie waren noch etwas weich, aber er spürte, wie seine Kräfte langsam zurückkehrten.

Maja Tysja händigte Lennart den beschlagnahmten Zauberstab und Orakelring mit einem amüsierten Blick wieder aus. Dann brachte sie ihn zu seiner und Svenssons Verwunderung in ihrem Dienstwagen nach Hause. Es war fast Mitternacht, als sie vor seinem Wohnhaus parkte.

»Sie haben mehr Glück als Verstand«, sagte sie. »Sie hätten ernsthafte Probleme bekommen, wenn Professor Hellström nicht auf seine Anzeige verzichtet hätte. Ich finde das äußerst eigenartig. Warum tut er das?«

»Keine Ahnung«, sagte Lennart, »da müssen Sie ihn schon selbst fragen.« Er blickte in ihre türkisblauen Augen. Verflucht, warum juckte es ihn plötzlich am ganzen Körper? Er kratzte sich unauffällig am Arm und im Genick.

Tysjas Gesicht wurde vom Licht der Straßenlaternen in ein mattes Silber getaucht. Sie fuhr sich mit der Hand durchs Haar. »Wir können nicht immer beeinflussen, was mit uns passiert ...«, sagte sie und schien erst danach über ihre eigenen Worte nachzudenken. Dann fuhr sie fort: »Aber für das, was wir tun, sind wir immer selbst verantwortlich.«

Wieder musste Lennart sich kratzen. Diesmal am Handrücken.

Tysja zog besorgt die Augenbrauen zusammen. »Alles klar mit Ihnen? Nicht dass Sie mir wieder zusammenklappen wie vorhin auf der Wache.« Sie schaltete die Innenbeleuchtung ihres Wagens an und sog erschrocken die Luft ein. »Guter Gott, wie sehen Sie denn aus?«

Lennart öffnete hastig die Tür. So schlimm war es schon lange nicht mehr gewesen, nicht einmal bei Emma. »Es geht schon. Das ist nur eine Allergie.«

»Wogegen denn?«, fragte Tysja verwundert.

Lennart zuckte nervös zusammen. Sollte er dieser Frau etwa verraten, dass er unter Umständen gegen *sie* allergisch war? Oder vielleicht nicht gegen sie persönlich, sondern nur gegen das Gefühl, das sie in ihm auslöste? Was ihn anzog, musste er wegstoßen … War das wirklich sein Fluch? *Keine Frau?*

Lennart drehte sich von Tysja weg. »Weichmacher.«

»Wie bitte?«

»Weichmacher. Meine Allergie wird von bestimmten Weichmachern im Kunststoff ausgelöst. Das hatte ich total vergessen, und eben fiel es mir wieder ein. Vielleicht wurden in diesem Fahrzeug solche Chemikalien verwendet. Ich reagiere äußerst selten darauf, aber wenn, dann ziemlich heftig.«

Tysja blickte Lennart stumm an. Schließlich sagte sie: »Davon habe ich noch nie gehört.«

Lennart auch noch nicht.

»Tja, das ist sehr, sehr selten«, sagte er. »Aber in der Regel ist eine solche Attacke schnell vorbei. Sobald ich aus der Gefahrenzone bin.«

»Aha. Na dann, gute Besserung«, erwiderte Tysja. »Und ich rate Ihnen dringend, sich künftig von Professor Hellström und seinem Haus fernzuhalten. Es gibt Leute, die das als Behinderung der Justiz oder als Vertuschungsabsicht missverstehen könnten. So, und jetzt steigen Sie aus, ich habe eigentlich schon seit vier Stunden Dienstschluss und will endlich nach Hause.«

Lennart sah dem Wagen der Kommissarin nach, bis er im Dunkel der Västra Hamngata verschwunden war. Leise rieselte staubtrockener Schnee herab. Irgendwo bellte ein Hund, ein Auto hupte weit entfernt.

Lennart fror und kratzte sich ein letztes Mal. Der Ausschlag war genau wie Maja Tysja schon fast verschwunden. Lennart wünschte sich die unbeschwerten Zeiten zurück, in denen er sich noch vor wenigen Wochen befunden hatte. Oder waren auch sie nur ein schöner Traum gewesen? Seine rosarote Brille hatte einen ordentlichen Sprung abbekommen. Und zwar in beiden Gläsern.

Maja Tysjas Rat, dass er sich von Professor Hellström und dessen Haus fernhalten sollte, war eher eine Drohung gewesen als ein freundschaftlicher Rat. Aber leider konnte Lennart keine Rücksicht darauf nehmen.

Er schielte hinauf zum dunklen Fenster von Maria Calvino im ersten Stock. Er hoffte, dass sie schlief und sich nicht sorgenvoll im Bett wälzte. Buri Bolmens Tod und der Anruf der Polizei hatten seine Nachbarin, die allen Beteiligten nahestand, mit Sicherheit sehr beunruhigt.

Lennart ging hinüber zum Hauseingang und holte den Schlüssel aus seiner Jackentasche. Da legte sich plötzlich eine Hand auf seine Schulter.

»Auf ein Wort, Herr Malmkvist.«

Lennart wirbelte herum und riss die Hände instinktiv nach oben, sodass der Schlüssel klirrend zu Boden fiel. »Verdammt, wer sind Sie? Was wollen Sie?«

Vor ihm stand ein dürres Männchen in einem übergroßen Wintermantel, der ihm bis zum Knöchel reichte. Es hatte sich eine rote Pudelmütze bis weit in die Stirn gezogen und einen roten Schal so dick um den Hals geschlungen, dass man sein Gesicht kaum erkennen konnte. Seine goldumrandete Brille war stellenweise vereist.

»Professor Hellström? Sind sie das?«

»Der bin ich wohl«, kam es gedämpft zurück.

»Mich so zu erschrecken! Sind Sie verrückt?«, entfuhr es Lennart – obwohl er die Antwort bereits zu kennen glaubte.

»Ich bin umnachtet und verflucht, so fühle ich mich zumindest. Und das liegt an meinem unheimlichen Besucher – in meinem Haus geht es nicht mit rechten Dingen zu, müssen Sie wissen«, flüsterte der Professor ängstlich. Er befreite sein Kinn aus dem Schal. »Ich habe über Ihre Worte von vorhin nachgedacht. Stehen Sie immer noch zu Ihrem Angebot? Wollen Sie mir helfen?« Es klang verzweifelt und etwas weniger verwirrt als noch vor ein paar Stunden. Aber Hellström sah schlecht aus. Selbst im fahlen Lichtschein der Straßenlaternen konnte Lennart das erkennen. Er zitterte, seine Wangen wirkten eingefallen, und seine Augen schimmerten blass und matt, beinahe leblos durch die Gläser der viel zu großen Brille.

Lennart lächelte ihn aufmunternd an. »Wollen wir nicht hinaufgehen? Kommen Sie, es ist spät, dunkel und kalt. Abgesehen davon habe ich ein paar Fragen an Sie.«

Sobald sie Lennarts Wohnung im dritten Obergeschoss betreten hatten, legte Hellström Mantel, Mütze und den ellenlangen Schal ab und rieb sich behaglich die Hände.

»Hoppla! Schön warm hier«, sagte er glücklich. »Wo ist das Mopstier?«

»Bei meiner Nachbarin«, sagte Lennart, während er die Sachen des Professors an die Garderobe hängte. »Da entlang, bitte.« Er machte eine einladende Handbewegung und führte den Professor durch den Flur ins Wohnzimmer. »Setzen Sie sich doch. Möchten Sie etwas trinken? Ich werde mir einen Whisky gönnen und …«

»Gute Idee. Doppelt. Danke.«

Während Lennart zwei Gläser aus dem Schrank holte und sie geradezu verschwenderisch mit einem teuren Single Malt füllte, kreiste Professor Hellström in einer kleinen Ellipse vor der Couchgarnitur.

»Herr Professor, erklären Sie mir bitte, warum Sie nicht Anzeige gegen mich erstattet haben. Ich freue mich zwar darüber, aber was hat Sie umgestimmt?«, fragte Lennart.

Professor Hellström räusperte sich verhalten. »Viel Seltsames und Schreckliches ist in letzter Zeit geschehen. Und ich glaube, die Polizei kann mir nicht helfen«, sagte er leise und sah auf. »Wissen Sie, meine Frau Henrietta ist vor ein paar Tagen spurlos verschwunden.«

»Ich weiß«, sagte Lennart mitfühlend. Er kam mit den Whiskygläsern zum Couchtisch und hielt dem Professor eins davon hin.

»Das Einzige, was man von ihr gefunden hat, war eine blutverschmierte Jacke, und zwar im Trindemossen.« Professor Hellström verließ seine Umlaufbahn und ließ sich in den Sessel neben Lennart plumpsen. Er ergriff das Whiskyglas und hob es ins Licht der Wohnzimmerlampe. »Den schönsten Bernstein gibt es an den polnischen Dünenküsten. Haben Sie das gewusst?« Die Miene des Professors wirkte seltsam entrückt, als befände er sich auf einer inneren Flucht vor der finsteren Realität.

»Wirklich?«, sagte Lennart verwundert und bezog sich dabei auf den Jackenfund. Tysja hatte ihm offenbar nicht jedes Detail erzählt …

»*Skål!*« Hellström prostete Lennart zu, führte den Tumbler zum Mund und nippte mit geschlossenen Augen daran. »Karamell, Honig, Orangenschalen, ein Anflug von Nelke, Eiche, Rauch und Meer mit seinen Dünen. Sehen Sie, so schließt sich der Kreis.«

»*Skål*«, erwiderte Lennart.

»Wissen Sie, wie oft man blutverschmierte Jacken von vermissten Personen findet, denen *nichts* zugestoßen ist?«, fragte der Professor.

»Nein.«

»Ich auch nicht«, sagte Hellström und nahm wieder einen kleinen Schluck. »Doch ich befürchte, dass es sich dabei um keine statistisch signifikante Größe handelt.« Der Professor fuhr einige Sekunden lang geistesabwesend mit dem Zeigefinger über den Rand seines Glases. Dann blickte er auf. »Henrietta war Ärztin in der neurologischen Abteilung der Universitätsklinik. Dort haben wir uns kennengelernt, als ich selbst noch an der Universität gearbeitet habe. Jetzt ist sie tot.«

Mit einem Mal erkannte Lennart, wie traurig dieser Mann unter seiner verwirrten und eigenartigen Oberfläche war und wie sehr ihn das alles mitnahm. Er tat ihm wirklich leid.

»Das mit der Jacke Ihrer Frau muss gar nichts heißen«, versuchte er den Professor etwas hilflos aufzumuntern. »Vielleicht klärt sich alles auf, wenn wir herausfinden, wer da bei Ihnen das ganze Unheil in der Küche anrichtet. Am Ende hängt es mit dem Verschwinden Ihrer Frau zusammen.«

»Selbstverständlich tut es das!«, rief Hellström aus tiefer Überzeugung und hob dabei sein Whiskyglas in die Höhe. »Ich bin sicher, dass es der Geist meiner ermordeten Frau ist, der für dieses Chaos verantwortlich ist. Die Küche war ihr Reich. Sie hat herrlich gekocht. Und nun will sie mich in den Wahnsinn treiben und sich an mir rächen, weil ich sie nicht genug beachtet habe, als sie noch lebte, ich alter Narr. Meine wissenschaftliche Arbeit war mir oft wichtiger als sie. Und ich konnte sie auch nicht vor ihrem Mörder, diesem Hendrik Nilsson, retten. Jetzt ist sie ein rächender Geist. Und deswegen bin ich auch zu Ihnen gekommen. Sie kennen sich mit Übersinnlichem sicher viel besser aus als die Polizei. Sie haben doch diesen Zauberladen, habe ich gelesen.«

Seit Lennart begonnen hatte, sich mit Magie auseinanderzusetzen, wusste er, dass selbst scheinbar Unmögliches möglich war. Dass allerdings eine Professorengattin als küchenverwüstendes Gespenst wiederauferstand, war selbst ihm etwas zu viel. »Haben Sie schon einmal überlegt, dass es eventuell doch jemand anders sein könnte, der Sie heimsucht?«, fragte er vorsichtig.

Der Professor kratzte sich nachdenklich am spitzen Kinn. »Meinen Sie, das wäre möglich? Ein ganz und gar wunderlicher und zudem ungebetener Gast? Wer sollte das sein, und wo ist dann meine Henrietta?«

Da klopfte es plötzlich leise.

»Entschuldigen Sie mich«, sagte Lennart und ging durch den Flur zur Wohnungstür.

Maria Calvino stand davor und neben ihr Bölthorn. Beide sahen so zerknautscht aus, als wären sie gemeinsam vor dem Fernseher auf der Couch eingenickt und eben erst aufgewacht.

»*Caro*, was ist passiert? Ich habe mir solche Sorgen gemacht, als mich die *Polizia* angerufen hat!«

»Alles gut«, beeilte sich Lennart zu sagen. »Nur ein kleines Missverständnis.«

Bölthorn quetschte sich zwischen dem Türrahmen und Lennarts Bein hindurch und trabte in Richtung Wohnzimmer.

»Was hat er?«, wollte Maria wissen.

»Ich habe Besuch«, erklärte Lennart.

Maria streckte neugierig den Kopf durch die Tür und schielte herein.

»Guten Abend, gnädige Frau. Professor Hellström ist mein Name«, sagte der Professor, der – ebenfalls neugierig – an die Wohnzimmertür getreten war.

Maria versuchte hastig und verlegen lächelnd ihre dunkle Haarpracht mit den Händen in Form zu bringen. »*Buona sera*. Oh, Sie sind ein *professore*? Ich bin die Nachbarin von Herrn Malmkvist, Maria Calvino. Ich wollte nicht stören. Ich dachte nur, ich bring den lieben Bölthorn zurück …« Sie deutete zu dem Mops, der sich zwischen Lennart und den Professor gesetzt hatte und vor sich hin röchelte. »Aber, *professore*, entschuldigen Sie, wenn ich das frage – Sie haben so wunderbar volles Haar, und dabei sind Sie so furchtbar dünn. Sind Sie etwa krank? *Mi scusi*, ich frage Dinge, die mich wirklich nichts angehen.«

Maria hatte sich fest im Türrahmen verankert.

»Ich bin kerngesund«, stellte Hellström sachlich fest. »Allerdings sagte meine Frau auch immer, ich äße zu wenig. Wenigstens sagte sie das bis vor Kurzem …«

Maria zögerte einen Moment und beschloss dann offenbar, die Worte des Professors als Auftrag zu verstehen. »*Va bene*, kein Problem! Ich mache uns einfach rasch etwas zu essen.« Und damit eilte sie auch schon die Treppe hinab, bevor Lennart oder der Professor etwas einwenden konnte.

Sobald sie wieder im Wohnzimmer saßen, stellte Professor Hellström fest: »Diese Dame ist eine nette Person. Sie redet schnell und viel. Sie ist wie dieses Mopstier – merkwürdig, ein wenig übergewichtig, aber äußerst nett.« Professor Hellström zeigte zu Bölthorn hinüber, der neben der Tür im Körbchen lag, leise vor sich hin schmatzte und im Traum mit den Wurstbeinen zuckte. »Schauen Sie nur. Ein adipöser Hund, aber ein ganz besonderer. Bölthorn, Bölthorn … der Name stammt aus der nordischen Mythologie, man könnte ihn mit ›Dorn des Verderbens‹ übersetzen. So hieß auch ein sagenumwobenes Riesengeschlecht, wenn ich mich recht entsinne. Wie unpassend für dieses possierliche Tierchen.«

Bölthorn spitzte das oben liegende Ohr und öffnete ein Auge. Knarzend quälte er sich aus seinem Körbchen, hievte seinen hängenden Bauch über das Weidengeflecht und wackelte schlaftrunken zu Professor Hellström hinüber, wo er sich zu dessen Füßen niederließ.

»Herr Malmkvist, ich bin gekommen, um Sie zu bitten, mich von besagtem ganz und gar wunderlichen und ungebetenen Gast zu befreien, der tagein, tagaus meine Küche demoliert. Und ich bitte Sie auch, mir meine geliebte Henrietta zurückzubringen, ob als Mensch oder meinetwegen auch als Geist. Hauptsache, sie kommt zurück. Sie können das, weil Sie einen Zauberladen führen und weil Sie es mir angeboten haben, nicht wahr?«

Lennart trank seinen Whisky aus und sagte mit fester Stimme: »Das kriegen wir hin. Ich helfe Ihnen.«

Er hatte sich nicht nur diesen Tag, sondern auch den Abend grundsätzlich anders vorgestellt.

Bölthorns Schnauze verzog sich zu einem zufriedenen

Mopslächeln, während der Professor unbeholfen seinen Kopf tätschelte.

»Meinen Sie, dieser Nilsson steckt dahinter?«, fragte Hellström.

Lennart zuckte mit den Schultern. »Ich weiß es nicht. Haben Sie diesen ungebetenen Gast eigentlich je zu Gesicht bekommen?«

Der Professor schüttelte den Kopf. »Bedauerlicherweise nein.«

»Der Übeltäter scheint ziemlich flink zu sein«, sagte Lennart.

»Wieselflink«, bestätigte Hellström und schob sich die viel zu große Brille auf dem Nasenrücken nach oben. »Aber vielleicht haben Sie ja mehr Glück oder kennen einen Trick, ihn dingfest zu machen.«

»Ich werde mir eine Strategie überlegen«, sagte Lennart.

»Prima. Dann kann's ja losgehen«, erwiderte der Professor frohgemut. »Doch ich habe noch eine Frage. Wie viel Geld verlangen Sie für Ihre Nachforschungen? Ich hoffe, ich kann mir das leisten.« Mit diesen Worten zog der Direktor ein flaches Bündel zerknitterter Geldscheine aus der Tasche und hielt es Lennart hin. »Mehr als das habe ich nämlich auf die Schnelle nicht zur Verfügung«, sagte er. »Als Museumsdirektor verdient man zwar nicht schlecht, aber ich sammle alte Dinge … Das ist ein kostspieliges Hobby. Meine Henrietta hatte recht. Damit brachte ich das Unglück erst über uns …«

»Stecken Sie Ihr Geld wieder ein, Herr Professor. Ich möchte nichts dafür.«

Hellström schaute Lennart ungläubig an. »Das ist günstig.«

»Ich denke, ich komme gleich morgen früh zu Ihnen …«

Da klopfte es wieder an der Wohnungstür.

»Das wird unser kleiner Imbiss sein«, sagte Lennart und verließ das Wohnzimmer.

Als er die Wohnungstür öffnete, schlug ihm der vertraute Duft entgegen, der täglich das Treppenhaus erfüllte, wenn Maria kochte. Eine wunderbare mediterrane Mischung aus Knoblauch, Olivenöl und Kräutern. Nicht zum ersten Mal wunderte sich Lennart, wie Maria Calvino es fertigbrachte, solche Mengen in derart kurzer Zeit und Güte zu produzieren. Hätte er es nicht besser gewusst, dann hätte er angenommen, es wäre reine Magie.

»*Scusate*, ich hatte nicht so viel Zeit, sonst hätte ich etwas Ordentliches gekocht«, sagte sie, während sie mit zwei riesigen Weidenkörben unter den Armen die Wohnung betrat.

Lennart deckte rasch im Wohnzimmer den Tisch, und kurz darauf türmten sich dort Teller und Schüsseln voller Leckereien aus Maria Calvinos Heimatküche.

Nach Lennarts Auffassung gab es absolut nichts, wofür die Frau sich hätte entschuldigen müssen. Im Gegenteil. Diese Auswahl hätte jedem italienischen Restaurant in Göteborg das Wasser metertief abgegraben: Zucchini-Carpaccio mit Staudensellerie, Fenchel, Walnüssen und Kräuterquark, wunderbare *Spaghetti aglio, olio e peperoncino*, dazu reifen Parmesan und frisch aufgebackenes Ciabatta und als Abschluss Trüffelkäse aus dem Piemont und ein selbstgebackener Weihnachts-Panettone mit Zimt-Kakao-Cremefüllung. Und für Bölthorn gab es natürlich ein durchwachsenes Stück ungewürztes Kochfleisch.

»Eine überaus bemerkenswerte kulinarische Leistung«, hörte Lennart den Professor sagen, während Maria ihm eine Portion Pasta auf den Teller häufte. Anschließend hobelte sie eine gehörige Menge Parmesan darüber.

»Essen Sie nur. Ich habe reichlich gekocht. Extra für Sie. Sie sind so dünn!«

»Wirklich zu gütig, liebe Frau Calvoni, aber mein Magen …« Professor Hellström hob abwehrend die Hände.

»*No*, keine Widerrede! Sie sind zu dünn«, sagte Maria und häufte ihm noch mehr Nudeln auf den Teller. »Essen Sie nur. Ich habe reichlich gemacht. Extra für Sie.« Maria Calvino ballte die Faust. »Das gibt Ihnen *forza* – Kraft.«

Mit jedem Bissen, den er zu sich nahm, machte Professor Hellström allerdings einen zunehmend ermatteten Eindruck. Wenig später steckte er sich seufzend die letzte Gabel Spaghetti in den Mund – er hatte tatsächlich zwei ganze Teller geschafft.

Professor Hellström wischte sich den Mund mit der Serviette ab und stand hastig auf, um sich zu verabschieden. Es schien, als fliehe er vor einer etwaigen Nachspeise. »*Hej då*, Frau Calvoni. Es war mir eine Freude, Sie kennenzulernen, und Ihr Essen war überwältigend.«

»Calvino«, korrigierte Maria freundlich, drückte ihn an sich und küsste ihn auf beide Wangen, was den Professor sichtlich überforderte. Ganz abgesehen davon, dass Lennart einen Moment lang Angst bekam, der zierliche Mann könnte durch Maria Calvinos wogenden Busen ernsthaften Schaden nehmen.

Lennart brachte den Professor zur Tür und half ihm in den Mantel, während Maria den Tisch abräumte.

»Gute Nacht, Herr Malmkvist«, sagte Hellström und

blickte auf Bölthorn hinab. »Bringen Sie das Tier morgen früh ruhig mit. Vielleicht kann es sich als nützlich erweisen und irgendeine Fährte aufnehmen. Das machen Hunde doch von Zeit zu Zeit, nicht wahr? *God Natt!*«

Nachdem auch Maria sich verabschiedet hatte, setzte sich Lennart ins Wohnzimmer und wollte sich gerade noch ein letztes Glas Rotwein einschenken, als sein Handy summte. Neugierig las er die SMS.

Lieber Lennart!
Ich bin in Göteborg. Hast Du morgen Abend schon etwas vor? Same place, same time? 20:00 Uhr im Le Président? Diesmal werde ich kommen. Versprochen!
Deine Emma

6. Kapitel

Lennart fühlte sich, als hätte ihn der Wecker mitten in der Nacht aus dem unruhigen Schlaf gerissen. Um diese Jahreszeit war es in Göteborg um halb acht Uhr morgens etwa so hell wie tief in einer Wolfshöhle. Eilig duschte er, zog sich an und machte sich schnell einen Espresso.

Wenig später hob Lennart Bölthorn auf den Rücksitz seines Wagens und fuhr in Richtung Museum. Er bog auf die Västra Hamngata ab und folgte der Straße in Richtung Kungsparken. Als er die Hagakyrkan mit ihrem schlanken und kupfergedeckten Kirchturm passierte, meldete sich sein Handy mit einer ihm bekannten Stockholmer Nummer. Er schaltete die Freisprechanalage ein.

»*Hej*, Mama! Schön, dass du anrufst.«

»*Hej*, Lennart. Alles in Ordnung bei dir? Und wie geht es mit deinem Laden voran?«

Lennart musste bremsen. Der Stadtbus vor ihm hatte beschlossen, sich ohne zu blinken in den Verkehr einzufädeln. »Gut, aber der liebe Buri Bolmen hat ein ziemliches Chaos hinterlassen.«

»Papa und ich würden gern Weihnachten mit dir feiern und über Silvester in Göteborg bleiben. Dann wären wir auch zur Ladeneröffnung da. Was meinst du?«

»Gute Idee. Wann wollt ihr denn kommen?«

»Ich dachte, einen Tag vor Heiligabend.« Lennarts Mutter schwieg einen Moment, sie schien mit sich zu hadern. Schließlich fragte sie: »Sag mal, redet dieser Mops eigentlich noch mit dir, und erscheint dir noch immer dieser … dieser … Leierkastenmann?« Sie sprach das letzte Wort so leise, ja beinahe angsterfüllt, als befürchtete sie, die grausige Gestalt könnte ihren Namen hören und augenblicklich bei ihr in Stockholm erscheinen.

Lennart hatte seiner Mutter erzählt, dass Bölthorn sprechen konnte, und auch, dass ihm der Leierkastenmann erschienen war. Und zwar kurz nachdem er seinen lukrativen Job bei Harald Haddings HIC AB verloren hatte. Damals hatte er noch selbst geglaubt, er stehe kurz vor der Einweisung in die Psychiatrie, und mehr als einmal daran gedacht, sich professionelle Hilfe zu suchen. Seine Mutter war anscheinend noch immer in Sorge um ihn.

»Mach dir keine Gedanken. Mir geht's gut, okay?«

Lennart entdeckte einen freien Parkplatz in der Nähe des Museums und setzte den Blinker. Er meinte, seine Mutter am anderen Ende der Leitung erleichtert ausatmen zu hören.

»Ich muss jetzt leider Schluss machen, Mama. Ich ruf dich später wieder an.«

Professor Titus Hellström schien bereits ungeduldig gewartet zu haben. Lennart traf ihn in seinem Gärtchen an, wo er gerade einen Schneemann baute. Als Lennart ihn erblickte, machte er zwar einen entspannten Eindruck, wirkte aber wieder deutlich verwirrter als am Abend zuvor. Der Einfluss des magischen Feldes aus seinem Haus war unverkennbar.

»*Hej*, Herr Professor«, grüßte Lennart.

»Ach, Sie sind es, Herr Malmkvist, und das liebe Mopstier!«, rief Hellström überschwänglich, als er beide erkannte. »Ich habe mir in meiner Eigenschaft als Direktor dieses Museums und aufgrund der erschreckenden Ereignisse kurzerhand bis Ende des Jahres freigenommen«, erklärte Professor Hellström ungefragt. »Ha! Das kann ich mir erlauben in meiner Position. Was führt Sie zu mir?«

»Na, wir waren doch heute Morgen verabredet.«

»Tatsächlich? Das ist ja ein Ding!« Der Professor kam aus dem Gärtchen heraus und sah sich verschwörerisch nach allen Seiten um, als würde sie jemand belauschen. »Was bringen Sie mir denn da Feines mit?« Dabei deutete er auf Marias Weidenkorb, den Lennart bei sich trug.

»Ein Geschenk von Frau Calvino. Essen für Sie.«

Maria hatte Lennart den mit hausgemachten Speisen vollgestopften Korb heute Morgen im Treppenhaus in die Hand gedrückt. »Für den *professore*«, hatte sie gesagt. »Er ist doch so *magrito*, so dünn …« Sie musste die ganze Nacht gekocht haben, anders waren diese Mengen nicht zu erklären.

Die Miene des Professors erhellte sich für einen Moment. »Eine gute Seele, diese Dame. Ein bisschen verrückt, aber sehr nett. Solange ich bitte, bitte nicht wieder so viele Nudeln essen muss …«

Er verschwand im Haus und ließ die Tür offen stehen. »Kommen Sie, Herr Malmkvist, kommen Sie«, rief es von drinnen, »und bringen Sie das dickliche Mopstier ruhig mit.«

Lennart schaute zu Bölthorn hinunter, der schnaufend die hohe Stufe zur Eingangstür erklomm und in Hellströms Haus verschwand. Lennart zuckte mit den Schultern und folgte ihm.

Während seines ersten Lokaltermins, der ja aus gutem Grund bei Dunkelheit stattgefunden hatte, war Lennart im spärlichen grünen Schein seines Zauberstabes schon aufgefallen, wie viel Krimskrams in diesem Haus zusammengetragen worden war. Doch nun, als das Tageslicht die Räumlichkeiten etwas besser ausleuchtete, erkannte er erst das ganze Ausmaß der Unordnung. Es waren so viele Gegenstände hier untergebracht, dass das Haus des Professors gut und gerne als ein erweiterter Ausstellungsraum des Naturhistorischen Museums von nebenan durchgegangen wäre. Man hätte Eintritt dafür verlangen können.

»Hübsch gemütlich haben Sie's hier«, sagte Lennart zu Hellström.

Der Professor stand vor dem knisternden Kamin. Er kratzte sich ungelenk am Kinn und kicherte, obwohl es aus Lennarts Sicht keinen Anlass dafür gab. »Danke. Doch meine Frau ist über diese schöne Sammlung weniger erfreut. Sie hasst es abzustauben. Zu viel, zu viel, sagte sie immer, als sie noch mit mir geredet hat. Hihi.« Kurz überkam ihn ein Ausdruck von Trauer. »Aber wie wollen wir jetzt vorgehen? Welchen Plan haben Sie erarbeitet?« Er rieb sich erwartungsfroh die Hände.

Lennart stellte Marias Fresskorb auf den Esstisch, der mit aufgeschlagenen Büchern, schmutzigen Gläsern und Tassen vollgestellt war.

»Als Erstes mache ich mir ein Bild von der Lage und inspiziere die verwüstete Küche«, sagte Lennart. »Vielleicht findet sich eine Spur, die uns weiterhilft. Einverstanden?«

Professor Hellström blickte Lennart skeptisch an. Dann

freute er sich: »Eine Spur? Hihi. In der Küche gibt es jede Menge Spuren, hihi. Komm, nettes Möpschen. Wir gehen mal gucken, was?«

Bölthorn warf Lennart einen genervten Blick zu (hatte er tatsächlich mit den Augen gerollt?) und erhob sich schnaufend vom Teppich. Dann trottete er seinem Herrchen und dem Professor jedoch brav hinterher.

Lennart bemerkte, dass die magische Energie stetig anwuchs, während er dem Professor durchs Wohnzimmer folgte. Als sie in die Küche kamen, erreichte sie ihren Höhepunkt. Lennart konnte das Chaos dort kaum fassen. Es sah noch schlimmer aus als beim letzten Mal. Nur jemand, der wirklich verärgert war und Hellström abgrundtief hasste, würde eine derartige Zerstörung anrichten. Aber warum beschränkte er sich ausschließlich auf die Küche? Hatte der Professor am Ende recht mit seiner Vermutung, es sei seine tote Frau als eine Art Gespenst mit Rachegelüsten?

»Könnten Sie mich und meinen Hund einen Moment hier allein lassen? Wir müssen uns … *konzentrieren*.«

Hellström blickte Lennart überrascht an. Dann sagte er: »Gewiss, gewiss. Ich gehe derweil etwas lesen. Lesen, lesen, lesen …«

Kaum war der Professor aus der Küche verschwunden, schloss Lennart die Tür.

»Ich muss erst mal ein bisschen aufräumen«, sagte er zu Bölthorn. »In dem Schlachtfeld kann man ja nicht arbeiten, und außerdem ist es gefährlich für Mopspfoten. Nicht dass du noch in einen Glassplitter trittst, Bölli. Danach versuchen wir die Quelle der magischen Energie zu finden, die zweifellos hier existiert. Oder irgendetwas anderes, das uns weiterhilft. Geh kurz zur Seite. Ich weiß nicht, wie gut ich das hinbekomme …«

Damit öffnete Lennart seine Jacke und holte den Zauberstab hervor. Er streckte ihn entschlossen und konzentriert vor sich in die Luft.

Gut, dass er sich bereits vor einiger Zeit mit dem »Sauberzauber« (wie er ihn insgeheim nannte) befasst hatte. Damals hatte er sich vorgestellt, er könne damit vielleicht Buri Bolmens Laden entrümpeln und ihm und Frederik damit eine Menge Arbeit ersparen. Allerdings war dieser Zauber nicht der leichteste, wie Lennart nach seinen ersten Versuchen hatte feststellen müssen.

Doch zum Aufräumen von Unrat und kaputten Sachen sollte Lennart inzwischen in der Lage sein. Und wenn es doch nicht klappte oder irgendetwas schiefging? Mehr Verwüstung als aktuell war in Professor Hellströms Küche ohnehin kaum möglich.

»*Fjuka sløða sopa bøta lìda skila*«, zischte Lennart und beschrieb mit seiner Zauberstabspitze eine liegende Acht. Eine leuchtend grüne Spur aus glimmendem Nebel löste sich von der Spitze und strömte sanft in die Luft wie ein perfekter Kringel aus Zigarrenrauch. Der Nebel verbreitete sich immer weiter, bis er auf den Boden und sämtliche herumliegenden Gegenstände traf. Auf einmal begann es leise zu knirschen und zu knacken, zu mahlen und zu fegen. Wie mit unsichtbarer Hand wurden Scherben, Essensreste, Krümel, Besteck und alles, was sonst noch auf dem Boden lag, zusammengeschoben, ganz gleich, ob es sich um feste, flüssige oder klebrige Dinge handelte.

Als das grüne Licht der Magie am Ende verloschen war, türmte sich ein kniehoher Haufen Unrat inmitten der Küche, den Lennart nur noch mit Kehrblech und Besen in zwei große Müllbeutel schaufeln musste. Danach schloss er alle offenen Schubladen und Schranktüren, machte den Kühlschrank zu und betrachtete zufrieden sein Werk. Es war zwar einiges zu Bruch gegangen, doch der Zauber hatte wunderbar funktioniert.

»So, das hätten wir. Und nun wollen wir mal schauen, ob wir hier nicht etwas herausfinden, das für normale Augen verborgen bleibt …«

Doch eine Stunde später brachen sie die Suche ergebnislos ab. Jeden Teller hatten sie umgedreht, jede Schublade und jeden Schrank aufs Genauste untersucht, sogar an den Fliesenfugen war Bölthorn mit platt gedrückter Schnauze entlanggegangen – nichts. Obwohl eine magische Aura in der Küche deutlich zu spüren war, konnten sie ihren Ursprung nicht entdecken. Auch der vorbeihuschende schreiende Schatten, den Lennart während seines ersten Besuches im Hause Hellström wahrgenommen hatte, war nicht wieder aufgetaucht. Es schien fast, als jagten sie einem unsichtbaren Phantom hinterher.

Frustriert steckte Lennart den Zauberstab zurück in die Tasche und überlegte. Dann ging er neben Bölthorn in die Hocke und sagte: »Wir sollten zusammen mit dem Professor in den Trindemossen gehen, und zwar genau zu der Stelle, wo die Jacke seiner Frau gefunden wurde. Vielleicht hat die Polizei dort etwas übersehen, was sie gar nicht sehen konnte. Eine magische Spur zum Beispiel?« Lennart erhob sich. »Oder hast du eine bessere Idee?«

Bölthorn knautschte die Schnauze und schien ebenfalls nachzudenken. Dann schüttelte er den Kopf und tippelte an Lennart vorbei in Richtung Wohnzimmer. Lennart folgte ihm und rief: »Herr Professor, lassen Sie uns einen kleinen Spaziergang machen. Was halten Sie davon?«

»Eine tolle Idee!«, kam es zurück. »Wohin soll's denn gehen?«

Lennart erklärte sein Vorhaben, und nur wenige Minuten später schritt Professor Hellström bereits dick eingemummelt über das Museumsgelände und über einen verschneiten Kiesweg vor Lennart und Bölthorn in den angrenzenden Schlosspark hinein.

Kurz darauf erreichten sie auch schon den Trindemossen, das größte innerstädtische Waldgebiet Göteborgs, das direkt hinter dem Botanischen Garten begann. Finster erhob sich der tief verschneite Wald vor ihnen. Sie folgten dem schmalen Pfad zwischen den Bäumen hindurch. Ihre Schritte knirschten im Schnee, der Bölthorn bis zum hängenden Bauch reichte. Ihn schien diese Wanderung heftig anzustrengen. Er schnaufte und röchelte, als würde er dafür bezahlt werden.

»Sie kennen den Weg?«, fragte Lennart etwas erstaunt über die Zielstrebigkeit des Direktors.

Professor Hellström, der sich seinen knallroten Schal wieder über Mund und Nase gewickelt hatte, nickte. »Ei gewiss. Meine Frau und ich sind hier oft spazieren gegangen. Und was wäre ich für ein lausiger Historiker, wenn ich den Trindemossen nicht wie meine Westentasche kennen würde? Ich führe Sie zu dem alten Runenstein, wo man die Jacke meiner Frau gefunden hat, und hoffe, dass es uns bei der Suche nach Henrietta weiterbringt – auch wenn ich nicht weiß, wie. Hihi.« Das Kichern des Professors klang eher traurig als verrückt.

Sie stapften schon über eine halbe Stunde durch den Wald, der von unzähligen verschlungenen Wegen durchzogen war, ohne dass ihnen jemand begegnete. Wer sich im Trindemossen nicht auskannte, konnte sich hier leicht verirren. Die Wahrscheinlichkeit, in diesem Wald einsam zu verenden, weil man nie wieder herausfand, war gering – er maß nämlich nur wenige Quadratkilometer –, doch gleichzeitig hatte man niemals das Gefühl, sich in einem Forst in Stadtnähe zu befinden. Die Bäume und das Unterholz standen dermaßen dicht, dass man selbst jetzt, im Winter, höchstens ein- oder zweihundert Meter weit blicken konnte. Früher hatte dieses Gebiet zum Schlosswald gehört. Es war damals noch nicht durch die Bahnlinie und eine teilweise vierspurige Hauptverkehrsstraße von dem wesentlich kleineren, westlich gelegenen Waldstück abgeteilt gewesen, wo auch das Naturhistorische Museum lag.

Lennart kannte den Wald ein wenig, zumindest seinen nördlichen Teil, weil eine seiner Joggingstrecken dort vorbeiführte. Hier, wo sie sich jetzt aufhielten, war er allerdings noch nie gewesen.

Er schauderte ein wenig. Und er verspürte wieder dieses eigenartige Gefühl, das er aus Hellströms Haus kannte und aus Buri Bolmens Laden. Außerdem tauchte es auch immer auf, wenn er dem Leierkastenmann begegnete. Es gab für ihn nur eine einzige Erklärung dafür: Auch hier im Wald existierte irgendwo eine magische Quelle.

Plötzlich kam ihnen auf dem Weg ein Mann entgegen, der wie aus dem Nichts aufgetaucht war. Seine Bewegungen wirkten leicht und unbeschwert. Er pfiff leise ein Lied, hatte die Hände in die Taschen seiner altmodischen

Nadelstreifenhose gesteckt und über seinen rechten Arm einen Schirm gehängt, der bei jedem Schritt hin und her baumelte. Dieser merkwürdige Herr schien nicht in den Wald zu passen, sondern viel eher in die Straßen Göteborgs im neunzehnten Jahrhundert.

Als er bei ihnen angekommen war, fasste er mit einer geschickten Bewegung den Schirm und lupfte seinen altmodischen schwarzen Zylinder. Der eigentümliche Fremde trug weiße Handschuhe, die mit dem Schnee im Hintergrund verschmolzen.

»Suchen Sie etwas?«, fragte er sanft und lächelte dabei fein, als kannte er die Antwort bereits.

»Ich verstehe nicht …«, sagte Lennart, während Bölthorn den Herrn mit sichtlicher Verwunderung musterte. So einer schien selbst ihm noch nie untergekommen zu sein.

»Nun, dann vielleicht ein andermal. Auf Wiedersehen«, sagte der Mann mit dem Schirm. Er nickte ihnen zum Abschied freundlich zu, ging an ihnen vorüber und spazierte davon.

Als Lennart sich umblickte, war der Mann mit dem Schirm zu seinem Erstaunen schon ganz verschwunden – wie vom Erdboden verschluckt. Hier im Trindemossen war tatsächlich Seltsames im Gange.

Lennart, Hellström und Bölthorn gingen schweigend weiter. Da öffnete sich der Wald und gab den Blick auf einen kleinen See frei. Der Professor deutete nach vorn. Am Seeufer erhob sich im grauen Licht des Wintertages ein gigantischer Grabstein aus Fels – windschief und halb im morastigen Boden eingesunken. Zahlreiche Runen waren in seine verwitterte Oberfläche eingeritzt.

»Genau neben diesem Runenstein hat die blutbefleckte Jacke meiner lieben Henrietta gelegen, meinte die Polizei«, sagte Professor Hellström mit gedämpfter Stimme. »Was hat sie hier bloß gewollt?«

»Die Frage muss vielmehr lauten: Wie ist die Jacke hierhergekommen?« Lennart trat näher an den Stein heran. »Es ist ja nicht sicher, dass Ihre Frau sie hier verloren hat. Sie könnte auch von jemandem hier hingelegt worden sein.«

»Wer soll das denn gewesen sein?«, fragte Professor Hellström.

»Zum Beispiel der Entführer. Hendrik Nilsson könnte versucht haben, eine falsche Fährte zu legen«, sagte Lennart und ließ seine Hand bedächtig über die mit Flechten und Eiskristallen überzogene Oberfläche des Runensteins gleiten.

»Es ist eine Art Grenzmarkierung. Und eine Warnung«, erklärte Hellström in Lennarts Gedanken hinein.

»Wie alt ist dieser Stein denn überhaupt?«, fragte Lennart.

Hellström schob sich die goldumrandete Brille höher auf die Nase und sagte: »Für eine exakte Bestimmung müsste ich Fragmente davon im Labor untersuchen lassen, aber ich denke, dass die Runen mindestens eintausendsiebenhundert Jahre alt sind. Sie wurden vermutlich kurz nach dem Behauen des Steins eingemeißelt.«

Lennart drehte sich zum Professor um, der zu ihm getreten war. Der Mops saß am Boden und machte einen erschöpften, aber durchaus wachsamen Eindruck – als würde auch er die eigenartigen magischen Schwingungen wahrnehmen, die an diesem Ort herrschten. Seine Augen glänzten, und Professor Hellströms Nase hatte sich der Farbe seiner Mütze und seines Schals angenähert.

»Früher«, hob der Professor an, »habe ich mich mit alten nordischen Schriften befasst. Runen sind mir daher nicht fremd, und ich kann übersetzen, was auf diesem Stein geschrieben steht. Auch wenn die Schriftzeichen schwer zu entziffern sind. Soll ich?«

»Ich bitte darum«, sagte Lennart. Der Professor kam noch näher, nahm seine Brille ab, hauchte gegen die Gläser und putzte sie mit dem Schal. Dann beugte er sich vor und las langsam und bedächtig, Silbe für Silbe, Rune für Rune vor. Er wirkte dabei äußerst konzentriert und folgte mit dem Kopf Zeichen um Zeichen wie ein menschlicher Scanner.

Suchender, der du hierhergekommen bist, wisse, dass dieser Stein das Reich der Herrscherin von Trindemossen begrenzt. Führst du Böses im Schilde, sei gewarnt: Der Tod und ewige Verdammnis sind dir gewiss.
Ist dein Geist jedoch frei von Tadel und deine Absicht lauter und gut, so begehre höflich Einlass und stelle dich den Fragen der singenden Wächter bei Mitternacht.
Suche den frischen, maiengrünen Ort, wo zwei hölzerne Arme sich am Hi kre z To.

»Wie bitte?«, sagte Lennart.

»So ähnlich steht es hier«, erklärte Professor Hellström. »*Hi-kre-z-To*. Ungefähr zumindest. Runen sind ja nicht direkt mit unseren Buchstaben gleichzusetzen, müssen Sie wissen.«

»Und was soll das bedeuten?«, fragte Lennart, während

er sich die letzten Runen besah, auf denen noch immer Professor Hellströms Zeigfinger ruhte. Aus dem verwaschenen Stein waren einige Fragmente herausgebrochen.

»Hm …«, murmelte der Professor nachdenklich. »Vielleicht ist das die alte Bezeichnung für einen Ort irgendwo hier im Wald? Vielleicht aber auch nicht. Hier fehlt eindeutig das Verb. Es sieht mir so aus, als hätte die Witterung diese Stücke nach und nach aus dem Stein geknabbert. Wie dem auch sei, mehr kann ich bedauerlicherweise nicht entziffern. Ich bin untröstlich.«

Bölthorn hatte sich ebenfalls durch den hohen Schnee herangekämpft. Er stand im Schatten des riesigen Runensteins, sodass sein zerknautschtes Gesicht kaum zu erkennen war. Und doch meinte Lennart, dass die Augen des Mopses mehr und mehr zu leuchten begannen, während er die Zeichen eingehend studierte.

»Ja, das ist wirklich schade, dass gerade diese letzten Runen nicht zu übersetzen sind«, sagte Lennart. »Aber ich muss das Ganze erst mal sacken lassen. Hier kommen wir im Moment nicht weiter. Ich schlage vor, wir gehen wieder nach Hause«, sagte Lennart.

Daraufhin zog sich Professor Hellström die Mütze tiefer ins Gesicht und wickelte sich den knallroten Schal wieder um Mund und Nase. Seine Stimme klang gedämpft und etwas enttäuscht durchs Wollgewebe. »Nun denn. Zu Hause bin ich in letzter Zeit zwar nicht mehr so gern. Es ist einsam und unordentlich. Aber es hilft ja nichts … Wohlan. Und vergessen Sie das freundliche Mopstier nicht.«

Der Himmel war wolkenverhangen, und ein kalter Wind wehte durch den Trindemossen. Vereinzelte Flocken taumelten müde durch den Nachmittag, doch die Sonne schien trotzdem nicht aufgeben zu wollen – ein schwacher, heller Schein drang durch die Wolken, der zwar keine Wärme, doch so etwas wie Zuversicht verströmte.

Wenn Lennart sich nicht täuschte, würden er und Bölthorn schon bald an diesen Ort zurückkehren. Nur eben bei Mitternacht, wie es die Inschrift auf dem Stein verlangte.

Dann würde er sehen, ob sich die Sonne mit ihren Versprechungen nicht zu weit aus dem Fenster gelehnt hatte.

Es wurde bereits dunkel, als Lennart den Professor zu Hause ablieferte und wieder zu Buri Bolmens Laden zurückfuhr. Kein Licht drang durch die Schaufenster. Sie waren seit Buris Ermordung mit milchiger Folie verhängt, die die Polizei während ihrer damaligen Ermittlungen zum Schutz vor neugierigen Blicken angebracht hatte.

Während Lennart den Schlüssel ins Schloss steckte, seufzte er. Buri fehlte ihm. Er hätte seine Ratschläge im Augenblick gut gebrauchen können. Nun hatte Lennart Kopfweh und schlechte Laune. Nicht die besten Voraussetzungen für ein Date mit Emma, das er allerdings unmöglich verschieben konnte und wollte. Denn abgesehen von der Tatsache, dass sie ihm noch einige Erklärungen in punkto Harald Hadding schuldig war, freute er sich wirklich, sie wiederzusehen.

7. Kapitel

Kurz vor acht öffnete Lennart die Tür zum *Le Président*. Es war wie immer gut besucht und inzwischen zu Lennarts Stamm- und Lieblingsrestaurant geworden, nicht nur weil es nahe der Domkirche und damit nur etwa zehn Minuten von seiner Wohnung entfernt lag. Wenn man das kleine Lokal mit etwa einem Dutzend Tischen betrat, schien man sich nicht mehr in Schweden zu befinden, sondern mitten in Frankreich. Hier bekam man ein hervorragendes Essen serviert und das französische *Savoir-vivre* gleich mit dazu.

Dieses Ambiente war perfekt für ein Date mit einer geheimnisvollen und äußerst attraktiven Frau wie Emma Mårtensson. Lennart hatte sie nicht mehr gesehen, seit er sie in der Klinik in Oskarshamn besucht hatte. Zur letzten 20-Uhr-Verabredung hier in diesem Restaurant war sie nicht erschienen. Damals hatte es nach Nilssons Messerattacke sehr schlecht um sie gestanden. Wie es ihr jetzt wohl ging?

Er musste nicht lange warten, um das herauszufinden.

»*Hej*, Lennart.«

Er blickte auf, und Emma stand vor ihm. Sie war wirklich wunderschön. So blass, so zart, das Gesicht umrahmt von schwarzem Haar, das sie im Nacken zu einem dicken

Zopf geflochten hatte. Wie ein dunkler, glänzender Strang Seide hing er über ihre Schulter hinab. Emma war immer schon schlank gewesen, aber während ihres Klinikaufenthaltes hatte sie noch mehr an Gewicht verloren. Es stand ihr gut. Sie trug eine helle Bluse und einen rot karierten Rock aus Tweed und hatte einen breiten Gürtel um die schmale Taille geschlungen. Ihre schlanken Beine steckten in schwarzen Strumpfhosen und die Füße in hohen Wildlederstiefeln.

Lennart stand auf, umarmte sie sanft und küsste sie auf beide Wangen. Ihre Haut war warm und zart und duftete süß nach Vanille. Das Gesicht von Maja Tysja erschien kurz vor seinem inneren Auge, doch es löste sich augenblicklich wieder in Luft auf. Lennart hatte fast vergessen, wie Emma sich anfühlte, wie sie roch.

»Es ist schön, dich wiederzusehen.« Lennart bestellte eine Flasche Crémant, die der Kellner kurz darauf zusammen mit der Speisekarte brachte.

»Aber nur einen kleinen Schluck«, sagte Emma. »Wenn es nach den Ärzten ginge, sollte ich eigentlich noch gar nichts trinken.« Sie lächelte.

Lennart stieß mit ihr an. »*Skål.* Du siehst hinreißend aus. Sag, wie geht es dir?«

Emma nippte zaghaft am Crémant. »Jetzt schon wieder besser … aber … es … es war furchtbar, Lennart«, sagte sie dann zögerlich. »Das Messer dieses Schufts hat mein Herz und meine Lunge nur um Haaresbreite verfehlt. Ich wäre fast …«

Lennart ergriff behutsam ihre Hand. Er wartete einen kurzen Moment. Doch seine Allergie meldete sich nicht.

Emma öffnete ihre Elchfell-Handtasche und holte ein

Taschentuch hervor. »Na ja, die Ärzte freuen sich jedenfalls über die Fortschritte, die ich in so kurzer Zeit gemacht habe.« Sie tupfte sich die Augen und lächelte zaghaft.

Nachdem sie bestellt hatten, war es an Lennart, aus seinem Leben zu berichten. Vom Laden, von Bölthorn, von Maria und davon, dass seine Eltern sich zu Weihnachten angekündigt hatten.

»Ich bin froh, dass wir unser Treffen nun endlich nachholen können, Lennart. Es freut mich so sehr, dich wiederzusehen«, sagte Emma und lächelte sanft.

»Geht mir genauso«, erwiderte Lennart. Sein Herz pochte aufgeregt – aber statt erste Anzeichen von roten Pusteln überall am Körper zu verspüren, bemerkte er eine Wärme, wie er sie lange nicht mehr empfunden hatte.

»Du bist etwas Besonderes«, sagte Emma. Sie sah ihm tief in die Augen. »Und uns verbindet etwas, Lennart.«

»Aber es ist nicht nur dieses Gefühl«, sagte Lennart und hoffte, dass er sie nicht verletzen würde. »Du wolltest mir noch etwas erzählen, nicht wahr?«, sagte er.

»Bist du nur hierhergekommen, um mit mir über die Vergangenheit zu reden?«, fragte sie mit einem Anflug von Enttäuschung in der Stimme. »Mich würde unsere Zukunft weit mehr interessieren.«

»Emma, ich bin wegen dir hier, das musst du mir glauben«, sagte Lennart und blickte ihr tief in die Augen. »Trotzdem gibt es eine Vergangenheit, ob sie uns nun gefällt oder nicht. Und ich muss wissen, was passiert ist, sonst wird sie immer wie ein Schatten auf uns liegen. Kannst du das verstehen?«

Emma atmete schwer. Sie sah nervös zur Tür. Ihr Gesicht wurde ernst, und sie senkte die Stimme. »Ja, das verstehe ich. Auch wenn ich das alles vergessen wollte. Es ist einfach zu verrückt …«

»Was wolltest du mir damals über Hadding erzählen? Es ist vielleicht äußerst wichtig«, sagte Lennart und sah sie auffordernd an.

Emma hatte wie Lennart in Haddings Unternehmensberatung und Investorenfirma, der HIC AB, gearbeitet und vor Längerem schon angedeutet, dass sie Informationen über ihren Exchef hätte. Und seit Lennart in der Höhle von Äskestock die Messingtafel von Harald Haddings Kulturhistorischer Stiftung entdeckt und ihn obendrein als neuen Sponsor des Göteborger Museums wiedererkannt hatte, ahnte er, dass dieser Mann irgendeine Leiche im Keller hatte. Vielleicht sogar mehrere.

Emma seufzte. »Gut, wie du willst«, sagte sie und fuhr mit gedämpfter Stimme fort. »Meine Adoptiveltern haben mir zum einundzwanzigsten Geburtstag einen Koffer geschenkt …«

»… den mit den Erinnerungsstücken deiner leiblichen Eltern«, sagte Lennart. »Deine Mutter hat mir davon berichtet, als ich damals auf der Suche nach dir war.«

Emmas Augen glänzten feucht. »Ich war wie vom Donner gerührt. Stell dir vor, du erfährst nach über zwei Jahrzehnten, dass deine Eltern nicht deine leiblichen Eltern sind. Das war ein ziemlicher Schock für mich.«

»Sie haben es trotzdem richtig gemacht«, wandte Lennart ein. »Sie lieben dich.«

»Ja, ich weiß«, sagte Emma nachdenklich. »Ich liebe sie ja auch. Und es tut mir alles schrecklich leid. Aber als ich den Koffer geöffnet habe, hat es mich regelrecht aus der Bahn geworfen …«

Sie starrte geistesabwesend auf das Glas in ihrer Hand. Dann huschte ihr Blick nervös über die voll besetzten Tische im Raum, ehe sie sich wieder Lennart zuwandte.

»Es waren außer den Fotos meiner Eltern auch Fotos von meinem Großvater Mats Wallin darin, und …« Sie schwieg und nagte an ihrer Unterlippe, als kostete es sie unendliche Überwindung, den Satz zu vollenden.

»Und?«, fragte Lennart sanft und ergriff ihre Hand.

»Ich komme mir so dumm vor … so kindisch … Ich … wollte nie wieder davon anfangen …«, sagte sie, doch dann fasste sie sich. »Lennart, mein Großvater ist verschwunden, als ich drei Jahre alt war. In der Höhle von Äskestock. Ich kann mich nicht an ihn erinnern. Aber als ich bei der HIC AB angefangen habe, habe ich die Fotos nach Jahren wieder aus dem Koffer genommen. Es war nur eine Ahnung, doch dann bin ich fast durchgedreht. Halte mich für verrückt, aber mein verstorbener Großvater sah genauso aus wie Harald Hadding. Sie ähnelten sich wie Zwillinge.« Die letzten Worte hatte sie mehr gehaucht als deutlich gesprochen, als befürchtete sie, dass sie einem der Psychotherapeuten, die sie bis vor Kurzem noch betreut hatten, zu Ohren kommen könnten.

Lennart ließ unwillkürlich Emmas Hand los und starrte sie fassungslos an. »Wie bitte?«

Eine Frau am Nachbartisch drehte sich neugierig um.

»Wie bitte?«, wiederholte Lennart leiser, aber nicht weniger vehement. »Das kann doch nicht wahr sein.«

»Ist es aber. Schau selbst.« Damit klappte Emma ihre Handtasche auf, holte ein altes Foto hervor und schob es Lennart über den Tisch.

Das Foto schien einige Jahrzehnte alt zu sein und war

nicht von bester Qualität. Darauf abgebildet war ein Mann von etwa Mitte fünfzig mit Rauschebart, Nickelbrille und Hut. Er stand vor einem rot getünchten Holzhaus an einem Gartenzaun. Genau zu erkennen war er allerdings nicht. »Und das ist wirklich Mats Wallin?«

Emma nickte. »Ja, das war mein Großvater.«

»Hm«, sagte Lennart und versuchte seine Enttäuschung zu verbergen. »Zugegeben, mit etwas Fantasie könnte man von einer gewissen Ähnlichkeit sprechen. Aber wie ein Zwilling sieht er wirklich nicht aus. Gibt es keine besseren Aufnahmen von ihm?«

Emma schüttelte den Kopf. »Leider nein. Denn Hendrik Nilsson hat den Koffer mitsamt allen Fotos geklaut. Das hier habe ich nur, weil es mir unters Bett gefallen ist, als ich den ganzen Kofferinhalt damals durchgesehen habe. Sonst wäre auch dieses Foto verschwunden. Fast kommt es mir vor, als hätte Nilsson jede Erinnerung an die Existenz meines Großvaters auslöschen wollen.«

»Du hast ihm völlig arglos von der Ähnlichkeit von Hadding und deinem Großvater erzählt und ihm den Koffer mit allen Fotos gezeigt, nicht wahr?«, fragte Lennart.

Emma nickte beschämt. »Er hat so interessiert getan und gesagt, dass ihn mein Schicksal menschlich so sehr berühre …«

Lennart lachte bitter und zischte: »Ja, klar. Dieses skrupellose Schwein!«

Emma nahm das Foto wieder an sich und steckte es zurück in die Handtasche. Dann hob sie mit fahrigen Bewegungen ihr Glas und trank einen weiteren Schluck Crémant.

Lennart dachte nach. Was hatte das alles zu bedeuten? Einer der einflussreichsten Investoren Schwedens glich einem vor Jahrzehnten verschollenen, obskuren Hobby-Archäologen wie ein Ei dem anderen. Es klang verrückt, aber Wallin schien tatsächlich mit der ganzen Sache zu tun zu haben. Lennart meinte sich dunkel daran zu erinnern, dass Kommissarin Tysja ihm ein Foto gezeigt hatte, auf dem Emmas Großvater neben Hendrik Nilsson – leider ebenfalls nur undeutlich – zu erkennen gewesen war.

»Hast du gewusst, dass sich dein Großvater und Hendrik Nilsson gekannt haben?«, fragte er Emma.

Emma fiel beinahe das Glas aus der Hand.

»Aber das ist ewig her«, fügte Lennart noch hinzu, als der Ober mit zwei dampfenden Tellern an ihren Tisch kam und sie vor Emma und Lennart stellte.

Der Fisch duftete köstlich. Nachdem sie ein paar zögerliche Bissen gegessen hatte, tupfte sich Emma den Mund mit der Stoffserviette ab und sagte: »Lennart, ich verstehe das alles nicht. Als ich auf Skullegården, im ehemaligen Ferienhaus meines Großvaters, war, um mich vor Nilsson zu verstecken, habe ich weitere Erinnerungsstücke meiner Eltern und Großeltern gesucht. Und dann ...« Sie hielt inne.

»... dann hast du dort tatsächlich etwas gefunden, nicht wahr?«, fragte Lennart.

Sie nickte stumm.

»Ein altes Pergament?«

Sie nickte wieder.

»Das war es auch, was Hendrik Nilsson wollte, als er dich im Ferienhaus überfallen hat. Und du hast gedacht, du würdest unter Verfolgungswahn leiden. Dabei war er tatsächlich hinter dir her. Er ist dir nach Skullegården gefolgt und hat sich das Pergament geholt. Er wollte dich als Zeugin ein für alle Mal zum Schweigen bringen«, sagte Lennart wütend.

»Das ist mir erst später klar geworden«, sagte Emma. »Er wollte mich eiskalt töten, nur wegen diesem alten Dokument und weil ich ein paar Fotos gesehen hatte.« Sie rieb sich mit den Fingerspritzen vorsichtig über die Brust, als wollte sie den Schmerz ihrer Stichverletzung und den ihrer Seele gleichermaßen wegstreichen. »Dabei hätte er es sich einfach nehmen können. Was sollte ich denn damit anfangen? Warum ist es so wertvoll?«

Lennart dachte kurz darüber nach, was er Emma sagen konnte und was nicht. Aber die Wahrheit war so unglaublich, dass er sie ihr getrost erzählen konnte. Und vielleicht glaubte sie ihm ja sogar …

»Es gibt eine Legende«, fing er mit gedämpfter Stimme an. »Nach der vor über tausend Jahren vier weiße Magier den übermächtigen und kriegerischen Zauberer Olav Tryggvason, genannt Krähenbein, überlistet und besiegt haben sollen. Sie sperrten seinen Geist in ein Amulett, seine Zaubermacht hingegen verbannten sie in eine gegerbte und mit Bannsprüchen versehene Haut eines schwarzen Wolfes, die sogenannte *vargūlfskinn*. Diese Wolfshaut zerschnitten sie in vier Dunkle Pergamente und übergaben jedes Viertel einem Wächter, der es für alle Zeit verstecken sollte. Das Amulett hingegen brachen sie in zwei Hälften. Die eine vergruben sie in Gudhem, ganz in der Nähe einer alten Klosterruine, und die andere in der Höhle von Äskestock.«

»Das ist ja die Höhle, in der mein Großvater verschwunden ist …«, stammelte Emma.

»Richtig«, sagte Lennart. »Und in Gudhem waren dein Großvater und Hendrik Nilsson zusammen an einer Ausgrabung beteiligt, auch wenn unser lieber Exkommissar damals noch sehr jung war. Die Legende besagt übrigens außerdem, dass Krähenbein durch Verrat wiederauferstehen wird und dass es einen Auserwählten gibt, der das verhindern kann …«

Emma lachte auf. »Zauberer, Amulette und ein Auserwählter. Was ist denn das für ein Unsinn? Oder willst du mir etwa weismachen, mein Großvater und Hendrik Nilsson hätten diesen Quatsch geglaubt?«

An dieser Stelle entschied Lennart, dass er Emma genug von der Wahrheit berichtet hatte und ihr nicht mitteilen würde, dass besagter Auserwählter direkt vor ihr saß. Sie hatte ihre Chance gehabt, ihm zu glauben. Stattdessen lachte er und sagte beiläufig: »Nein, das ist natürlich alles nur eine alte Legende, ein Märchen. Aber kennst du vielleicht zufällig einen Geheimbund namens Tryggvasons Erben?«

»Wie? Tryggvasons Erben?« Sie schüttelte ungläubig den Kopf »Nein, von denen habe ich noch nie gehört. Was soll das sein? Noch eine Legende?«, fragte Emma spöttisch und trank von ihrem Crémant.

»Bedauerlicherweise nicht. Die Mitglieder dieser okkulten Sekte sind nämlich davon überzeugt, dass das alte Märchen, von dem ich dir eben erzählt habe, tatsächlich stimmt. Diese Irren wollen Olav Krähenbein helfen, wieder zu seiner alten Macht zu gelangen, und versprechen sich davon, dass auf diesem Wege auch etwas für sie vom Kuchen abfällt.«

»Was für Spinner!«, entfuhr es Emma.

»Fest steht jedenfalls, dass Hendrik Nilsson und auch dein Großvater eine Zeit lang Mitglieder bei Tryggvasons Erben waren.«

»Bitte! Schluss damit!«, sagte Emma leise, aber bestimmt und strich sich nervös durchs Haar. »Ich wollte dir das mit Hadding eigentlich nicht erzählen und habe das nur getan, weil du mich darum gebeten hast. Aber wenn es jetzt um Zauberermärchen und Weltherrschaft geht – sorry, Lennart, das geht mir zu weit. Ich habe viel durchgemacht in den letzten Wochen, und ich möchte nichts mehr davon hören. Das tut mir nicht gut. Lass uns bitte das Thema wechseln, okay?«

Der Fisch war köstlich gewesen, und als Dessert hatten sie sich jeder noch eine *Crème brûlée* gegönnt. Als sie zusammen hinaus in die Nacht traten, funkelten die Sterne am nächtlichen Himmel, und die von Scheinwerfern angestrahlte Domkirche leuchtete in sämtlichen Rottönen. Die Luft war schneidend kalt, aber herrlich erfrischend. Sie gingen hinüber auf die andere Straßenseite. Rechts lag der Dom, und an der linken Straßenecke saß eine mannshohe Bronzefigur auf einem Felsbrocken und schien Wache zu halten.

»Die ist schön, nicht wahr?«, sagte Emma und hakte sich bei Lennart unter. Es fühlte sich gut und richtig an, Emma an seiner Seite zu haben, sie zu berühren. »Es sieht aus, als käme dieser Bronzemann direkt vom Meeresgrund. Er wirkt allerdings etwas bedrohlich auf mich, mit den ganzen Muscheln am Kopf und dem Oktopusarm um den Hals.« Emma drückte sich fester an Lennart.

Er lachte. »Ich finde, er sieht eher einsam aus, aber nicht unsympathisch.«

»Lennart?« Emma drehte sich zu ihm und streichelte ihm sanft über die Wange. »Sei mir nicht böse, aber ich kann heute Nacht nicht mit zu dir und bei dir bleiben. Ich fahre übermorgen nach Oskarshamn in die Reha zurück und komme erst kurz vor Weihnachten wieder her, um das Fest mit meinen Eltern in Kållered zu feiern. Dann sehen wir weiter, okay?«

Fragend blickte er sie an.

»Das letzte Mal war wirklich schön, aber diesmal will ich mir einfach mehr Zeit lassen.« Sie strich sich eine Haarsträhne aus dem Gesicht und schob sie unter die Mütze zurück. »Verstehst du das?«

Lennart nickte leise. »Ich hab dich ziemlich abserviert, nicht wahr? Glaubst du mir, dass ich das wirklich nicht absichtlich gemacht habe?«

Emma legte den Kopf schief.

»Ich wurde dazu gezwungen. Ich weiß, das klingt total bescheuert … Aber ich kann verstehen, dass du jetzt nicht mitkommen willst. Das ist völlig okay für mich.«

»Wirklich?«

Er lächelte.

Emma trat näher zu ihm. »Und jetzt küss mich endlich, du verrückter Kerl.«

Lennart hatte Emma ein Taxi bestellt und ihr wehmütig nachgesehen. Dann war er vom Dom aus nach Hause gegangen. Dort suchte er im Badezimmer seinen ganzen Körper nach Anzeichen für seine verflixte Liebesallergie ab, entdeckte aber nichts. Es war wie ein Wunder. Tauchte sie etwa plötzlich nicht mehr auf? Und noch dazu in einer Situation wie diesem romantischen Abend mit der hinreißenden Emma? Hatte irgendjemand den Leierkastenmann um die Ecke gebracht und mit ihm alle Flüche, die er anderen Leuten an den Hals gehext hatte? Ein sympathischer Gedanke …

8. Kapitel

Als Lennart am nächsten Morgen erwachte, meinte er noch immer, den leisen Hauch von Vanille von Emmas Lippen zu schmecken. Er hatte lange nicht mehr so gut geschlafen, fühlte sich ausgeruht und zufrieden, auch wenn er nichts dagegen gehabt hätte, Emma heute Morgen nach dem Aufwachen neben sich im Bett vorzufinden. Doch vielleicht war es auch besser so, wie es war, denn er war sowieso schon spät dran. Der Radiowecker auf seinem Nachttisch zeigte schon sieben Minuten nach neun an, und Frederik würde bald im Laden auftauchen. Höchste Zeit, sich aus der Falle zu schwingen.

Als Lennart eine halbe Stunde später *Bolmens Skämt- & Förtrollningsgrotta* betrat, begrüßte sein Freund Frederik ihn grinsend.

»Na, du siehst ja aus wie das blühende Leben! Der gestrige Abend war wohl ein durchschlagender Erfolg.«

Bölthorn röchelte schwanzwedelnd auf Frederik zu, der sich zu ihm hinunterbeugte und ihn heftig kraulte.

Dann deutete Frederik auf einen Brief auf der Kommode neben der Tür. »Gerade hat der Postbote dieses Einschreiben hier abgegeben. Scheint wichtig zu sein.«

Lennart öffnete den Umschlag und zog das Schreiben heraus. Dann fühlte er, wie er blass wurde.

»Was ist los? Eine Hiobsbotschaft?« Frederik trat zu Lennart, der, statt zu antworten, den Brief so hielt, dass Frederik mitlesen konnte.

LETZTE ZAHLUNGSAUFFORDERUNG L. MALMKVIST / 240388-7094 / STEUERKONTOAUSZUG

Sehr geehrter Herr Malmkvist,
gemäß Festsetzung des Nachlass-/Immobilienwertes der Liegenschaft Västra Hamngata Nummer 6, Göteborg, betreffend Ladengeschäft und Mitbesitzanteile am Wohn- und Geschäfthaus fordern wir Sie letztmalig auf, folgende Beträge, nämlich:

Registrierungsgebühr	*320.250,00 SEK*
Grundsteuer	*160.125,00 SEK*
Vermögenssteuer	*317.250,00 SEK*
USt.-Vorauszahlung geschätzt	*300.000,00 SEK*
Summe	*1.097.625,00 SEK*

bis spätestens 31. Dezember auf Ihr Steuerkonto zu überweisen.
Bei Fragen kontaktieren Sie Ihren zuständigen Sachbearbeiter in unserer Außenstelle:
Emil Zetterström
Skatteverket Göteborg
Östra Hamngatan 17

Mit freundlichen Grüßen
Ihr Finanzamt

»Wow! Das ist viel«, sagte Frederik.

Bölthorn hatte sich neben Lennart gesetzt, weil er zu spüren schien, dass der Brief nichts Gutes bedeutete. Er rieb tröstend seinen warmen, fleischigen Mopskörper an Lennarts Wade.

»Mist!«, fluchte Lennart. »Ich hätte meine Post doch etwas regelmäßiger checken sollen. Aber ich dachte, ich müsste erst Steuern zahlen, wenn das Geschäft auf mich übertragen wird, also sobald die Bedingung in Buri Bolmens Testament erfüllt ist und ich den Laden ein Jahr lang geführt haben werde. Wo soll ich das Geld denn jetzt hernehmen? Meine ganzen Ersparnisse wären auf einen Schlag weg. Und Cornelius Isaksson, der mir jetzt vielleicht helfen könnte, ist im Urlaub und nicht erreichbar. So ein Mist!« Lennart hatte noch nicht zu Ende geschimpft, als plötzlich sein Handy klingelte.

»Malmkvist?«

Es rauschte in der Leitung.

»Hallo? Wer ist denn da?«

»Hier ist Hellström. Sie erinnern sich hoffentlich an mich. Immerhin bin ich Professor und leite ein Museum.«

»Ja, natürlich. Was kann ich für Sie tun?«

»In Anbetracht der Umstände sollten Sie zwingend bei mir vorbeikommen, um sich die geänderte Sachlage anzusehen. Ich erwarte Sie in einer Stunde.« Dann hielt er kurz inne. »Ich mache uns ein Tässchen Tee, nicht wahr? Ach, Unfug! Einen Whisky gibt es zur Feier des Tages. Und bringen Sie das dickliche Mopstier mit. Ich mag es gut leiden. Auf Wiederhören.«

Der Professor legte auf, ohne Lennarts Antwort abzuwarten.

»Wer war das?«, fragte Frederik.

»Hellström.«

»Der verrückte Professor?«

Lennart nickte. »Ich bin gespannt, was er mir zeigen will. Hoffentlich etwas, was meine Stimmung hebt.« Erstaunt sah er zu Frederik hinüber. »Aber was ist denn in dich gefahren? Was starrst du mich so an?«

»Lennart …«, stammelte Frederik nervös. »Du solltest unbedingt mal in den Spiegel gucken. Oder vielleicht lässt du den Spiegel weg und fährst besser gleich zu einem Dermatologen.«

Bölthorn hüpfte einen Schritt zur Seite und sah nicht minder besorgt zu seinem Herrchen auf. Er bellte dumpf und warnend.

»Zu einem Dermatologen?« In diesem Moment fiel Lennarts Blick auf seine Hand, die noch immer das Telefon umklammert hielt. Noch ehe er die dichteste Ansammlung von roten Pusteln, die er jemals auf seiner Haut gesehen hatte, überhaupt gedanklich verarbeiten konnte, brachen brennender Schmerz und unerträgliches Jucken über ihn herein.

Und plötzlich war sie da.

Die Leierkastenmusik.

Kurz darauf stand Maja Tysja vor ihm. Die Kommissarin lehnte lässig an der Werkbank und lächelte ihn an. »Na, Herr Malmkvist, finden Sie diese Emma wirklich so scharf wie mich? Das kann ich mir kaum vorstellen.«

Lennart kratzte sich wie besessen.

»Mein Gott, was ist denn los mit dir?«, rief Frederik besorgt. Er schien Tysja gar nicht wahrzunehmen. »Soll ich nicht doch einen Arzt holen?«

»Nein … das geht bestimmt gleich wieder«, stammelte Lennart. Doch es juckte ihn höllisch an den Händen und Armen, am Rücken, im Nacken, an den Beinen – einfach überall. Und die widerliche Leierkastenmusik fraß sich erbarmungslos in seine Ohren. Woher kam sie nur?

Kommissarin Tysja öffnete den obersten Knopf ihrer Bluse und beugte sich vor, sodass ihre rote Spitzenunterwäsche deutlich zu erkennen war. Wieso konnte Frederik diese Frau nicht sehen? Wieso schienen weder Bölthorn noch sein Freund die unerträgliche Musik zu hören?

Lennart brach der Schweiß aus. Maja Tysja hingegen lächelte verführerisch.

Es schnürte ihm die Luft ab, als hätten die kleinen roten und ätzend brennenden Pusteln sogar die Innenseite seines Halses befallen. Das Handy fiel ihm aus der Hand.

»Was willst du von mir? Lass mich in Ruhe!«, brüllte er krächzend und so laut er nur konnte. Er krümmte sich vor Schmerz und musste sich am Tisch festhalten.

»Also, jetzt ist es genug«, sagte Frederik entschlossen und zog sein Mobiltelefon hervor.

Da war der ganze Spuk mit einem Mal vorüber. Die Musik verstummte. Das Jucken und Brennen hörte auf. Und Maja Tysja war verschwunden.

Lennart blickte hoch. Sein Puls raste.

»Frederik, leg auf!«, keuchte er. »Ich brauche keinen Arzt.«

Er deutete auf seine Arme, die wieder eine normale Hautfarbe angenommen hatten.

Frederik ließ das Handy sinken und stellte sich mit verschränkten Armen vor seinen Freund. »Kannst du mir bitte erklären, was das eben war?«

»Eine Art allergischer Schock. So was hab ich manchmal«, sagte Lennart verlegen. Sein Herzschlag normalisierte sich langsam wieder.

Frederik betrachtete Lennart misstrauisch. »Einfach so?«

»Vielleicht hab ich irgendwas Falsches gegessen, oder es liegt an meinem neuen Waschmittel.«

»Hört sich für mich eher an wie eine Ausrede. Aber gut, wenn du es mir nicht sagen willst, halte ich jetzt die Klappe. Beim nächsten Mal hole ich einen Arzt, ob du willst oder nicht, klar?«

»Jaja, meinetwegen«, sagte Lennart.

»Und das Finanzamt?«, fragte Frederik. »Was machen wir mit dem?«

Lennart massierte sich nachdenklich das Kinn. »Was die Steuerzahlung angeht, sehe ich leider nur eine einzige Möglichkeit: Wir müssen die Neueröffnung von *Bolmens Skämt- & Förtrollningsgrotta* vorziehen. So können wir vielleicht das anstehende Weihnachtsgeschäft noch mitnehmen. Für den Rest müssen meine Ersparnisse herhalten.«

»Das wird zeitlich eng«, sagte Frederik.

»Ich weiß«, sagte Lennart. »Aber zum Glück habe ich ja sonst nichts zu tun.«

Eine gute halbe Stunde später kamen Lennart und Bölthorn dem Wunsch des Professors nach und suchten ihn in seinem Haus am Naturhistorischen Museum auf.

»Soso«, sagte Hellström sichtlich erfreut, als er Lennart und Bölthorn die Tür öffnete. »Schön, dass Sie es einrichten konnten. Jetzt passen Sie mal auf, was ich Ihnen gleich zeigen werde. Sie werden staunen. Ein Wunder, ein Wunder!«

Lennart hängte seine Jacke an die Garderobe, dann versuchte er, mit einem alten Handtuch, das Hellström wohl eigens zu diesem Zweck bereitgelegt hatte, den von Schnee und Matsch feuchten Bölthorn trocken zu rubbeln.

»Jaja, soso, hihi«, hörte er den Direktor sinnlos vor sich hin brabbeln. Hellströms geistiger Zustand schien auf ein noch bedeutend niedrigeres Niveau als bei ihrem letzten Besuch abgesunken zu sein. Vermutlich rührte es von dem starken magischen Feld her, das Lennart wieder wahrgenommen hatte, sobald er über die Türschwelle getreten war. Auch Bölthorn spürte es offenbar. Denn nachdem er sich ausgiebig geschüttelt hatte, warf er Lennart einen skeptischen Blick zu, wobei sein Gesicht Falten schlug wie ein ungebügelter Brokatvorhang.

Ein spitzer Schrei ließ Lennart zusammenfahren. Er behielt seine Stiefel an, die er gerade hatte ausziehen wollen, und eilte zusammen mit Bölthorn zur Küche, wo der Professor im grellen Licht der Deckenbeleuchtung stand. Mit sperrangelweit aufgerissenem Mund und fassungslosem Gesicht starrte Hellström auf die Bescherung, die sich vor ihm auftat.

»Ich … ich … das war alles blitzeblank und sauber … hihihi …«, stammelte er, und das hilflose Kichern ging allmählich in ein verzweifeltes Schluchzen über.

Lennart legte dem Mann tröstend die Hand auf die Schulter. Er war einigermaßen bestürzt von dem Chaos, das der unbekannte Täter hier wieder angerichtet hatte. Abgesehen von zerbrochenem Geschirr und herausgerissenen Schranktüren und Besteckschubladen waren alle Wände mit Marmelade, Mayonnaise, Senf und weiteren, kaum identifizierbaren Fertigprodukten bestrichen worden. Es stank widerlich und sah auch genau so aus.

»Dabei war ich noch einkaufen … heute Morgen. Alle Schränke waren gefüllt. Alles war sauber. Ich dachte, es sei vorüber … ich dachte, hihi … Henrietta …« Er flüsterte nur noch und schluchzte wieder. Dann deutete Professor Hellström mit zitternder Hand auf den Weidenkorb, dessen geflochtener Henkel mit Gewalt abgerissen worden war. Er lag kopfüber und zertreten in der Küchenecke auf dem Boden. »Auch der Fresskorb der gütigen und freundlichen Frau Calvoni … sehen Sie nur!«

»Ich werde ihr einen neuen besorgen. Machen Sie sich deshalb keine Gedanken«, sagte Lennart.

»Leider habe ich gestern Abend nur einen Bruchteil davon selbst verspeist …«, sagte Hellström und schüttelte ratlos den Kopf. »Nur zwei oder drei Stückchen dieser verführerischen Nougatbröckchen. Mein Hunger ist der eines Eichhörnchens, nicht wahr?«

Lennart arbeitete sich quer durch die Küche bis zum Weidenkorb vor. Dabei schob er mit seinen Winterstiefeln Scherben, Speisereste, Messer, Gabeln, Löffel und andere Gegenstände wie ein Scheibenwischer zur Seite, sodass Bölthorn ihm folgen konnte. Der Mops machte kein glückliches Gesicht. Denn seine kleinen Pfoten klebten bei jedem Schritt am Boden fest.

Als sie beim Korb angekommen waren, hob Lennart ihn an. Nur ein paar Scherben von Marias Geschirr und ihr Küchentuch mit den stilisierten Olivenbäumen fielen heraus. Es war zerrissen und überall mit Lebensmittelresten beschmiert.

Lennart drehte den Korb so, dass Hellström hineinblicken konnte. »War er heute Morgen auch schon leer?«, fragte er den Professor. »Ich meine, zu dem Zeitpunkt, als die Küche noch nicht so aussah wie jetzt?«

»Ich weiß nicht«, antwortete der Professor nachdenklich. »Ich kann es nicht ausschließen. Es ist jedenfalls erstaunlich, dass er hier in der Küche liegt. Er stand die ganze Zeit im Esszimmer. Dort hatte ich von den erlesenen Speisen genascht. Hihi.«

»Warum gehen Sie nicht mit Bölthorn ins Wohnzimmer und ruhen sich für ein paar Minuten aus? Ich räume derweil in der Küche auf, so gut es geht. Was meinen Sie?«

»Gut. Vorschlag angenommen«, sagte der Professor und rief: »Mopsi, Mopsi, komm, komm, komm!«

Bölthorn zwinkerte Lennart zu, bevor er den kindischen Lockrufen des Professors ins Wohnzimmer folgte.

Lennart schloss die Küchentür und zog den Zauberstab hervor. Dann vollführte er zum zweiten Mal in der Küche den Sauberzauber. Nachdem er Ordnung geschaffen hatte, versicherte Lennart dem Professor mit einem festen Händedruck, dass er sich um die Angelegenheit weiter intensiv kümmern werde. Hellström solle sich nicht allzu viel Sorgen machen. Er komme bald zurück und werde eine Lösung finden, versprach Lennart noch, dann verabschiedete er sich von dem Professor und machte sich auf den Weg zum Göteborger *Nordstan,* dem größten Einkaufszentrum der Stadt, um einen neuen Weidenkorb für Maria zu kaufen.

Anschließend fuhr er direkt nach Hause in die Västra Hamngata. Als er mit Bölthorn seinen Laden betrat, traf er auf Frederik, der gerade gehen wollte. Sein Freund hatte, während Lennart bei Hellström gewesen war, weiter im Laden aufgeräumt, Ware sortiert und für die Wiedereröffnung vorbereitet. Nun musste er gehen, weil ihn sein Broterwerb als freischaffender Softwareentwickler rief. Lennart war ihm mehr als dankbar dafür, dass er ihn in seiner freien Zeit unterstützte, er wusste, wie gern Frederik bis in den frühen Morgen Online-Games spielte und wie gern er lange schlief.

Sobald sein Freund den Laden verlassen hatte, begab Lennart sich mit Bölthorn in die Werkstatt. Das ganze Durcheinander wuchs ihm allmählich über den Kopf. Er hatte kurz mit dem Gedanken gespielt, in Professor Hellströms Küche Kameras zu installieren, die den Unhold vielleicht aufgezeichnet hätten. Doch er verwarf diesen Gedanken schnell wieder, als ihm einfiel, das sich Magie und Kameras – wie beim Leierkastenmann auch – selten vertrugen. Im Moment fiel ihm nichts Besseres mehr ein, als das Orakel zu befragen. Wozu hatte er es denn sonst von Buri Bolmen geerbt?

9. Kapitel

Die Weissagungen des Orakels, das in der unscheinbaren alten Keksdose wohnte, die Frederik – hätte Lennart nicht aufgepasst – um ein Haar im Müll entsorgt hätte, waren zwar bisher nie eindeutig und konkret gewesen, aber erstaunlicherweise stets eingetroffen. Vielleicht lag das aber auch in der Natur eines Orakels. Das in Delphi, meinte Lennart sich aus dem Geschichtsunterricht zu erinnern, hatte auch zumeist eher nebulöse Vorhersagen getätigt, obwohl es nachweislich besser ausgesehen hatte.

Er setzte sich an die Werkbank und zog die Keksdose zu sich herüber.

Das matte Licht der Werkstatt beleuchtete die verbeulte und rostige Oberfläche, die mit allerlei Mustern sowie Wein- und Efeuranken verziert war. Auf der Vorderseite waren vier Wappen eingeprägt. Lennart vergewisserte sich, dass er den dazugehörigen schäbigen Spielzeugring mit der Inschrift »*Berglunds goda smörkakor* – Berglunds gute Butterkekse« am Finger trug, dessen in Weißblech eingefasster Kunststoffstein an einen überdimensionalen Zuckerkristall erinnerte. Er hatte lange gebraucht, um zu erkennen, dass man es ohne diesen Ring gar nicht zu versuchen brauchte, mit dem Orakel in Verbindung zu treten.

So war sie eben manchmal, die Magie. Seltsam und in

diesem Fall sogar hochgradig peinlich. Wie sollte man es sonst bezeichnen, wenn er gleich eine uralte, schrottreife Keksdose mit einer Art Werbegeschenk am Finger in Versform um eine Prophezeiung bitten würde?

»Worauf wartest du?«, fragte Bölthorn.

Die Plasmalampe neben ihm knisterte.

Lennart atmete tief durch.

Er betätigte den Schnappverschluss der Keksdose. Behutsam, beinahe andächtig klappte er sie auf. Es quietschte kaum hörbar. Das ganze Behältnis mitsamt dem verbeulten Deckel war mit schwarzem Samt ausgeschlagen. Es roch nicht nach alten Keksen. Es roch nach Pech und nach der Unergründlichkeit von Zauberei.

Jedes Mal wenn Lennart das Orakel befragt hatte, war er sich ein kleines bisschen albern vorgekommen. So wie jetzt auch. Er beugte sich mit geschlossenen Augen nach vorn und flüsterte ins Innere der Dose: »Oh, Orakel, ich rufe dich, hast du bitte ein Ohr für mich?«

Dann setzte er sich aufrecht hin und öffnete die Augen wieder. Nebel begann aus der Keksdose aufzusteigen. Immer dichter wurde er und waberte schließlich über ihren Rand hinaus. Die Dose war nun komplett ausgefüllt, ihr Boden nicht mehr zu erkennen. Und mitten in diesem Nebel glomm plötzlich ein schwaches bläuliches Licht auf, als hätte jemand weit entfernt eine Kerze entzündet. Mehr und mehr schwoll das Licht an, und dann ertönte mit einem Mal eine Stimme. Dumpf und matt, leise, eher ein Flüstern, das sich in der gesamten Werkstatt ausbreitete.

»Wer ist es, der mich ruft,
In diesem Dunkel?
Die Stimme schwach,
Am Ring Karfunkel?«

Das war anscheinend die Standardfrage des Orakels an denjenigen, der mit ihm in Dialog treten wollte. Eine Art Begrüßungsritual. Als Antwort hatte sich Lennart – aufgrund seines poetischen Unvermögens – etwas zurechtgelegt, das zwar dichterisch in der untersten Kategorie einzuordnen war, bei den vorherigen Orakelkonsultationen jedoch bestens funktioniert hatte.

»Ich bin's, und nur dass Ihr's wisst, man nennt mich Lennart Malmenkvist.«

»Oh, natürlich …«, flüsterte das Orakel, und Lennart bildete sich ein, einen enttäuschten Unterton in der Stimme wahrzunehmen – möglicherweise hatte es sich noch nicht daran gewöhnt, dass es nicht mehr Buri Bolmen war, der es um Rat fragte, und es vermisste ihn? Wer konnte schon in die Seele eines Keksdosenorakels blicken?

Das Orakel fasste sich aber rasch und dichtete zurück:

»Nun denn, es sei,
Du riefest mich,
Was also kann ich tun für dich?«

»Wie immer hab ich ein paar Fragen, und vielleicht kannst du mir etwas dazu sagen? Im Hause eines Bekannten mein, kehrt ein böses Wesen ein. Täglich ruiniert es Haus und Küche, dazu noch … äh … lauter üble Gerüche.«

Bölthorns Gesicht sprach Bände, was die Qualität der

von Lennart vorgetragenen Verse betraf. Es fehlte nur noch, dass er seine Schnauze schamhaft hinter den Pfoten verbarg.

Das Orakel schien noch nicht genau verstanden zu haben, was Lennart eigentlich wollte. Es schwieg. Vielleicht ging es ihm wie dem Mops, und es hatte seine unsichtbaren Hände ebenfalls kopfschüttelnd vors Gesicht geschlagen.

»Tja … also … es ist so, wir werden damit nicht mehr froh, und eines darf ich nicht vergessen, der Besucher scheint mir recht verfressen.« Stolz auf seine letzte Zeile drehte sich Lennart zu Bölthorn um. Der Mops saß mit offenen Lefzen da und starrte ihn ungläubig an. Die Stimme des Orakels dröhnte matt und blechern. Lennart blickte wieder in das im dichten Nebel verborgene, mit jeder Silbe bläulich pulsierende Licht der Keksdose.

»Eines kann ich dir jetzt schon sagen,
Der Zauber geht durch Leib und Magen.
Im Nebel liegt die wahre Gestalt,
Ich bin mir sicher, sie war im Wald.

Das Wesen, das du suchst, musst du nur verführen
Und mit Wohlgeschmack sein Herz berühren.
Und wenn es nascht von den Zauberspeisen,
Vielleicht wird sich dann alles weisen?«

»Zauberspeisen?«, fragte Lennart überrascht.

»Bei Krähenbein und Trindemossen!
Dein Gehör ist wohl nicht das beste.

Nach Rezept koche unverdrossen,
Und stör mich nicht am Wiegenfeste.«

Es dauerte eine Weile, bis Lennart die Worte des Orakels verarbeitet hatte. Es ging also um eine besondere Speise, die dabei helfen konnte, den ungebetenen Gast bei Professor Hellström zu fangen. Dann erst begriff Lennart, was ihm das Orakel außerdem noch mitgeteilt hatte. »Wiegenfeste? Du hast ... Geburtstag? Heute?«

»Haben das nicht alle Leute?«

»Ja, schon ... aber ein Orakel in ...?«

»Glaubst du, ich war schon immer, was ich bin?
Gefangen ewig in Blech und Zinn?
Auch ich war einst ein lebend' Wesen,
Mit Herz und Haut und Haar gewesen.

So alt wie Stein ist meine Seele,
Der Körper nur auf einer Reise,
Ich mir selbst die Zeit nicht stehle,
Unendlich ist sie wohl. Auf ihre Weise ...«

Das Orakel machte eine Pause. Lennart schwieg betroffen, ja, er meinte sogar, ein leises Schluchzen zu hören. Oder täuschte er sich? Aber auch Bölthorn war bei diesem unerwarteten Gefühlsausbruch der Keksdose interessiert näher gekommen. Er hockte sich neben Lennart auf den Boden und winselte. Lennart blieb nichts anderes übrig, als sich den Mops auf den Schoß zu heben (was nicht einfach war). Er hielt ihn fest und ließ ihn in die unentwegt dichten Nebel ausströmende Keksdose schauen. Bölthorn roch wie ein feuchter Putzlumpen, alt und streng. Lennart versuchte, das zu ignorieren, und konzentrierte sich auf das Orakel, das in diesem Moment weitersprach.

»Wohl weiß ich, Lennart Malmenkvist,
An Buris statt du Wächter bist
Und wissen musst, was er gewusst,
Vertrau'n gebiert nun der Verlust.

Einst hatt' ich selbst auch Zauberkraft,
Bewacht' die Dunklen Pergamente,
Doch habe ich es nicht geschafft,
Zur Straf' verpufften meine Elemente.

Nur großem Glück verdanke ich,
Dass Buri mich gerettet.
Wer weiß, wo ich sonst heute läg',
Zertreten und geplättet.«

»Du warst einer der vier Wächter der Dunklen Pergamente?«, rief Lennart, der so heftig zusammengefahren war, dass ihm Bölthorn beinahe vom Schoß geplumpst wäre. »Das ist unmöglich! Wer bist du? Und wie können wir dir helfen?«

»Mein Schicksal ist beschlossen.
Kein Zauber kann mich je befrei'n.
Auf ewig bin ich eingeschlossen
Und will dir trotzdem hilfreich sein.

Alsbald, da wird der Tag zur Nacht.
In wenig' Stunden hast du die Wahl,
Ob Bestimmung oder dunkle Macht.
Und leiden wirst du Höllenqual.

Noch erblick' ich nicht haarfein,
Wie du dich wirst entscheiden.
Gegen Macht und Krähenbein?
Wirst du die Liebe weiter meiden?

Doch eines seh' ich ganz genau,
Der Weg liegt nur in deinen Händen,
Und hüte dich vor mancher Frau,
Dein Leben kann sie leicht beenden.

Nun geh hinfort und fang das Wesen
Mit Kochkunst und mit Zauberei!
Erst dann weißt du, was es gewesen,
Und lernen wirst du allerlei.

Für mich selbst verblasst das Licht,
Ich seh mich bald an anderem Ort.
Vielleicht für immer, ich weiß es nicht,
Graue Schlieren nur … dann bin ich fort.«

»Wie? Fort? Wohin gehst du?«, fragte Lennart aufgeregt. Nicht dass ihm das Orakel besonders ans Herz gewachsen wäre. Doch immerhin barg es ungeahntes Wissen und stellte auch einen Teil des Vermächtnisses von Buri Bolmen dar.

Das Licht in der Keksdose wurde schwächer.

»Wer oder was auch immer du bist: Herzlichen Glückwunsch zum Geburtstag!«, rief Lennart hinein.

Mit einem Mal pulsierte das Licht wieder stärker und schneller. Der letzte Nebel verflüchtigte sich und wurde in die Keksdose hineingesogen.

Plopp.

Aus.

Es war still.

Nur die Plasmalampe surrte, und Bölthorn japste und gurgelte schwer atmend vor sich hin.

»Unglaublich«, sagte Lennart und setzte den Mops auf den Boden zurück. Dann klappte er den Keksdosendeckel zu.

Bölthorn wirkte in sich gekehrt.

»Das Orakel …«, begann er schließlich. »Ich glaube, es hat wieder mal recht. Jetzt weiß ich auch, wie Mats Wallin an eines der Dunklen Pergamente gekommen ist.«

Lennart sah ihn fragend an.

»Es ist diese alte Geschichte, die ich dir schon einmal erzählt habe«, sagte Bölthorn. »Olav Krähenbein wurde von vier Zauberern und einer Fee besiegt. Einer der Zauberer war Buri Bolmen, und das Orakel muss auch unter ihnen gewesen sein.«

»Ich will ja nichts gegen dieses Wesen in der Keksdose sagen«, wandte Lennart ein, »aber wer weiß, ob es uns nicht doch an der Nase herumführt. Es gibt keinen Beweis dafür, dass es stimmt, was das Orakel behauptet.«

Bölthorn warf die Stirn in Fellwellen. »Beweise nicht, aber Indizien.«

»Und die wären?«

»Unter den vier Zauberern war einer, der nichts mehr liebte als die Poesie – Gedichte und Reime. Und er besaß seherische Fähigkeiten. Zwei Eigenschaften, die er mit dem Orakel gemein hat. Wenn tatsächlich einer der vier alten Zauberer in dieser Dose gefangen ist, dann müsste das Järnskägg sein.«

»Järnskägg? Er hieß Eisenbart?«, fragte Lennart.

Bölthorn nickte. »Damals war das kein außergewöhnlicher Name. Die Wächter sind Wanderer der Zeiten und ändern in jeder Epoche ihr Aussehen und manchmal auch ihren Namen. Wie er zuletzt hieß, weiß ich natürlich nicht. Er scheint aber aus irgendeinem Grund sein Pergament verloren zu haben. Es muss über tausend Umwege zu Mats Wallin gelangt sein.«

»Was für eine Ironie des Schicksals«, sagte Lennart. »Eins der mächtigsten Dokumente der Welt fällt durch einen Zufall in die Hände von Emmas Großvater, einem okkulten Spinner, der offensichtlich gar kein so großer Spinner war, wie alle immer dachten.«

Bölthorn nickte wieder.

»Diese verfluchten Dunklen Pergamente haben ihn und viele andere das Leben gekostet. Und sie sind nach wie vor äußerst gefährlich. Wir müssen rasch handeln«, sagte Lennart eindringlich. »Mats Wallin hatte eines dieser Pergamente besessen, und die letzte Spur davon führt zu Hendrik Nilsson, der in Verbindung mit Henrietta Hellström steht. Wenn wir sie finden, finden wir vielleicht auch diesen Verbrecher.« Lennart ballte entschlossen die Faust. »Wir müssen uns dringend um den Plagegeist kümmern, der bei unserem Professor sein Unwesen treibt. Falls Hellström recht hat und seine Frau tatsächlich mit diesen

Verwüstungen zu tun hat, sind wir der Lösung dadurch ein großes Stück näher gekommen«, sagte Lennart siegesgewiss. »Der nächste Schritt ist also klar. Wenn ich das Orakel richtig verstanden habe, sollen wir ein magisches Rezept zubereiten, das Hellströms ungebetenen Gast interessiert. Damit fahren wir zum Professor, legen den Köder aus und fangen den Kerl. Oder das Ding, was auch immer es ist. So hat es das Orakel prophezeit. Korrekt?«

Bölthorn wirkte verblüfft. »Also, wenn du auch sonst nicht viele Talente besitzt – das Vereinfachen komplexer Sachverhalte gehört jedenfalls dazu.«

»Danke.«

»Lass uns gehen.«

»Eins noch«, rief Lennart Bölthorn hinterher, der schon auf dem Weg in den Laden war. »Was meinte das Orakel damit, dass es bald fort sein würde? Wachsen morgen etwa Füße aus der alten Blechdose, und es läuft davon? Bei allem, was ich bisher erlebt habe, wäre das durchaus denkbar.«

»Denkbar ist alles«, sagte Bölthorn. »Aber ich vermute eher, es hat in die Zukunft geblickt und gesehen, dass es jemand von hier wegbringen wird.«

»Wer sollte das sein?«

»Du fragst zu viel, Lennart Malmkvist. Wenn ich das wüsste, dann wäre ich selbst ein Orakel, oder?« Bölthorn röchelte kurz, drehte sich wieder um und verschwand durch die Werkstatttür im Laden.

10. Kapitel

Hendrik Nilsson warf einen kurzen Blick zu der Pritsche am anderen Ende des Raumes.

Er stand auf und ging zum Fenster. Vorsichtig schob er die stockfleckigen Vorhänge mit seiner Pistole zur Seite und spähte hinaus.

Im grauen Zwielicht der bereits einsetzenden Dämmerung war nichts zu sehen, was ihm Sorgen bereiten müsste. Vor ihm lag ein verlassenes, menschenleeres Gelände – jede Menge Schrott, Bauschutt und Abfall, zwei halb verfallene Gebäude, einige maulende Krähen auf einer Oberleitung und eine verschneite Straße, die durch dieses Ensemble der Trostlosigkeit führte. Es begann schon wieder zu schneien. Die Kennzeichen von Henrietta Hellströms Auto waren gestohlen und die Reifenspuren ohnehin schon lange vom Schnee ausradiert worden. Keiner würde sie an diesem verlassenen Ort vermuten, tief verborgen in einem Waldstück bei Östergärde, etwa zehn Kilometer von Göteborg entfernt.

Die drei Typen, die hier illegal Chemikalien gelagert und entsorgt hatten, waren längst gefasst und verhaftet worden. Damals hatte Nilsson noch für und nicht gegen die Polizei gearbeitet. Zumindest offiziell und größtenteils. Aber das war jetzt bestimmt schon sieben Jahre her. Der

Boden dieses Geländes war noch immer stark kontaminiert. Eine echte Sanierung wäre dringend notwendig, doch es hatte sich nie ein Investor gefunden, der diese Kosten übernehmen wollte. Und so schützte Hendrik Nilsson das verseuchte Erdreich gegen neugierige Besucher.

Allerhöchstens ein paar Jugendliche würden hierherkommen, um heimlich zu saufen, Drogen zu nehmen oder die Wände mit ihren Schmierereien zu verschönern. Die sollten sich besser nicht mit ihm anlegen. Niemand würde ihre Schreie in dieser verlassenen Gegend hören und in der Erde nach ihnen graben oder in alten Chemikalienfässern suchen …

Hendrik Nilsson ging vom Fenster zurück zum Tisch, legte die Pistole hin und setzte sich. Aus der Innentasche seiner Lederjacke zog er einen Flachmann mit Whisky und ein altes Foto hervor. Er schraubte die verbeulte Stahlflasche auf, nahm einen kräftigen Schluck und wischte sich mit dem Handrücken über den Mund. Seine Haut war spröde und aufgerissen von der Kälte. Seine Bartstoppeln stachen.

Dann betrachtete er das Foto, das in seinem ehemaligen Büro im Präsidium immer auf seinem Schreibtisch gestanden hatte. Es zeigte seine Freunde und ihn. Sie alle trugen einen schwarzen Frack und hatten eine schwarze Melone auf dem Kopf. Würdevoll hielten sie die Urkundenrolle in die Kamera. Es war die Gründungsurkunde ihres Bundes. Über dreihundert Jahre alt und mit Federkiel und Tinte zu einer Zeit aufgeschrieben, als die Alchemie den Menschen noch wichtig war und ihnen den Pfad zur Erkenntnis wies. Doch die meisten Menschen hatten diesen Pfad nicht gesehen, geblendet durch die unsinnige Aufklärung.

Nur ihr Geheimbund hatte niemals aufgehört, nach der Wahrheit zu suchen. Seit jeher war diese Urkunde in ihrem Besitz gewesen. Im Besitz der wahren Gläubigen. Im Besitz von Tryggvasons Erben.

Damals, Ende der Achtzigerjahre, war alles noch in Ordnung gewesen. Und als Hendrik Nilsson in der Nähe von Gudhem mit diesem verrückten Wallin die Amuletthälfte im feuchten Boden gefunden hatte, waren sie ihrem Ziel schon so nah gewesen. Doch dann war Wallin, dieser Hund, verschwunden und hatte das Fundstück mitgenommen, obwohl es ihm nicht zustand. Es gehörte *ihnen*, nicht ihm.

Wieder trank Nilsson einen Schluck aus seinem Flachmann.

Er spürte, wie die Wut in ihm aufstieg. Eigentlich müsste man diesem Mats Wallin fast dankbar sein. Er hatte eines der vier Dunklen Pergamente und diese Landkarte entdeckt, die Nilsson zuerst nach Gudhem und dann nach Äskestock an die Ostküste geführt hatte. Er war ein unwürdiger Dieb, keine Frage. Aber er war schlau gewesen und hatte ausgegraben, was der Kreis der Gläubigen jahrhundertelang gesucht hatte.

Doch am Ende hatte Wallin bekommen, was er verdiente. Und seine ganze Familie war mit ihm umgekommen. Nur diese Emma Mårtensson, die Enkelin von Wallin, hatte überlebt. Wie war das möglich gewesen? Nilsson hatte ihr das Messer bis ans Heft in die Brust gestoßen, im Ferienhaus ihres diebischen Großvaters. Das grenzte an ein Wunder.

Aber Emma Mårtensson spielte keine große Rolle. Sie hatte ihn in seinem schwarzen Kapuzenumhang nicht erkannt, und er hatte in Wallins Haus gefunden, wonach er gesucht hatte – eines der vier Dunklen Pergamente.

Doch wer zur Hölle hatte ihm dieses Pergament nun wieder abgeluchst? Wer hatte seine Wohnungstür aufgebrannt wie mit einem Schweißgerät? Hendrik Nilsson hatte das Dunkle Pergament hinter seinem Nachttisch aufbewahrt, in einer doppelten Zimmerwand. Er hätte nie damit gerechnet, dass jemand dieses Versteck entdecken würde.

Sollte einer seiner Weggefährten von Tryggvasons Erben das Pergament an sich genommen haben? Aber warum? Sie verfolgten schließlich ein gemeinsames Ziel und hatten sich gegenseitig einen Treueeid geleistet.

Er hatte ihnen schon eine Nachricht geschickt, und sie würden ihm zu Hilfe eilen. Das war so sicher wie die Auferstehung von Olav Krähenbein.

Hendrik Nilsson knirschte so fest mit den Zähnen, dass es ihn schmerzte. Der Plan der Gläubigen wäre aufgegangen, wenn der verfluchte Malmkvist nicht gewesen wäre. Dieser großspurige Jungspund war wohl ebenfalls zufällig an eines der Dunklen Pergamente gelangt und schien zu ahnen, wie wertvoll sie waren. Wahrscheinlich wusste er das von diesem armseligen Trottel Buri Bolmen, den jemand in seinem Laden gegrillt hatte. Doch wäre dieses Verbrechen nicht passiert, hätte Hendrik Nilsson den Tatort in der Västra Hamngata niemals betreten und auch das Schutzmandala der Wächter an der Decke nicht entdeckt. Nur Eingeweihte wussten, dass dieses Mandala die Dunklen Pergamente vor Olav Krähenbein schützte.

Nilsson lachte leise vor sich hin. Die alten Legenden logen nie.

Doch beim Gedanken an diesen elenden Malmkvist gefror ihm das Lächeln im Gesicht. Er hätte ihn und diesen Dreckskköter abknallen sollen. Wäre Malmkvist nicht gewesen, hätten die Bullen ihn nie geschnappt. Bald würde dieser lächerliche Gernegroß seine Rache zu spüren bekommen. Malmkvist würde klein beigeben und ihm, Hendrik Nilsson, sein Pergament aushändigen. Dann würde sich weisen, wie viel ihm das Leben von Henrietta Hellström wert war.

Nilsson grinste. Sein Plan war brillant. Und sollte Malmkvist, was allerdings kaum anzunehmen war, doch nicht wissen, wo sich dieses Pergament befand, dann würden sich andere Wege finden, es zu beschaffen. Die Rache wäre ihm in jedem Fall gewiss. Nilsson könnte ihn jederzeit noch einmal in seinem Trödelladen überfallen und ihm dort das Licht ausknipsen. Momentan wäre das allerdings zu riskant. Tysja ließ die Västra Hamngata bestimmt überwachen.

Malmkvist hatte alles verdorben. Und am Ende hatte Maja Tysja Nilsson tatsächlich die Handschellen angelegt und ihn völlig zugrunde gerichtet. Jetzt machte es sich dieses Miststück in dem Sessel bequem, der eigentlich ihm zustand. Er musste sich verkriechen wie eine Ratte. Seine Frau hatte ihn verlassen, und er besaß gar nichts mehr. Keinen Job, keine Anerkennung, kein Zuhause.

Nur noch Tryggvasons Erben und seinen Glauben.

Und die Sehnsucht nach Rache.

Da klopfte es an der Tür.

11. Kapitel

Geheimes bewährtes Kochbuch in sechs Absätze getheilet, in welchen zu finden: wie man verschiedene zauberhafte Speisen von allerhand Wildprät, Fleisch, Geflügelwerk, Fisch und Gartengewächsen wie auch Torten, Pasteten, und anderes Gebackenes niedlich zurichten könne, um des Koches Ziel mit excellenter Magie zu erreichen. Ganz neue, um hundert Zauberspeisen vermehrte Ausgabe. Stockholm, 1783.

Dieser etwas ungelenke und bemerkenswert lange Titel stand in alten, ausschweifenden Lettern gedruckt auf der ersten Seite des beinahe zierlichen Büchleins, das sie nach über einer Stunde Suche in Buris Laden gefunden hatten. Dabei hatte sich Bölthorn aufgrund seiner Körpergröße auf die Regale und Kisten in Höhe von Lennarts Knien konzentriert. Lennart selbst hatte die höher gelegenen Stauräume inspiziert, die, obwohl Frederik hier schon viele Stunden lang aufgeräumt hatte, immer noch mit zahllosen Dingen vollgestopft waren.

Lennart hätte das in Leder gebundene Buch beinahe übersehen. Wie viele Jahre mochte es sich wohl schon hinter dieser bauchigen Vase mit kitschigem Blumenmotiv versteckt haben? Lennart hatte die Vase – vermutlich eine der zahlreichen chinesischen Billigprodukte, von denen es in Buris Laden eine ganze Menge gab – beim Vorübergehen versehentlich angestoßen und erst in letzter Sekunde vor ihrem Fall auf den Fliesenboden bewahrt. Und als er sie zurückstellen wollte, hatte er das kleine Buch bemerkt, das dahinter lag, und es hervorgezogen.

Er hatte sich nicht getäuscht. Das musste das Zauberkochbuch sein, von dem das Orakel orakelt hatte.

Lennart ging sofort in die Werkstatt und nahm am Arbeitstisch Platz. Bölthorn folgte ihm. Behutsam schlug Lennart den aus dicker Pappe und vernarbtem Leder gefertigten Einband auf und begann, in dem Buch herumzublättern. Er fuhr mit dem Zeigefinger über die bräunlichen, teils stockfleckigen Seiten, von denen ein eigenartiger Geruch ausging. Er erinnerte auf eine morbide Weise an längst vergangene Zeiten.

Der Titel hatte in seiner Ausführlichkeit nicht zu viel versprochen: Das Buch enthielt Rezepte für Suppen, Fisch- und Fleischgerichte, Gemüseaufläufe, Torten, Kuchen, Desserts und noch vieles mehr. Außer der ungewohnten Sprache und der alten Schrift gab es jedoch noch einen gravierenden Unterschied zu einem gewöhnlichen modernen Kochbuch: Alle in diesem Buch aufgeführten Gerichte enthielten nämlich magische Ingredienzien, und es wurde nicht nur ihre Zubereitung beschrieben, sondern auch ihre Wirkung und das Anwendungsgebiet.

So fand Lennart etwa eine Pilzsuppe »zur Kräfftigung von Zwergen bei allgemeynem Unwohlseyn« genauso wie weniger nette Gerichte, die angeblich einen Troll in den Wahnsinn treiben konnten. Ein anderes konnte einen Barghest, einen Höllenhund, wenn nicht töten (dafür, so der unbekannte Verfasser, sei ein Barghest schlichtweg zu stark), so doch für einige Zeit außer Gefecht setzen.

Das war magiehistorisch äußerst interessant und vielleicht irgendwann einmal sogar nützlich. Aber danach suchte Lennart nicht. Er suchte etwas anderes …

»Hier!«, rief er plötzlich. »Ich glaube, das könnte es sein!« Er las Bölthorn die entsprechende Stelle vor, und der Mops leckte sich schlabbernd über die Lefzen.

Köderrezept für ungebethene Unholde
Ein wohlschmeckender Brei aus dem Fleisch
einer wilden Ente, Reis,
Gerste, Früchten und allerlei sonstigen guten
Leckereien, mit dem man einen unsichtbaren,
verfressenen Gast leicht fangen kann

Glaubt Ihr einen Gast bei Euch, den niemand je gebethen hat, und dieser Gast ist unsichtbar und tobt gar sehr, vornehmlich dort, wo die Herdstatt ist, so kann es ein rechtes Pech sein. Wollt Ihr diesen Unhold dingfest machen, so ist dieses Rezept vorzüglich, denn der Gast wird essen das schmackhaft Gericht, und ihm wird müde werden, und er wird sichtbar werden und am Boden festkleben, und so könnt Ihr ihn verhaften. Doch wisset, daß aller Zutat bedarf zuvorderst excellenter Traktierung von kundiger Zauberhand und hernach einer allerbesten Köchin, welche auch einen magischen Topf besitzet und verwendet, ansonsten die Wirkung sich ins Gegentheil verkehrt.

»Dieses Rezept könnte uns tatsächlich zur Lösung des Rätsels führen«, dachte Bölthorn laut.

»Es klingt jedenfalls, als müssten wir es ausprobieren. Den Gast hat keiner gebeten, er ist verfressen, ein Unhold und unsichtbar. Passt wie die Faust aufs Auge.«

»Wie wird dieses Gericht denn zubereitet?«, brummte Bölthorn.

Lennart vertiefte sich erneut in sein Buch. Dann blickte er den Mops skeptisch an. »Das wird schwierig.«

»Weshalb?«

»Man muss blanchieren, tranchieren, die Ente rupfen, einbrennen, gelieren, karamellisieren und was weiß ich noch alles. Ich bin durchaus in der Lage, eine ordentliche Pasta und ein paar Rouladen zu kochen oder Elchgulasch und so etwas, aber das hier kriege ich bei aller Liebe nicht hin. Und am Ende klappt es dann nicht, nur weil ich das Rezept verhunze.«

»Das wäre sehr ungünstig«, sagte Bölthorn nachdenklich und nickte dabei mit dem Kopf. »Um meine Kochkünste ist es leider auch nicht mehr gut bestellt.« Er setzte sich auf sein Hinterteil und hob mit einem zerknautschten Gesichtsausdruck wie zum Beweis seine rechte Vorderpfote.

Da hellte sich Lennarts Miene schlagartig auf. »Aber wir kennen doch beide jemanden, der kein Problem damit hat, ein kompliziertes Gericht zu zaubern – diesmal sogar im wahrsten Sinne des Wortes.«

Bölthorn sah Lennart skeptisch an. »Du meinst, wir sollten Maria darum bitten? Wäre das nicht ein bisschen zu riskant? Buri hat immer gesagt, dass die Zauberküche eine heikle Angelegenheit sei. Er hat meist die Finger davon gelassen.«

»Wir haben aber keine Wahl. Außerdem«, fuhr Lennart fort, »hat Maria doch einen Zauberkochtopf von Buri geerbt, in dem nichts anbrennen kann. Vielleicht kann der noch viel mehr, als wir dachten, und Buri hat damit, weise wie er war, für eine solche Situation bereits vorgesorgt?«

»Gut, dann versuchen wir es eben«, lenkte Bölthorn ein. »Du solltest Maria aber auf jeden Fall dabei unterstützen. Es wäre sicher auch von Vorteil, wenn sie möglichst wenig von unserem Plan erfahren würde.«

Es war bereits dunkel, als Lennart und Bölthorn mit drei Tüten voller Lebensmittel endlich wieder zurück in den Laden kamen. Durch die ganze Stadt waren sie gerast, um alle Zutaten für ihr Zaubergericht zu besorgen. Ins Einkaufszentrum in der Nordstan, zu diversen Feinkostläden, einem Gewürzhändler und sogar zur Apotheke, denn Zutaten wie Alaun, Natronsalpeter und *carbo animalis*, Tierkohle, hatte selbst der größte Göteborger Supermarkt nicht vorrätig.

Nur eine einzige Zutat war in der vorgegebenen Form nicht zu beschaffen gewesen: *Bei vollem Mond von zarther Jungfrau Hand gerupfte Salvia.* Lennart war auf handelsüblichen Salbei ausgewichen und hatte auch darauf verzichtet, den Verkäufer an der Gemüsetheke über Herkunft und Erntemodalitäten seiner in schwarzen Plastiktöpfchen angebotenen Küchenkräuter zu befragen. Es hätte ihm vermutlich außer dem verwirrten Gesichtsausdruck seines Gegenübers nicht viel eingebracht. Lennart und Bölthorn hofften nun, dass die Zubereitung des *Köderrezeptes für ungebethene Unholde* nicht gerade an dieser Kleinigkeit scheiterte.

Lennart stellte die Tüten auf den Boden und reihte die Einkäufe nebeneinander auf der Werkbank auf. Er schlug das Zauberkochbuch auf und vertiefte sich darin. Bald wusste er, dass er einige der Ingredienzien magisch vorbehandeln musste und dass dieser Zauber leider nur für kurze Zeit seine magische Wirksamkeit behalten würde.

Er zog sein Handy aus der Tasche und wählte Maria Calvinos Nummer. Es klingelte mehrfach, doch niemand ging ran. Kaum hatte er aufgelegt, meldete sich ein anderer Anrufer. Lennart nahm ab.

»Hier Malmkvist?«

»Aaaargghhh!«, kam es zurück.

»Herr Professor? Sind Sie das? Hallo?«

Ein weiterer gellender Schrei ertönte.

»Wo sind Sie, wo stecken Sie denn? Ich brauche Hilfe!«, rief Hellström ins Telefon. »Nicht einmal das mutige Mopstier ist hier, um mich zu beschützen. Zeter und Mordio …«

Das Gespräch riss ab.

»Mist«, sagte Lennart.

»War das der Professor?«, fragte Bölthorn.

»Ja. Er war total panisch. Wir sollten …«

Lennarts Handy klingelte wieder. Er nahm den Anruf sofort an.

»Herr Professor! Bleiben Sie ganz ruhig! Wir kommen gleich und …«

»*O, caro*. Nix *professore*. Maria am Apparat. Alles in Ordnung?«

»Ah, Maria. Gott sei Dank. Ich hatte es eben bei Ihnen probiert, aber Sie …«

»Ich war unter der Dusche. Da höre ich immer sehr laut Pavarotti. *Mi scusa*!«

Lennart atmete tief durch. »Maria, Sie sind die beste Köchin der Welt. Aber heute Abend müssen Sie sich selbst übertreffen.«

»*Dio santo*, was ist denn passiert?«

Lennart meinte fast, durch das Telefon zu sehen, wie Marias rote Wangen ihre Farbe verloren.

»Ich habe keine Zeit für lange Erklärungen. Sie müssen etwas Aufwändiges kochen. Ich bringe Ihnen in ein paar Minuten sämtliche Zutaten. Einverstanden? Es ist für den Professor.«

»*Va bene!* Für den *professore* koche ich alles, und wenn es stundenlang dauert und mitten in die Nacht ist!«, kam es entschlossen zurück. »Er ist sooo dünn!«

12. Kapitel

Es war beinahe Mitternacht, als Lennart müde und mit überhöhter Geschwindigkeit durch das nächtliche Göteborg zum Naturhistorischen Museum düste. Die Vorbereitungen der Zutaten und die Zubereitung des Zaubergerichtes hatten über drei Stunden in Anspruch genommen.

Dabei hatte Lennart die ganze Zeit an den aufgeregten Hellström gedacht. Gern wäre er sofort nach seinem Anruf zu ihm gefahren. Doch was hätte das gebracht? Bölthorn hätte den Professor wieder ablenken und auf andere Gedanken bringen müssen, und Lennart hätte die verwüstete Küche wieder sauber gezaubert. Und dann? Es wäre wie bei seiner Liebesallergie gewesen: Man konnte mit Salben und Umschlägen ihre Symptome lindern, die Ursache auf diese Weise jedoch nicht beheben. Irgendwann hätte Lennart wieder heimfahren müssen, und das ganze Chaos hätte bald wieder von vorn angefangen.

Also hatte Lennart den Professor in seinem Elend allein gelassen und auf die Fertigstellung der magischen Speise gewartet, die endlich die Rettung bringen sollte.

Er hatte Kräuter, Ente, Klebreis und vieles mehr mit Sprüchen belegt und mit Magie beseelt. Einem ungeübten Auge wäre das bei den einzelnen Zutaten von außen nicht aufgefallen. Aber Lennart und Bölthorn hatten über die Auswirkungen der Zaubersprüche, die Lennart dem magischen Kochbuch und Buri Bolmens Aufzeichnungen entnommen hatte, ziemlich gestaunt. Mit einem Mal war Magie und Leben in die Dinge gefahren, die kurz zuvor noch Supermarktregale, Kühltheken und Gewürzgläser gefüllt hatten: ein sanfter Sternenregen, ein Glimmen, das Aufsteigen fluoreszierender Schlieren, ein Geräusch wie von einem zufriedenen Seufzen – all das war zu sehen und zu hören gewesen.

Schließlich war Lennart mit einem hechelnden, körperlich sichtlich überforderten Bölthorn die Treppe zu Maria Calvinos Wohnung hinaufgehastet. Da die Magie der Zutaten nicht lange währte, mussten sie schleunigst verarbeitet werden.

Maria Calvino machte ihre Sache hervorragend. In einer aufwändigen Prozedur bereitete sie eine Art Risotto zu – eigentlich war es eher ein extrem klebriger, wenngleich wohlriechender Brei, über den sie verächtlich die Nase rümpfte – und stellte auch keine Fragen. Weder über das seltsame, uralte Rezept, das Lennart ohne die verdächtigen magischen Passagen auf einem Notizzettel abgeschrieben hatte, noch über die befremdlichen Zutaten. Nicht einmal über Sinn und Zweck der ganzen nächtlichen Aktion wunderte sie sich. Sie arbeitete still und konzentriert vor sich hin, während sich die drei Tenöre ein kräftiges Gesangsduell mit der Ofenlüftung, dem Zischen des Fleisches in heißem Fett und der sonor brummenden Dunstabzugshaube lieferten.

Als Maria Calvino nach gut zweieinhalb Stunden das fertige Gericht aus dem Rohr holte, sagte sie nur: »*Pronto, caro mio.*« Dann wickelte sie ein Handtuch um Buris glühend heißen Topf und packte ihn in ihre Kiste aus Styropor, die sie immer verwendete, wenn sie warme Speisen transportierte.

Zum Abschied stand Maria in der Wohnungstür und hob müde die Hand. Ihre Augen blitzten jedoch, als sie Lennart ein »*Buona fortuna!* Viel Glück!« mit auf den Weg gab und Bölthorn noch ein verliebtes Lächeln schenkte.

Die Styroporkiste in den Händen und Bölthorn im Schlepptau eilte Lennart über den spärlich beleuchteten Weg zum Haus des Professors. Es war kalt und es hatte wieder zu schneien begonnen, sodass Lennart achtgeben musste, nicht auf der glatten Schneedecke ins Rutschen zu geraten. Dann wäre alles umsonst gewesen. Doch bereits als sie auf der Rückseite des Museums angekommen waren, überfiel Lennart ein ungutes Gefühl. Dann bemerkte er, dass Professor Hellströms Haustür offen stand. Ein schwacher Lichtschein fiel in das umzäunte Vorgärtchen. Und noch etwas anderes drang aus dem Haus. Gesang. Der Professor sang ein Schlaflied:

»Guten Abend, gut' Nacht!
Mit Rosen bedacht,
mit Näglein besteckt,
schlüpf unter die Deck'!
Morgen früh, wenn Gott will,
wirst du wieder geweckt …«

»Ich hoffe, wir kommen nicht zu spät. Zumindest scheint Hellström sich beruhigt zu haben«, flüsterte Lennart.

Bölthorn blickte auf, zerknautschte sein Mopsgesicht und wiegte den Kopf skeptisch hin und her.

Lennart stieß das Holztörchen auf und stapfte über den frisch gefallenen Schnee durch den Garten. Er drückte die Eingangstür auf und rief: »Herr Professor? Hallo?«

Der Gesang hörte schlagartig auf.

»Besuch? Zu dieser Stunde? Wer ist mein Gast?«, kam es aus dem Halbdunkel des Flurs.

»Ich bin's, Herr Professor. Lennart Malmkvist.«

»Kenn ich nicht.«

»Und Bölthorn, mein Mops«, ergänzte Lennart, während er sich hastig von seiner Daunenjacke befreite und sie an die Garderobe hängte.

»Huch, haha! Was soll das denn sein? Hops, Klops, Mops«, kam es zurück, gefolgt von einem ausgelassenen, an Irrsinn grenzenden Kichern.

Lennart reichte es jetzt. So kamen sie nicht weiter. »Pass auf, Bölli. Kümmere du dich um den Professor. Er macht mir einen debilen, aber keineswegs aggressiven Eindruck. Vielleicht freut er sich ja, dich zu sehen, auch wenn er vergessen hat, wer du bist. Einverstanden?«

Bölthorn nickte zustimmend.

»Ich gehe inzwischen in die Küche, oder was davon übrig ist, und lege den Köder aus. Hoffentlich klappt es …«

In diesem Moment trat Hellström an die Tür.

»Guten Abend allerseits. Sie scheinen mir ein Lieferant zu sein. Prima! Ein ehrenwerter Beruf. Hellström ist mein Name. Und Ihrer?«, trällerte der Professor, als er Lennart mit der Warmhaltebox erblickte.

»Lennart Malmkvist«, antwortete der im Vorübergehen, auf dem Weg zur Küche.

»Angenehm«, rief der Professor ihm nach. Dann kam Bölthorn angetippelt und hockte sich mit einem gurgelnden Röcheln direkt vor ihn. Direktor Hellström sank mit einem Mal erschöpft zu Boden und lehnte sich rücklings an die Wand. Er sah aus, als wäre er dem Schleudergang einer Waschmaschine ausgesetzt gewesen. Die Brille saß ihm schief auf der Nase, die grauweiße Elvis-Tolle stand wild von seinem Kopf ab, und die Kleidung hing ihm faltig von seinem dürren Leib herunter.

»Ach, das ist also ein Mops?«, fragte er schließlich und kicherte wieder. »Ist das eine Art Hund? Aber lieb ist er, sehr lieb. Ich mag das dickliche Tier gut leiden. Putzig!«

Lennart hörte ihm nicht mehr zu. Er war schon in der Küche angekommen. Hier herrschte wieder Zerstörung pur. Lennart bahnte sich einen Weg durch Scherben, Splitter, abgerissene Schranktüren und klebrige Essensreste hinüber zum Küchentisch. Dort stellte er die Warmhaltebox ab, öffnete sie und holte den immer noch heißen Topf heraus. »Dann lass es dir mal schmecken, mein Freund«, flüsterte er, während er den Topf aus dem Handtuch wickelte und den Deckel öffnete.

Es duftete verführerisch. Lennart knipste das Licht aus, doch ehe er das Zimmer verließ, drehte er sich noch einmal zum Küchentisch um. Fasziniert betrachtete er den magischen Topf und all die wundersamen Dinge, die sich darin abspielten. Kleine Funken in allen Farben des Regenbogens erhoben sich wie von Geisterhand aus dem verzauberten Brei, trudelten aufwärts und vollführten heitere Kapriolen, ehe sie im Nichts der finsteren Küche verglommen. Es war ergreifend und wirkte wie ein geräuschloses Feuerwerk für Däumlinge.

Nur die Vernunft riss Lennart von diesem bezaubernden Anblick los. Eilig schnappte er sich Handtuch und Styroporkiste und begab sich aus der Küche ins Wohnzimmer, wo der Professor nun in stiller Eintracht neben Bölthorn saß und dem Mops zärtlich über den Kopf streichelte.

»Ein wahrhaft entzückendes Tierchen«, sagte Hellström. »Ein Mops ist demnach tatsächlich so etwas wie ein Hund, nur kleiner und mit Übergewicht, wenn ich recht vermute?«

Bölthorn schmatzte genervt, ließ sich aber ansonsten nichts anmerken.

Lennart zwinkerte seinem vierbeinigen Freund zu. »Alles paletti. Wir sollten uns jetzt verstecken.«

»Oh, das habe ich früher schon gern gespielt«, sagte Professor Hellström eifrig und sprang überraschend behände auf die Füße. »Wer fängt an?«

»Sie fangen an. Aber wir spielen draußen«, sagte Lennart.

»Prima! An die frische Luft!«, freute sich Hellström. »Ich bestehe allerdings auf meinem Mantel. Es ist angeblich Winter, habe ich mir sagen lassen. Außerdem habe ich einen flotten knallroten Schal …«

Weiter kam der Direktor nicht. Ein Brabbeln und Zetern, unterbrochen von laut gezischten, unverständlichen Flüchen, ertönte aus der Küche. Dann folgten ein Rumpeln und ein metallisches Scheppern – es klang, als hätte jemand den ganzen Küchentisch mitsamt dem Topf umgeworfen.

Lennart hielt inne und grinste zufrieden, auch wenn er eine gewisse Anspannung nicht unterdrücken konnte. »Das ging aber wirklich schnell. Dann wollen wir uns den ungebetenen Gast mal aus der Nähe betrachten, oder?«

Bölthorn kniff die Augen zusammen. Er schien zu allem bereit zu sein.

»Geht's jetzt los?«, fragte Hellström. »Verstecken, verstecken, verstecken? Ich zuerst!«

»Gleich, Herr Professor«, versuchte Lennart den Mann zu beruhigen. »Zuerst müssen wir noch einmal kurz in Ihre Küche.«

»Ach, da komm ich doch am besten mit. Ich wohne ja hier. Hihi«, sagte Hellström und machte sich daran, Lennart und Bölthorn zu folgen. »Irgendwie habe ich plötzlich Hunger bekommen.«

Das Fluchen und Zetern blieb unverändert laut und unverständlich, während Lennart schnurstracks quer durch die Wohnung zur Küche lief. Er zog seinen Zauberstab aus der Tasche und schaltete das Licht an.

Da stand es. Barfuß, mitten auf dem Küchenboden. Ein wirklich hässliches Wesen, so groß wie ein Kind von fünf oder sechs Jahren.

Seine Haut schimmerte grünlich wie ein längst abgelaufener Joghurt und war übersät mit behaarten Warzen. Buschige Brauen standen über seinen kleinen, giftig funkelnden Augen, und seine Haare waren rund um den Kopf zu mehreren Zöpfen geflochten, wie auch der Bart, der ihm bis über die voluminöse Brust herabhing. Beachtlich waren seine weit abstehenden Ohren. Es sah aus wie das ungewollte Kind von Gollum und Gimli. Was Lennart aber noch mehr erstaunte, war die Tatsache, dass dem Kobold die Enden seiner Extremitäten abhandengekommen zu sein schienen: die Spitzen der Ohren, ein großer Teil der ausladenden Nase sowie sämtliche Finger- und Fußspitzen.

»Was ist das? Ein Kobold?«, fragte Lennart Bölthorn.

Der Mops bejahte die Frage mit ernstem Blick und einem deutlichen Kopfnicken.

»Das ist ja mal ein Ding, hihi«, sagte Professor Hellström, der nun ebenfalls in der Tür aufgetaucht war und den Kobold eingehend musterte. »Ist aber nicht meine Frau, glaube ich. Die sah besser aus.«

Lennart richtete seinen Zauberstab auf das magische Wesen, das fluchend neben dem Küchentisch stand und offenbar am Boden festgeklebt war.

»Wer bist du?«, rief er und machte einen Schritt in die Küche.

Der Kobold, der sich bis dahin weder um das plötzliche Licht im Zimmer noch um seine Beobachter geschert hatte, hörte auf zu schimpfen und starrte Lennart wütend an.

»Du!«, krächzte er völlig außer sich. »Du hast mir das angetan! Lass mich frei! Oder du wirst es bitter bereuen!«

Lennart bereitete sich gedanklich schon auf einen Abwehrzauber vor. Und das war keine Sekunde zu früh, denn plötzlich schloss der Kobold die Augen und beschrieb mit seinem Kopf blitzschnell eine kreisrunde Bewegung. Im selben Moment flog der Wasserkocher von der Arbeitsplatte mit hoher Geschwindigkeit auf Lennart zu. Der riss geistesgegenwärtig den Zauberstab hoch und ließ einen Gegenzauber los. Ein grüner Lichtbogen flammte auf und traf den Wasserkocher mitten im Flug, woraufhin das Gerät so abrupt die Bahn änderte, als wäre es gegen eine Panzerglasscheibe geknallt. Im Handumdrehen krachte es dem Kobold an den Schädel.

»Respekt!«, rief Professor Hellström und applaudierte.

»Verfluchter Zauberer!«, krächzte der Kobold überrascht und sichtlich beeindruckt zugleich.

Doch das genügte Lennart noch nicht. Er sprang mit einem riesigen Satz auf den Kobold zu, den Zauberstab im Anschlag. »Warum hast du ständig die Küche verwüstet? Los, rede, oder ich verwandele dich in einen ... in einen Frosch!« Etwas Dümmeres war Lennart nicht eingefallen.

Im Hintergrund hörte er Bölthorn grunzen. Es klang wie ein unterdrücktes Kichern.

»O ja, das will ich sehen!«, rief Professor Hellström.

Der Kobold schaute zu Lennart auf, die Augen feucht glänzend und vor Angst geweitet. Er schien nicht zu wissen, ob Lennart das tatsächlich ernst gemeint haben könnte. Lennart ließ seinen Zauberstab sinken und trat etwas dichter an dieses seltsame Wesen heran. Nun konnte er es aus nächster Nähe betrachten.

Die Finger und Zehen des Kobolds schienen genau wie seine Nase und seine Ohrenspitzen im Nichts zu enden, als hätte ein Zeichner mitten in der Arbeit sein Werk unterbrochen, weil er zum Mittagessen gerufen worden war. Dabei war an diesen Stellen kein vernarbtes Gewebe zu sehen und auch keine Verletzung.

Lennart starrte fasziniert, als er aus heiterem Himmel eine deftige Ohrfeige von dem Kobold erhielt, die ihn gegen die Küchenzeile schleuderte. Sein Zauberstab fiel zu Boden. Er wankte benommen von diesem wuchtigen Schlag und musste sich festhalten.

»Ha! Da schaust du blöd, du Menschen-Dummkopf, was?«, schrie der Kobold und lachte dreckig. »Mach mich los, sonst war das erst der Anfang!«

Er hob beide Hände und murmelte einen Zauberspruch. Im selben Moment öffneten sich die Schränke, und alles, was sich an Gläsern und Geschirr noch darin befand, zersprang und hagelte wie ein scharfkantiger Regen auf Lennart herab, der seine Arme schützend über den Kopf hielt.

Der Kobold lachte knarzend, doch kurz darauf stieß er unvermittelt einen wütenden Schmerzensschrei aus.

Lennart hatte dem Übeltäter mit einem Bewegungszauber, der so mächtig war, dass er selbst darüber erschrak, den gusseisernen Kochtopf von Maria Calvino an den Kopf geschleudert. Grüne, magische Funken sprühten, und es klang, als hätte jemand einen Pflasterstein gegen eine dicke Glocke gehauen – so ein Koboldschädel schien eine Menge zu verkraften. Trotzdem ging das nicht spurlos an dem Kerl vorüber, denn er stieß einen weiteren Schrei aus und taumelte nun seinerseits. Lennart wiederholte den Zauber, sodass der Topf nun von hinten gegen den Koboldkopf donnerte.

Und jetzt erkannte Lennart auch den Grund, weshalb der Kobold keine weiteren Angriffszaubereien hatte vollbringen können. In sein rechtes Bein hatte sich nämlich Bölthorn verbissen und zerrte knurrend, gurgelnd und sichtlich erbost daran herum. So hatte Lennart den Mops noch nie gesehen.

»Hörst du jetzt endlich auf, du hinterhältiger Kobold?«, donnerte Lennart.

»Ja, ja, ja. Nimm nur dieses Viech von mir«, wimmerte der.

»Ich glaube dir kein Wort«, sagte Lennart ungerührt. »Du nimmst jetzt deine Hände hinter den Rücken und bewegst dich nur, wenn ich es dir erlaube. Keine Tricks mehr, verstanden? Sonst brenne ich dir mit einem Lichtzauber ein Loch in deinen hässlichen Pelz.« Und an den Mops gewandt befahl er: »Bölthorn, lass ihn los!«

Der Kobold schien wie vom Donner gerührt. »Bölthorn?«, fragte er perplex. »Das da ist Bölthorn?«

Lennarts magischem Freund hing vor Anstrengung die Zunge aus dem Hals, und er gurgelte wie ein verstopfter Badewannenabfluss, durch den brackiger Schlamm sickert.

»Bölthorn ist gut«, brabbelte der Kobold. »Sehr gut. Das ist der Hund von Buri Bolmen. Und Buri Bolmen ist ein Freund von mir.« Der Kobold lächelte. Es sah nicht schön, aber immerhin freundlich aus.

»Du kennst Bölthorn?«, fragte Lennart. »Und du kennst Buri Bolmen?«

Bölthorn guckte genauso fassungslos aus der pelzigen Wäsche, wie Lennart zumute war.

»Sind deine Ohren kaputt?«, fragte der Kobold unwirsch. »Hab ich doch gesagt! Schon seit einer Ewigkeit. Hab ihn aber bestimmt hundert Jahre nicht mehr gesehen. Wie geht es Buri? Hat er dich etwa geschickt?«

»Nein«, sagte Lennart und musste schlucken. »Buri ist tot.«

»Oh.« Der Kobold machte ein betroffenes Gesicht. »Bei allen Geistern und Göttern. Traurig. Wie ist das passiert?«

»Er wurde ermordet.«

»Wer hat das getan?«, fragte der Kobold mit vor Wut blitzenden Augen.

»Ein Wesen, dessen wahren Namen ich nicht kenne. Ich nenne ihn den Leierkastenmann.«

»Li-La-Leierkasten … hihi«, tönte es plötzlich. Lennart

drehte sich zum Professor um, der an der Küchentür stand und albern vor sich hin kicherte. »Nein, den Leierkastenmann kenne ich nicht!«, rief er und hob abwehrend die Hände. »Spielen wir jetzt Verstecken?« Niemand nahm Notiz vom erregten Professor.

»Aber wenn du wirklich ein Freund von Buri Bolmen warst … warum richtest du dann hier so ein Chaos an und belegst den Professor mit einem Fluch, dass er sich benimmt, als hätte er einen Dachschaden?«, fragte Lennart mit vorwurfsvollem Unterton.

»Kein Essen, kein Fleisch – da kann ich schnell unhöflich werden. Passiert einfach so. Kann hier nicht weg und kann nichts dagegen tun«, sagte der Kobold kleinlaut. »Dinge fliegen umher. Gehen kaputt. Ich werde blind vor Zorn … Ich brauche Speisen. Gute Speisen. Fleisch. Gut zubereitet. Sonst werde ich ziemlich böse. Chaos und Zerstörung. Kann nichts dafür.«

»Nicht gerade ein sympathischer Charakterzug, oder?«, sagte Lennart, und Bölthorn verzog verächtlich das Gesicht.

»War schon immer so. Familienfluch. Aber euer Koboldköder war lecker! Hat gut geschmeckt. Ordentlich viel Fleisch. Bin vor Gier drauf reingefallen. Uraltes Rezept. Alter Trick. Wer hat den Brei gekocht?«

»Meine Nachbarin«, brummte Lennart.

»Gut gemacht«, lobte der Kobold. »Falscher Salbei, sonst perfekt.«

»Das hast du herausgeschmeckt?«, fragte Lennart beeindruckt.

Der Kobold grinste. »Nein. Siehst du?« Er hob seine Stummelhände hoch. »Das passiert bei falschem Salbei.

Körperenden bleiben unsichtbar.« Dann wurden nach und nach sämtliche Extremitäten des Kobolds sichtbar. »Übrigens, ich heiße Svartalf.«

»Angenehm«, sagte Professor Hellström und winkte ihm zu.

»Gut, Svartalf, ich glaube dir«, sagte Lennart. »Aber versuche nicht, mich noch einmal auszutricksen, und lass den Professor von nun an in Ruhe.«

Lennart steckte den Zauberstab weg, und dann schüttelte er zum ersten Mal in seinem Leben einem Kobold die haarige Hand.

Svartalf schlug ein und nickte. »Ich brauche Fleisch. Sonst gibt es keine Garantie«, sagte er.

»Das kann ich regeln«, erwiderte Lennart. »Zumindest bis wir eine dauerhafte Lösung gefunden haben.«

»Zum Dank werde ich dir helfen«, sagte Svartalf und grinste. Einer seiner Zöpfe fiel ihm über die Augen. »Du suchst jemanden. Die Frau des Professors, nicht wahr?«

»Woher weißt du das?«, fragte Lennart erstaunt.

»Ich höre gut, auch wenn ich unsichtbar bin«, erklärte Svartalf. »Zum Beispiel wenn eure Polizei hierherkommt und Fragen stellt. Oder Dinge verrät.«

»Weißt du, wo Henrietta Hellström sich gerade befindet?«

»Ich glaube schon.«

Lennart konnte es nicht fassen. »Dann heraus mit der Sprache!«, rief er aufgeregt.

»Nein«, sagte Svartalf. »Erst hilfst du mir.«

Lennart musste sich zusammenreißen, um dem erpresserischen Kobold nicht noch mal den gusseisernen Topf an den Schädel zu zaubern. »Gut. Und wie?«

»Meine Frau. Vanadia«, gab Svartalf zurück. »Sie ist die Herrin von Trindemossen. Eine mächtige Fee. Sie herrscht seit Urzeiten dort.«

»Ich verstehe nicht …«, entgegnete Lennart.

Svartalf schlug sich ungehalten mit der Hand gegen die Stirn, dass es klatschte, und machte ein missmutiges Geräusch. »Kennst du den Runenstein im Wald?«

Lennart nickte.

»Der Runenstein im Wald markiert die Grenze zu Vanadias Reich«, sagte Svartalf.

»Sag ich doch, hihi«, rief Professor Hellström in die Küche. »Der Grenzstein von *Hi-kre-z-to.*«

»Was plappert der Mann da?«, fragte Svartalf ungehalten.

»So lauten die letzten, unleserlichen Runen auf dem Stein im Trindemossen«, erklärte Lennart.

»*Hi-kre-z-to* steht für *Himmel kreuzen zum Tor*«, fauchte Svartalf. »Der ganze Spruch lautet: *Suche den frischen, maiengrünen Ort, wo zwei hölzerne Arme sich am Himmel kreuzen zum Tor.*«

»Das macht das Ganze nicht weniger kryptisch«, sagte Lennart.

»Dummkopf!«, schimpfte der Kobold. »Der Eingang zum Reich von Trindemossen ist im Wald verborgen. Er ist jede Stunde an einer anderen Stelle. Finde ihn und komm heil an den Torwächtern vorbei. Lebend. Und dann überzeuge meine geliebte Vanadia davon, dass ich wieder nach Hause darf. Ich liebe sie noch immer. Und sie mich auch. Ich weiß es. Aber sie hat mich verbannt. Nur deswegen bin ich hier gefangen. Ich will wieder heim! Wenn dir das gelingt, werde ich dir helfen, die Frau des Professors zu finden.«

»Sie hat dich verbannt? Weshalb?«

Plötzlich klingelte es an der Tür.

»Juch-hu!«, rief Professor Hellström und klatschte aufgeregt in die Hände. »Noch mehr Besuch. Toll!«

Und ehe Lennart sichs versah, war der Professor aufgesprungen und eilte den Flur entlang, um zu öffnen.

13. Kapitel

Der rostige, uralte Pick-up, der noch aus den Neunzigern stammen musste, fuhr erstaunlich schnell. Ein weiterer Vorteil dieses Wagens war, dass er über keine Wegfahrsperre oder sonstige Diebstahlsicherung verfügte. Und der Besitzer, der ihn am Waldrand nahe beim Industriegebiet von Östergärde abgestellt hatte, hatte ihn nicht einmal abgeschlossen. Wer sollte diese Schrottkarre auch klauen? Das Gefährt war die perfekte Tarnung. Man würde einen Handwerker darin vermuten oder einen Bauern und ihn deshalb auch nicht ohne triftigen Grund stoppen. Was in dem unzugänglichen Waldstück von Billdal, wo Hendrik Nilsson gerade hinfuhr, sowieso unwahrscheinlich war. Und falls es doch passierte, lag seine Pistole griffbereit auf dem Beifahrersitz.

Er starrte auf die unbeleuchtete und stark verschneite Fahrbahn. Hier draußen, weitab der Innenstadt, die er seit einer Viertelstunde hinter sich gelassen hatte, wurden die Landstraßen zwar anständig geräumt, aber nicht rund um die Uhr. Und die zeigte, eingeklemmt zwischen Tacho und Drehzahlmesser, genau halb zwei.

Die Windschutzscheibe war leicht vereist. Hendrik Nilsson stellte das Gebläse höher.

Seit dem hastigen Aufbruch aus seinem Versteck in Östergärde ging ihm der seltsame Kerl nicht mehr aus dem Kopf, der ihn dort überraschend aufgesucht hatte. Hätte der Mann sich nicht so ruhig und souverän verhalten, hätte er ihm sicher eine Kugel verpasst. Wer war dieser Typ? Er war ihm vage bekannt vorgekommen. Aber woher wusste er von Nilssons Versteck? Es war etwas Beunruhigendes von ihm ausgegangen, eine unsichtbare Kraft, die Hendrik Nilsson in seinen Bann gezogen hatte.

»Sie sind hinter zwei Dingen her, die mich auch interessieren«, hatte der Mann gesagt.

»Und welche sollen das sein?«, hatte Nilsson gefragt und die durchgeladene Pistole auf das Herz seines Gegenübers gerichtet.

Ein dämonischer Ton lag in der Stimme des Fremden, als er sagte: »Die Dunklen Pergamente und Lennart Malmkvist.«

Damit hatte Hendrik Nilsson nicht gerechnet. Er versuchte, es sich nicht anmerken zu lassen, und streckte die Pistole weiter vor. »Ich kenne Sie von irgendwoher ... Wer sind Sie, zur Hölle?«

Der Fremde schien von der Waffe, die auf ihn gerichtet war, keine Notiz zu nehmen. »Wer ich bin, tut im Moment nichts zur Sache. Ich schlage Ihnen einen Handel vor.«

»Was soll das für ein Handel sein?«, fragte Nilsson.

»Ganz einfach. Sie helfen mir, und dafür biete ich Ihnen meinen Schutz an.«

»Ich brauche keinen Schutz«, fuhr Hendrik Nilsson auf. »Das ist doch lächerlich. Ich stehe hier vor Ihnen mit einer geladenen Waffe, und Sie wollen *mich* beschützen? Sagen Sie mir auf der Stelle, wer Sie sind, sonst ...«

Der Fremde lachte kurz auf, und dann, nur den Bruchteil einer Sekunde später, starrte Hendrik Nilsson mit weit aufgerissenen Augen auf sein Gegenüber und hielt die Luft an. Denn seine Waffe befand sich, ohne dass er irgendetwas bemerkt hätte, mit einem Mal in der Hand des Fremden, die Mündung direkt auf Nilssons Stirn gerichtet.

»Das … das gibt's doch gar nicht …«, stammelte er. »Wie haben Sie das gemacht?«

Der Mann ließ Nilssons Pistole sinken und reichte sie ihm wieder. »Sagen wir einfach, ich bin geschickt. Ich gebe Ihnen die Waffe als Zeichen meines guten Willens zurück. Ich hätte Sie eben mit Leichtigkeit erledigen können und könnte es jederzeit tun. Hoffentlich haben Sie das jetzt begriffen. Und auch, dass Sie meinen Schutz bitter nötig haben und dass es äußerst zielführend wäre, wenn wir uns verbünden würden.«

Nilsson nahm die Waffe zögerlich entgegen und steckte sie sich in den Hosenbund. »Okay. Was wollen Sie konkret von mir?«

Der Fremde nickte zufrieden. »Sie sollen die Dunklen Pergamente für mich finden, und zwar so schnell wie möglich. Und ich will, dass Sie Lennart Malmkvist so lange in Ruhe lassen, wie ich es sage.«

»Das ist beides viel verlangt«, knurrte Nilsson, der sich wieder gefasst hatte. »Manche glauben, dass es die Dunklen Pergamente gar nicht gibt.«

»Sie wissen es besser, oder? Sie haben bereits eines davon in Händen gehalten. Das von Mats Wallin, nicht wahr? Leider hat man es Ihnen aus der Wohnung gestohlen. Nicht sehr klug, es dort ungeschützt zu verbergen.«

»Woher wissen Sie …?«, stammelte Nilsson, doch er fasste sich rasch wieder. »Wie soll ich diese Pergamente denn finden? Sie sind gut versteckt und werden von Wächtern bewacht. Und was diesen Malmkvist angeht … Nun, er hat jedenfalls eines in seinem Laden, da bin ich sicher.«

»Ach, tatsächlich?«, fragte der Mann äußerst interessiert.

»Auch wenn er es geleugnet hat. Ich war lange genug Bulle, um zu wissen, wann jemand lügt«, sagte Nilsson.

»Dann sollten Sie es sich von Lennart Malmkvist persönlich vorbeibringen lassen. Wie wäre das?«, schlug der Mann vor.

»Wie soll das gehen?«, fragte Nilsson verblüfft.

»Das lassen Sie meine Sorge sein.«

»Wenn Malmkvist tatsächlich so dämlich ist, bei mir aufzutauchen, dann …« Nilsson zog seine Waffe wieder aus dem Hosenbund.

»Nein«, zischte der Mann und hob abwehrend die rechte Hand. »Ich habe auch noch ein Hühnchen mit Lennart Malmkvist zu rupfen. Vertrauen Sie mir, er wird bekommen, was er verdient. Aber wann es so weit ist, bestimme ich und niemand sonst. Haben wir uns verstanden?«

Nilsson zögerte, dann steckte er die Waffe weg und nickte zähneknirschend.

»Sie scheinen von Rachsucht besessen zu sein. Eine sympathische Eigenschaft, die ich grundsätzlich begrüße. Aber in diesem Fall sollten Sie sich besser zurückhalten, sonst könnte es Ihnen schlecht ergehen. Apropos Hühnchen rupfen …« Der Mann bückte sich und hob eine dunkle Plastiktüte vom Boden auf, die Nilsson bis dahin nicht aufgefallen war. Er streckte sie Nilsson entgegen. »Bevor Sie gleich gehen, hinterlassen Sie diese kleine Botschaft an Lennart Malmkvist hier. Ich denke, es schadet nicht, ein paar Turbulenzen in die ganze Angelegenheit zu bringen und die Polizei zu beschäftigen. Ablenkung ist ein bewährtes Mittel in der Schlacht.«

Nilsson nahm die Tüte entgegen. Der Inhalt war lauwarm und weich und wog ein paar Kilo. »Was ist das?«

Der Mann ignorierte diese Frage. »Sie werden wissen, was damit anzustellen ist. Seien Sie ein wenig kreativ.« Er lachte düster. »Danach sollten Sie allerdings schleunigst von hier verschwinden. Etwa dreihundert Meter in Richtung Wald finden Sie ein Auto, das nicht abgeschlossen ist. Der Schlüssel liegt unter der Beifahrerfußmatte, und im Handschuhfach finden Sie einen Umschlag mit zweihunderttausend Kronen, Ausweispapieren und einem Führerschein.«

»Papiere? Das ist gut. Aber wofür so viel Geld?« Nilsson starrte den Mann ungläubig an.

»Nennen wir es Auslagen. Sie werden es brauchen können. Oder verfügen Sie selbst über ausreichend finanzielle Mittel oder Kreditkarten?«

»Nein, wie sollte ich? Was sich meine Frau nicht unter den Nagel gerissen hat, wurde beschlagnahmt«, sagte Nilsson zähneknirschend.

»Sehen Sie.«

»Sie scheinen mir zu vertrauen«, sagte Nilsson. »Haben Sie denn keine Angst, ich könnte mit Ihrer Kohle abhauen?«

»Angst?« Die Stimme des Mannes klang beinahe amüsiert. »Ich glaube, Sie würden nicht einmal im Traum daran denken.«

Nilsson schwieg. Dann sagte er: »Okay. Wohin soll ich mit dem Auto fahren?«

»Machen Sie sich auf den Weg zum alten Versammlungsort von Tryggvasons Erben. Ich schätze, das hatten Sie sowieso vor. Und rufen Sie Ihre Kameraden zusammen, denn ich befürchte, dass Sie die restlichen Pergamente nicht allein in Ihren Besitz bringen können. Aber seien Sie auf der Hut. Die Polizei ahnt bestimmt, dass Sie mit diesen Männern in Verbindung treten werden.«

»Tryggvasons Erben ... Woher ...?«

Der Mann schnaubte verächtlich. »Gewöhnen Sie sich an den Gedanken, dass ich viel mehr weiß, als Sie sich vorstellen können. Und jetzt beeilen Sie sich.«

Der Fremde bewegte seine Hand vor Nilssons Gesicht, und es fühlte sich an, als würde ein Schwall angenehm warmer feuchter Luft durch Hendrik Nilssons Gehirn strömen. Er schloss die Augen. Dann war es vorbei, und als er die Augen wieder öffnete, war der Mann verschwunden.

Dünn wirbelten die Schneeflocken vor den Scheinwerfern, und am Horizont tauchte die Küste auf. Das Meer glitzerte schwach im Schein des wolkenverhangenen Mondes.

In diesem Moment musste Hendrik Nilsson sich eingestehen, dass er sich, sosehr er auch darüber nachgrübelte, nicht im Entferntesten an das Gesicht oder die Gestalt des Fremden in Östergärde erinnern konnte. Er war wie ein Phantom für ihn, und hätte Hendrik Nilsson ein Bild von ihm zeichnen sollen, wäre ein weißes Blatt Papier dabei herausgekommen.

14. Kapitel

Noch ehe Lennart den Professor davon abhalten konnte, hatte dieser auch schon die Tür aufgerissen.

»Hereinspaziert!«, rief Hellström und machte eine einladende Handbewegung. »Wir haben gerade eine tolle Zusammenkunft mit lauter netten Leuten, hihi.«

Kommissarin Maja Tysja und ihr Hipster-Kollege Svensson schauten zuerst den Professor und dann einander verwundert an.

»Wir sind wegen Herrn Malmkvist hier«, sagte Tysja trocken.

Lennart musste an den verführerischen magischen Auftritt denken, den die Kommissarin unlängst in Buri Bolmens Laden hingelegt hatte. Sie wusste natürlich nichts davon, aber Lennart hatte Probleme, das attraktive und aufreizende Bild aus seinem Kopf zu bekommen, während sie hier vor ihm stand. Er räusperte sich und fragte möglichst unbeteiligt: »Was gibt's?«

»Wir sind hier, weil uns gemeldet wurde, dass Sie mit einer großen schwarzen Kiste überstürzt Ihr Haus verlassen haben und mit überhöhter Geschwindigkeit hierher gefahren sind«, sagte Tysja und legte die zartblasse Stirn in Falten. Das Licht der Hängelampe im Eingang brachte ihre stahlblauen Augen zum Glühen.

»Da staunen Sie, was?«, sagte Kommissar Svensson. »Haben Sie etwa gedacht, wir hätten unsere Kollegen abgezogen? Wir sind doch keine Anfänger.«

Lennart waren tatsächlich keine Wachpolizisten in der Västra Hamngata mehr aufgefallen. Vielleicht hätte er genauer hinschauen sollen … ein Fehler, wie sich jetzt herausstellte.

»Belästigt Sie dieser Mann?«, fragte Svensson an den Professor gerichtet.

»Oh ja, unentwegt«, antwortete Hellström fröhlich. »Aber das Beste daran ist: Er macht das völlig kostenlos. Toll, was?«

Kommissarin Tysja warf erst Professor Hellström, dann ihrem Kollegen einen eindeutigen Blick zu und schüttelte leise den Kopf. Schließlich fragte sie Lennart: »Was war in der Kiste, und was machen Sie hier um diese Uhrzeit?« Sie ging einen Schritt auf ihn zu.

»Ich habe dem Professor etwas zu essen gebracht«, antwortete Lennart. »Frau Calvino hat es für ihn gekocht. Sind Sie jetzt zufrieden?«

»Ach, das sind ja mal Neuigkeiten!«, freute sich Professor Hellström. »Was gibt es denn Leckeres?«

»Es scheint, als wüsste nicht einmal der Direktor davon. Ich finde das eigenartig. Können wir die Kiste mal sehen?«, fragte Kommissar Svensson und verschränkte die Arme vor der breiten Brust.

In Lennarts Kopf rasten die Gedanken. Was sollte er jetzt tun? In der Küche sah es aus, als wäre unlängst ein übellauniger Wirbelsturm hindurchgezogen, und ein hässlicher Kobold klebte magisch am Boden fest. Daneben saß ein Mops und bewachte ihn. Und im Eingangsbereich stand der Direktor des Naturhistorischen Museums von Göteborg, der nicht Herr seiner Sinne war und ohne Unterlass Unsinn plapperte, da der Fluch des Kobolds noch immer auf ihm zu lasten schien.

Lennart fiel absolut nichts ein, wie er, ohne sämtliche Geheimnisse zu lüften, unbeschadet aus dieser Nummer herauskam. Vielleicht half ja offensives Verhalten, wie es manche Politiker an den Tag legten.

Er räusperte sich. »Ich fasse mal zusammen: Ihre Kollegen fahren mir nach, weil ich eine Warmhaltekiste mit Eintopf zu einem Bekannten transportiere. Und dann rufen sie zwei Kommissare als Verstärkung. Haben Sie nichts Besseres zu tun? Denken Sie mal an die Steuergelder, die das Ganze kostet!«

Maja Tysja kniff die Lippen zusammen. Sie hatte deutlich Mühe, sich zu beherrschen.

Svensson fauchte: »Hören Sie, Malmkvist. Wir ermitteln in einem Entführungs- und vielleicht sogar Mordfall. Ich habe Sie schon einmal gewarnt, sich von unserem Zeugen Hellström fernzuhalten. Und mir ist es ehrlich gesagt scheißegal, ob er Sie freiwillig in sein Haus gelassen hat oder nicht. Jetzt reicht es!«

Noch bevor seine Vorgesetzte etwas sagen konnte, drängte sich Svensson an Lennart vorbei und betrat den Hausflur.

»Ei, ei, gewiss doch!«, rief Professor Hellström. »Wie ich schon sagte: Hereinspaziert, hereinspaziert! Gehen Sie in die Küche. Da ist noch mehr Besuch. Tiere, Menschen, Sensationen!«

»Noch mehr Besuch?«, fragte Tysja an Lennart gerichtet. »Wer?«

Lennart atmete tief durch und schloss die Augen. Seine Hand fuhr langsam unter sein Hemd und in die Gesäßtasche seiner Jeans, wo er den Zauberstab berührte. Gleich wäre es so weit, er würde etwas tun, das er eigentlich niemals hatte tun wollen: Er würde hier und jetzt vor Nichteingeweihten zaubern. Er würde einen Vergessenszauber anwenden. Denn niemand durfte erfahren, was Svensson gleich in der Küche zu sehen bekam. Alle Zeitungen Schwedens, vielleicht sogar der ganzen Welt, würden darüber berichten, und Lennart wäre dermaßen im Fokus der Öffentlichkeit, dass er seinen Auftrag, die Dunklen Pergamente zu finden und vor Krähenbein zu schützen, niemals unbemerkt erfüllen könnte. Das wäre eine Katastrophe und durfte nicht geschehen.

»Was ist los, Herr Malmkvist? So stumm kenne ich Sie ja gar nicht«, sagte Svensson, während er den Flur in Richtung Küche entlangging.

Lennart hatte hinter seinem Rücken den Zauberstab gezogen und konzentrierte sich. Es tat ihm jetzt schon leid, was er gleich tun würde. Denn er wusste nicht, welche Auswirkungen dieser Zauber hatte. Er war mächtig und schwierig in der Anwendung, und Lennart hatte ihn noch nie geübt, nur auswendig gelernt. Für absolute Notfälle wie diesen hier. Würde er gelingen? Würden Svensson und Tysja sich hinterher noch an ihn erinnern? Und an ihren Besuch hier …? An ihre Namen …?

Lennart fühlte sich elend und zugleich äußerst angespannt. Aber er konnte nicht anders …

Da klingelte plötzlich das Handy der Kommissarin. Sie nahm den Anruf entgegen.

»Tysja hier … Wie bitte? … Das gibt's doch nicht! …

Wo? … In Östergärde? … Ein anonymer Anrufer? … Und keine Rufnummer? … Verdammt! … Jaja, die Adresse habe ich. Svensson und ich fahren sofort hin … Ach, und das steht da an der Wand? … Okay, bis gleich.« Sie legte auf und rief: »Lars? Wir müssen nach Östergärde. Auf der Stelle!«

»Was ist los?«, fragte Kommissar Svensson, der die Küche offenbar noch nicht erreicht hatte.

Lennart hob unauffällig seinen Zauberstab und richtete ihn auf Tysjas Kollegen. Vielleicht würde es ja genügen, ihm einen großen Teller aus Hellströms Küche an den Kopf zu *galieren*?

»Erzähle ich dir unterwegs!«, rief Tysja energisch. »Und jetzt komm!«

Lennart hob den Zauberstab höher. Noch ein Schritt, und Svensson würde sein blaues Wunder erleben …

Die Spitze des Zauberstabes begann sanft zu glimmen.

»Das ist ja interessant«, sagte Professor Hellström, der neugierig darauf starrte. »Kann man diese Art Lämpchen irgendwo käuflich erwerben?«

Tysja schaute verdattert zum Professor und schien ebenfalls zu bemerken, dass Lennart etwas Leuchtendes in der Hand hielt.

Da bellte es plötzlich dumpf und dröhnend, gefolgt von einem erschreckten Ruf Svenssons. Bölthorn war geistesgegenwärtig aus der Küche gehopst und hatte sich auf den Kommissar gestürzt.

»Um Himmels willen! Das ist doch dieser fette Köter von Malmkvist!«, rief Svensson. »Ruhig, ganz ruhig … Ist ja gut.«

»Menschen, Tiere, Sensationen«, brabbelte der Professor.

Lennart steckte rasch den Zauberstab weg und nutzte die Gelegenheit zur Offensive. »So, jetzt wissen Sie, wer außer mir noch zu Besuch ist. Sie können Bölthorn ruhig streicheln. Er ist eigentlich ganz lieb und mag fast alle Menschen«, sagte Lennart und versuchte sich seine Erleichterung nicht anmerken zu lassen.

Kommissar Svensson erschien wieder im Eingangsbereich. »Warum haben Sie das nicht gleich gesagt, Herr Malmkvist?«

»Weil Sie mich nicht danach gefragt, sondern mir wieder einmal nur Unterstellungen gemacht haben.«

»Sparen Sie sich Ihre Spitzfindigkeiten und ziehen Sie sich lieber an. Ich muss Sie bitten, uns zu begleiten«, sagte Maja Tysja. »Jemand hat meine Kollegen auf die Spur von Hendrik Nilsson geführt. Dabei haben sie etwas entdeckt, das Sie sich unbedingt ansehen sollten.«

15. Kapitel

Was für ein Tag.

Und was für eine Nacht.

Lennart hatte Maja Tysja dazu überreden können, ihm die Adresse des besagten Ortes mitzuteilen, damit er ihr eine halbe Stunde später dorthin folgen konnte.

Den Grund dafür wollte er der Polizei lieber nicht auf die Nase binden. Er konnte Professor Hellström und dessen Haus nämlich unmöglich in diesem Zustand zurücklassen. Der Direktor selbst war außer Rand und Band, faselte in seiner Verwirrung ständig von Gästen und ausgelassenem Feiern, und Svartalf, dem das ganze Chaos zu verdanken war, konnte sich aufgrund des Fangbreis immer noch nicht von der Stelle bewegen.

Außerdem sah die ganze Küche furchtbar aus. Lennart musste rasch handeln. Gleich nachdem Maja Tysja und Kommissar Svensson weggefahren waren, holte er für Svartalf beim besten 24-Stunden-Imbiss Göteborgs, der in der Nähe des Hauptbahnhofs lag, mehrere Döner, Hamburger und Schaschlikspieße.

Laut Zauberkochbuch würde der Fluch, der auf Svartalf lag, den Kobold etwa drei Stunden gefangen halten. Danach würde er wieder unsichtbar werden und käme kurz darauf frei. Deshalb war es wichtig, dass Svartalf möglichst rasch genug Fleischvorräte bekam, um nicht wieder Opfer seines triebhaften Wahns zu werden und Hellström erneut in seinen Bann zu ziehen.

Wie das dann aussehen würde, wusste Lennart, wenn er sich den Professor am heutigen Abend betrachtete. Kein Zustand, den man jemandem wünschte, für den man etwas übrighatte.

Zum Glück war der Professor so müde und erschöpft, dass er Lennart wie ein kleiner Junge bat, ihn zu Bett zu bringen. Er fiel sofort in einen tiefen Schlaf und schnarchte bald so laut wie eine elektrische Kettensäge. Er würde sich bestimmt nicht mehr an die Vorfälle dieser Nacht erinnern.

Als Svartalf, kaum dass er die Berge von Fleischspeisen erblickte, versicherte, das werde bestimmt für eine Weile ausreichen, war Lennart endgültig beruhigt. Der Kobold sah ihm gierig schlingend, schmatzend und kauend mit zufriedenem Blick dabei zu, wie er Professor Hellströms Küche unter Zuhilfenahme des Sauberzaubers in Windeseile wieder auf Vordermann brachte.

Dann verabschiedete sich Lennart und versprach Svartalf, gleich am nächsten Tag sein Glück im Trindemossen zu versuchen und das Versprechen einzulösen, dem Kobold bei seinem – ja, nichts anderes war es wohl – Beziehungsproblem zu helfen. Vielleicht konnte die Fee Vanadia Lennart ja bei der Suche nach Henrietta Hellström helfen, und er kam damit auch Nilsson und den Dunklen Pergamenten einen Schritt näher.

Als Lennart in Östergärde ankam, öffnete ihm einer der beiden uniformierten Polizisten das verbeulte Metalltor und führte ihn über einen mit Müll und Schutt angefüllten Innenhof und eine wacklige Außentreppe aus verrostetem Stahl in das verfallene Gebäude. Aus einem der Zimmer fiel der grelle Schein von Halogenlampen auf den Flur. Stimmen ertönten. Es roch nach Schimmel, altem Linoleum und Öl.

Maja Tysja stand mitten im Raum und drehte sich zu Lennart um. Ihr Gesichtsausdruck verriet keine Gemütsregung.

»Ah, da sind Sie ja endlich, Herr Malmkvist. Sehen Sie sich das mal an.« Sie winkte ihn zu sich.

Lennart stellte sich neben ihr vor die gemauerte Ziegelwand, die mit blau-weißem Polizei-Absperrband gesichert war. Man hatte Scheinwerfer aufgestellt, die grelles Licht produzierten. Mehrere Beamte der Spurensicherung in weißen Overalls waren dabei, die Räumlichkeiten nach Beweisstücken abzusuchen. Lennart überkam ein Gefühl von Trauer. Das erinnerte ihn unweigerlich an den Tag, als man Buri Bolmens zu Asche verbrannte Überreste in der Werkstatt seines Ladens gefunden hatte.

Dann aber fiel sein Blick auf die Ziegelwand, von der Putz herabbröckelte. Und als er die Nachricht sah, die jemand für ihn dort hinterlassen hatte, lief es ihm eiskalt den Rücken hinunter.

LENNART MALMKVIST!
DU WIRST ALLES VERLIEREN
UND STERBEN!

Der unbekannte Künstler hatte sein Werk in derben rostroten Buchstaben an die Wand gemalt. Maja Tysja zündete sich eine Zigarette an. Sie schien Lennart die ganze Zeit über schweigend beobachtet zu haben.

»Wie fühlen Sie sich?«, fragte sie.

»Wie würden Sie sich fühlen, wenn Sie mitten in der Nacht in einen verlassenen Industriekomplex gerufen worden wären, wo man eine Morddrohung gegen Sie an die Wand geschmiert hat?«

»Ich glaube, ich wäre nervös«, antwortete die Kommissarin in sachlichem Ton. »Insbesondere wenn für die Schmierereien Blut verwendet worden wäre.«

»Blut?«, fragte Lennart erschrocken. »Stammt es etwa von … Henrietta Hellström?« Obwohl Lennart mittlerweile an die Brutalität und Gewaltbereitschaft seiner Gegner einigermaßen gewöhnt war, wurde ihm flau im Magen bei dem Gedanken, dass man das Blut einer hilflosen Frau dafür verwendet haben könnte. Und so verschwenderisch, wie es hier benutzt worden war, konnte das nur bedeuten, dass sie … Er wagte nicht, den Gedanken zu Ende zu denken.

»Nein. Das ist unwahrscheinlich«, sagte Kommissarin Tysja und blies Rauch in den eiskalten Raum. »Es scheint Tierblut zu sein«, fuhr sie fort. »Die Kollegen von der Spurensicherung haben hier sieben geköpfte Krähen gefunden. Ziemlich crazy, oder? Aber Henrietta Hellström scheint tatsächlich hier gewesen zu sein. Wir haben ein paar Haare an der Pritsche gesichert, die vermutlich von ihr stammen, sowie einige persönliche Gegenstände. Außerdem noch die Tüte.«

Lennart fragte ungeduldig: »Welche Tüte?«

»Meine Kollegen haben eine schwarze Plastiktüte gefunden, die ebenfalls Blut enthielt. Die kopflosen Krähen wurden vermutlich in dieser Tüte transportiert. Falls der Täter bei der Krähenjagd keine Handschuhe getragen hat, könnten sich unter Umständen verwertbare Fingerspuren darauf befinden. Allerdings ist die Wahrscheinlichkeit nicht besonders hoch bei diesem Trägermaterial aus dünnem Kunststoff.«

Lennart zuckte unbeeindruckt mit den Achseln. »Das würde Sie doch kein bisschen weiterbringen, oder? Sie und ich, wir wissen doch, wer das hier gewesen sein muss.«

»Ach?« Maja Tysja schaute ihn wütend an. »Könnte es nicht sein, dass Hendrik Nilsson einen Komplizen hat, Herr Hobby-Kommissar?«, fragte sie. »Die Krähen müssen erst vor Kurzem gefangen worden sein, sonst wäre ihr Blut nicht mehr frisch gewesen. Klar, oder? Aber wer hat währenddessen auf Henrietta Hellström aufgepasst? Und würde Nilsson das Risiko eingehen, nur für diese theatralische Blutsbotschaft von uns geschnappt zu werden? Er war selbst Polizist und weiß genau, dass er zur Fahndung ausgeschrieben ist. Außerdem kann er sich bestimmt vorstellen, dass jeder Polizist in Göteborg ihn gern verhaften würde. Nilsson ist nicht nur ein Verbrecher, sondern auch ein Verräter und ein Kollegenschwein, vergessen Sie das nicht!«

Die bisher so unterkühlt wirkende Maja Tysja hatte sich in Rage geredet. Ihre Augen blitzten.

Lennart schmunzelte.

»Erheitert Sie das etwa?«, fragte die Kommissarin.

»Weshalb haben Sie mich eigentlich hierher bestellt?

Nur um mir das hier zu zeigen?« Lennart deutete auf die blutige Botschaft an der Wand. »Wollten Sie mich einschüchtern? Oder wollten Sie, dass ich mich schlecht und bedroht fühle? Hat geklappt. Glückwunsch.«

Tysja zögerte. Dann sagte sie mit sanfterer Stimme: »Nein, das war nicht meine Absicht. Aber mich hat Ihre Reaktion interessiert.« Die Kommissarin blickte ihm fest in die Augen. »Herr Malmkvist, Sie stehen mit allem hier auf eine wesentlich tiefere Art in Verbindung als nur durch einen hasserfüllten Exbullen, der sich an Ihnen rächen will. Davon bin ich felsenfest überzeugt. Sie verschweigen mir etwas, und ich werde bald herausfinden, was es ist. Ich mag Sie, aber ich traue Ihnen nicht über den Weg. Wenn Sie wollen, können Sie jetzt nach Hause fahren. Schlafen Sie gut.«

Damit gab sie dem Uniformierten an der Tür ein Zeichen, hob das Absperrband an und schlüpfte darunter hindurch, ohne Lennart weiter zu beachten.

Er starrte ihr noch einen Moment lang hinterher und folgte dann dem Beamten, der ihn zurück bis vor das schief in den Angeln hängende Tor begleitete. Lennart wünschte ihm eine gute Nacht und überquerte die verschneite Straße, hinüber zu seinem Wagen, wo Bölthorn bereits auf ihn wartete.

Lennart ließ sich erschöpft in den Fahrersitz fallen.

»Entschuldige, dass es etwas länger gedauert hat«, sagte er zu Bölthorn, der ihn zitternd vor Kälte von der Rückbank her anblickte. Lennart startete den Motor, stellte die Klimaautomatik auf mediterrane Sommertemperaturen und fuhr los. »Nilsson hat eine hübsche Nachricht an mich hinterlassen. Sie war mit Krähenblut an die Wand geschrieben. Ekelhaft. Ich habe kein gutes Gefühl bei der Sache. Meinst du, Henrietta Hellström war hier?«

Bölthorn wirkte genauso müde und ratlos, wie Lennart sich fühlte. Er wiegte nachdenklich den Kopf hin und her.

Das Signal einer eingehenden Handynachricht unterbrach die Stille. Während Lennart den Wagen um eine Kurve in Richtung Göteborger Innenstadt lenkte, blickte er kurz auf das Display. »Ah«, sagte er. »Na klar. Frederik. Wer sonst?«

Bin eben mit deinem webshop fertig geworden. Ich stelle das ding gleich live. Wir hören uns morgen.

Lennart hatte keine Lust anzuhalten, um zu tippen. Daher wählte er Frederiks Nummer, legte das Handy in die Ablage und schaltete die Freisprechanlage ein.

»*Hej!* Du bist ja noch wach!«, rief Frederik überrascht aus dem Lautsprecher. »Was machst du denn noch um diese Zeit? Bist du unterwegs?«

»Ich war mit der Polizei bei einem Tatort. Jemand hat dort eine Nachricht für mich hinterlassen.«

»Hä? An welchem Tatort?«

Lennart konnte Frederik vor seinem geistigen Auge sehen, wie er die Nase kräuselte, umgeben von leeren Pizzakartons und halb vollen Colaflaschen, drei Bildschirmen und seiner geliebten Darth-Vader-Figur.

»Erzähle ich dir bei Gelegenheit«, sagte er müde. »Nicht so wichtig.«

Frederik schwieg. Dann sagte er: »Ist dir eigentlich klar, dass Freundschaft auf Vertrauen beruht? Also, ich verlange ja nicht viel von dir – aber ich finde, dafür schuldest du mir zumindest eine Pizza und außerdem eine fette Erklärung. Oder wie siehst du das?«

Lennart bog in den Lundbyleden ab, der parallel zum pechschwarzen Götaälv verlief und ihn langsam wieder in bewohnte Gefilde führen würde. Kleine kalte Flocken tanzten im Kegel seiner Scheinwerfer.

»Ja. Du hast recht. Du hast wirklich eine Erklärung verdient«, sagte er. »Und auch eine Pizza. Okay. Wann?«

»Übermorgen? Also eigentlich morgen, weil heute ist ja schon morgen, da eben noch gestern war, wenn du weißt, was ich meine. Egal … Am Freitag also?«

»Klar. Passt acht Uhr im *Capricciosa?*«

»Alles klar. Bis dann. Und dir viel Erfolg bei allem, was du da treibst. Möge die Restnacht mit dir sein.«

Um kurz nach halb drei lag Lennart wie erschossen im Bett. Ihm war klar, dass der morgige Tag einiges an magischen Überraschungen für ihn bereithalten würde und dass er bis spätestens übermorgen um 19:59 Uhr eine verflucht gute und glaubhafte Erklärung für Frederik brauchte, was seine magischen Aktivitäten betraf.

Frederik Sandberg war das Gegenteil von dumm, und er war Lennarts bester Freund. Und einen Freund zu belügen fühlte sich furchtbar schäbig an.

16. Kapitel

Als Lennart am nächsten Tag die Augen aufschlug, zeigte der Radiowecker neben seinem Bett 12:07 Uhr an. Er konnte sich nicht erinnern, wann er das letzte Mal so lange geschlafen hatte. Noch etwas benommen, aber ausgeruht stand er auf und öffnete die Jalousie, nur um sofort die Augen wieder zuzukneifen. Draußen schien die Sonne von einem wolkenlosen Himmel herab. Die überfrorenen Schneehaufen am Straßenrand strahlten in reinstem Weiß. Alles wirkte so klar und hell, als wäre die Stadt über Nacht bei neunzig Grad gewaschen worden.

Lennart drehte mit Bölthorn eine ausgiebige Runde und ging danach im Slottparken eine halbe Stunde joggen – es tat ihm gut, den Kopf durchzulüften. Im Anschluss sortierte er im Laden Verkaufsartikel und übte den ganzen Nachmittag sämtliche Zaubersprüche, die er kannte und die ihm heute Nacht hilfreich sein könnten. Denn wenn er das magische Feenreich von Trindemossen betreten und mit Vanadia über ihre Eheprobleme mit einem verfressenen Kobold und über Henrietta Hellström reden wollte, musste er mit allem rechnen und gewappnet sein. Mit Feen hatte Lennart – wie vermutlich die meisten anderen Menschen auch – noch nicht allzu viel zu tun gehabt. Und schon gar nicht mit mächtig verärgerten.

Am Abend war es schließlich so weit.

»Wir müssen los«, sagte Lennart zu Bölthorn, und um kurz vor neun verließen beide *Bolmens Skämt- & Förtrollningsgrotta,* um zunächst jede Menge Fleischvorräte zu kaufen und sie zu Professor Hellströms Haus am Naturhistorischen Museum zu bringen.

Lennart drückte dem überraschten Professor die zwei prall gefüllten Tüten in die Hand.

»Hier ist alles drin, womit man ein verfressenes Koboldherz besänftigen kann. Hoffe ich zumindest.«

Der Professor stöberte neugierig in den Tragetaschen. »Hui! Elchwürste, Rentierschinken, Leberpastete, Braten mit Gewürzkruste, *Köttbullar* sowie ein ganzer Schwung Fertiggerichte aus der Feinkostabteilung. Respekt, Herr Malmkvist.«

»Das sind ungefähr fünf Kilo fleischhaltige Delikatessen, und ich hoffe, dass Sie damit wenigstens ein paar Tage Ruhe vor den unkontrollierten Wutausbrüchen eines kulinarisch unbefriedigten Kobolds haben werden.«

Der Museumsdirektor schien weniger verwirrt zu sein als bei ihrem letzten Besuch, was vielleicht eine erste Folge von Svartalfs Entspannung war.

»Treten Sie doch ein, Herr Malmkvist. Und auch das Mopstierchen kann gerne mitkommen.«

»Vielen Dank, Herr Professor, aber wir haben noch einen Termin.«

»Soso. Um diese Uhrzeit?«

»Bölthorn und ich gehen noch einmal in den Trindemossen zum Runenstein«, erklärte Lennart.

Hellström senkte den Blick und seufzte leise. »Henrietta …«

»Ja. Wir werden sehen, was wir tun können …«

»Hunger!«, schrie es da spitz aus dem Haus. Es schien, als wären Lennart und Bölthorn keine Sekunde zu früh gekommen. »Hunger! Hunger! Hunger!«

»Gehen Sie lieber hinein und bewirten Sie Ihren wunderlichen Gast, bevor er richtig wütend wird«, sagte Lennart.

Der Professor nickte und lächelte müde und dankbar. »Viel Glück bei all Ihren Unterfangen.«

Sie nahmen denselben Weg wie beim letzten Mal. Allerdings kam es Lennart so vor, als wäre es heute noch kälter und finsterer im Trindemossen. Die Sterne waren hinter dichten Wolken verborgen. Lennart und Bölthorn umgab eine schier undurchdringliche Finsternis, kaum dass sie die Brücke über den Dag Hammarskjöldsleden und die letzten Wohnhäuser hinter sich gelassen hatten und tiefer in den Wald vordrangen. Lediglich die dünne Sichel eines schwachen Mondes goss aschfahles Licht auf den verschneiten Weg vor ihnen. Er hob sich kaum vom Rest der Umgebung ab, sodass Lennart unbedingt für Beleuchtung sorgen musste.

Die Idee, es mit der Taschenlampenfunktion seines Handys zu versuchen, verwarf er rasch wieder, denn es war mit den dicken Handschuhen nur schwer zu halten, geschweige denn zu bedienen, und außerdem wollte er den Akku schonen. Man konnte ja nie wissen … Lennart glaubte zwar nicht, dass sein Handy im Feenreich funktionieren würde, wollte es aber gern mal ausprobieren. Wie der entsprechende Einzelgesprächsnachweis seiner Telefongesellschaft wohl aussähe?

Schließlich holte Lennart den Zauberstab hervor, hielt ihn vor sich und sprach konzentriert: »*Glittā gløa lyşa!*«

Langsam entstand an der Spitze des Stabs ein grünes Licht, das anschwoll, bis es die Intensität einer kraftvollen LED-Lampe erreicht hatte. Es erhellte den Weg, die Bäume und den Schnee bestimmt hundert Meter weit.

Bölthorn brummte anerkennend. Doch plötzlich fing er an zu knurren.

»Suchen Sie etwas?«, fragte jemand hinter ihnen.

Lennart blieb fast das Herz stehen. Er machte einen Satz nach vorn, drehte sich um und hielt den leuchtenden Zauberstab schützend vor sich. Im Lichtschein erkannte er einen seltsamen Mann. Er hatte die Hände in den Taschen seiner dunklen Nadelstreifenhose, rechts hing ihm ein Schirm am Arm, und auf dem Kopf trug er eine schwarze Melone.

»Ich kenne Sie doch von irgendwoher ...«, sagte Lennart und überlegte.

Der Mann mit dem Schirm zwinkerte ihm zu. Dann nahm er die linke Hand aus der Hosentasche, fächelte beiläufig, ja beinahe gelangweilt eine imaginäre herabsinkende Daune beiseite und sagte: »Das brauchen wir nicht.« *Flupp!* – und Lennarts Zauberstab hörte schlagartig auf zu leuchten, sodass es wieder stockdunkel wurde.

»Das gibt's doch nicht«, sagte Lennart verblüfft. »Wie haben Sie das denn gemacht? Wer sind Sie?«

Er fühlte sich trotz Zauberstab und Mops-Begleitschutz mit einem Mal beinahe etwas hilflos.

»Suchen Sie etwas?«, wiederholte der Mann seine Frage.

Lennart überlegte kurz. Dann beschloss er, diesem unheimlichen Unbekannten besser wahrheitsgemäß zu antworten. Wer weiß, welche Zaubertricks er sonst noch in petto hatte.

»Ich suche den Eingang zum Reich von Trindemossen«, sagte er.

»Da sind Sie nicht der Erste«, erwiderte der Mann, als wäre es ganz normal, einen Menschen und einen Mops mitten in der Nacht in einem innerstädtischen Waldgebiet anzutreffen, die auf der Suche nach dem Eingang zu einem verborgenen Feenreich waren.

»Es gibt noch mehr Leute, die danach suchen?«, fragte Lennart verwundert.

»Ja. Dutzende in den letzten hundert Jahren. So heißt es jedenfalls. Ich habe nur wenige von ihnen getroffen. Die meisten sind jetzt tot.«

»Tot?« Lennart fühlte sich unwohl.

»Natürlich. Haben Sie nicht gelesen, was auf dem Runenstein steht?«

Da wurde Lennart schlagartig klar, woher er diesen merkwürdigen Mann kannte. »Wir sind Ihnen schon einmal begegnet, bei Tag und zusammen mit Professor Hellström. Sie waren das, nicht wahr?«

»Ich heiße Solesson«, stellte der Fremde sich vor. Er hob die Hand vor den Mund und flüsterte: »Aber das ist nicht mein richtiger Name, müssen Sie wissen. Es ist ein Deckname. Meinen richtigen Namen möchte ich für mich behalten, sonst bräuchte ich ja keinen Decknamen.« Der fahle Mondschein beleuchtete sein verschmitztes Lächeln.

Lennart lächelte zurück, auch wenn er absolut nicht verstand, weshalb dieser Mann einen Decknamen benötigte. War er ein Agent und musste seine wahre Identität verbergen?

»Ich heiße …«, setzte er an.

Doch Solesson unterbrach ihn. »Nein, nein!«, rief er. »Ich will Ihren Namen nicht hören. Mein Leben ist voller Namen. Da braucht es keinen weiteren!« Dann reichte er ihm die Hand, ohne den weißen Stoffhandschuh daran auszuziehen. Sie war auffallend warm. »Angenehm. Sie sollten einige Dinge über mich wissen. Zum Beispiel, dass ich ein Lichtzauberer bin.«

Lennart hob überrascht die Augenbrauen.

»Ich bin ein Spezialist für magische Leuchtmittel.« Herr Solesson lachte kurz auf. »Und in meiner Freizeit helfe ich gern anderen Menschen. Zum Beispiel beim Suchen von verlorenen Dingen oder beim Auffinden von verborgenen Eingängen et cetera. Das bereitet mir große Freude und hilft mir, fit zu bleiben hier oben.« Er tippte sich an den Kopf, was Lennart in der Dunkelheit jedoch nur erahnen konnte. »Schließlich bin nicht mehr der Jüngste.«

»Da kommen Sie mir ja gerade recht«, sagte Lennart erfreut.

»Ja, es scheint so, nicht wahr? Wenn es Zufälle gäbe, würde ich sagen, das ist einer. Doch es gibt nur das Schicksal … Sie suchen den Eingang ins Reich von Trindemossen?«

»Können Sie mir verraten, wo er sich befindet? Können Sie mir das sagen?«

Herr Solesson überlegte nicht lange. »Vielleicht kann ich das. Aber er ist schwer zu lokalisieren, denn er ist jedes Mal an einer anderen Stelle«, erklärte er. »Es handelt sich nämlich um einen sogenannten Wandereingang.«

»Davon habe ich gehört, aber er *muss* doch irgendwie zu finden sein«, sagte Lennart ungläubig, und auch Bölthorn legte erstaunt den Kopf schief.

»Natürlich. Doch leicht ist das nicht. Es gibt auch Eingänge in andere Welten, die an einen festen Ort gebunden sind«, sagte Solesson. »Da ist das ganz einfach.«

»So wie die Höhle von Äskestock?«, fiel Lennart ihm ins Wort. Er wusste selbst nicht, weshalb ihm dieser Ort in den Sinn gekommen war, wo Emmas Großvater Mats Wallin zum letzten Mal gesehen wurde.

Herr Solesson sprach plötzlich kein Wort mehr. Es ertönte ein leises, mechanisches Klicken und Schieben, das von einem Geräusch begleitet wurde, das an das Spannen von elastischem Stoff erinnerte.

Lennart taumelte zwei Schritte rückwärts. Herr Solesson hatte seinen Schirm aufgespannt. Das wäre an sich kaum erwähnenswert gewesen, hätte aus dem Inneren des Schirms nicht ein Licht herausgestrahlt. Es sah aus, als hätte der merkwürdige Mann eine taghelle Lampe an diesen Schirm angeschlossen oder als trüge er die Sonne mit sich herum. Und waren da nicht sogar kleine Wolken zu sehen, die unter dem beschirmten Himmelszelt trieben wie an einem wundervollen Sommerhimmel?

Es war unglaublich schön.

»Das ist ein recht beeindruckender Zauber, Herr Solesson«, bemerkte Lennart anerkennend.

Der seltsame Mann ignorierte das Lob. »Ich rate Ihnen dringend davon ab, jemals in die Höhle von Äskestock zu gehen.«

»Ich habe schon einmal davorgestanden und ihre Magie gespürt. Und ich weiß, was dort geschehen ist«, sagte Lennart.

»Niemand weiß das«, widersprach Herr Solesson.

»Krähenbein …«, flüsterte Lennart.

Herr Solesson beugte sich vor und starrte Lennart tief in die Augen. Seine Stimme klang mit einem Mal düster und unheilvoll. »Dann wissen Sie vielleicht schon zu viel, Herr Malmkvist.«

Lennart erschauderte, nicht nur weil Solesson seinen Namen offensichtlich doch kannte. »Ich habe mir es nicht ausgesucht, aber mir bleibt keine Wahl. Und genau deshalb muss ich ins Reich von Trindemossen. Helfen Sie mir?«

Herr Solesson lächelte und klappte den Schirm behutsam wieder zu, sodass alles Sonnenlicht verschwand. Dafür glühte die Spitze des Schirms auf einmal in einem tiefen Rot, das weit über den Schnee bis zu den Bäumen dahinter leuchtete. Schatten huschten zwischen den Stämmen umher.

»Aber gewiss doch. Ich helfe Ihnen gerne. Sie müssen Folgendes wissen: Ein Wandereingang verändert seine Position und manchmal auch sein Aussehen, doch niemals sein Wesen«, erklärte Herr Solesson. »Dieser hier im Trindemossen befindet sich, wie auf dem Runenstein geschrieben steht, an einem *frischen, maiengrünen Ort, wo zwei hölzerne Arme …*«

»*… sich am Himmel kreuzen zum Tor*«, vervollständigte Lennart die Inschrift.

»Oh!«, sagte Herr Solesson. »Sie haben dieses Rätsel schon gelöst? Dann sollte es Ihnen nicht schwerfallen, den Eingang selbst zu finden.« Er kratzte sich nachdenklich am Kinn. »Ich denke, ich sollte wohl noch ein paar mehr Runen entfernen. Sonst wird das Rätsel zu leicht …«

»*Sie* waren das?«, fragte Lennart entgeistert. »Warum haben Sie die Inschrift beschädigt?«

»Ach, immer nur diese neumodischen Mobiltelefone zu suchen und sie den Spaziergängern oder Joggern hinterherzutragen, die sie im Wald verloren haben, das erfüllt mich nicht sonderlich. Wenn ich dabei helfen kann, zur Lösung eines *echten* Rätsels etwas beizutragen, dann ist das doch etwas ganz anderes. Es kommt leider nur äußerst selten vor …«

Lennart konnte kaum glauben, was er da hörte. Ein Lichtzauberer, der Runen unleserlich machte, damit man seine Hilfe benötigte? Der Mann war auf seine ganz eigene Art sympathisch, schien aber unter einer schweren Zauberer-Profilneurose zu leiden.

Wie zur Bestätigung und als wäre er sich seiner Schwäche durchaus bewusst, blinzelte Solesson Lennart verlegen an. »Ich bin auch nur darauf gekommen, weil der Runenstein in den letzten Tagen von ungewöhnlich vielen Leuten besucht wurde. Zuerst der Mann mit der Pistole und die Frau mit der blutigen Jacke, dann eine Joggerin, die die Jacke mitgenommen hat, und schließlich Sie und Ihr dürrer alter Freund mit der roten Mütze. Ich bin in meiner freien Zeit oft hier. Da entgeht mir kaum etwas.«

»Was sagen Sie da? Ein Mann mit einer Pistole und eine Frau mit einer blutigen Jacke? Hat der Mann die Frau bedroht?« Lennart ahnte, wen Herr Solesson da gesehen hatte.

Der hielt sich jetzt die leuchtende Spitze seines Schirmes unters Kinn, was ihm ein extrem dämonisches Aussehen verlieh. »Sie war auf der Flucht vor ihm. Ich habe einen Schuss gehört und später die blutverschmierte Jacke neben dem Runenstein entdeckt.«

»Wo ist die Frau jetzt?«, fragte Lennart aufgeregt.

»Als ich zum Runenstein kam, waren beide schon fort. Aber, Herr Malmkvist«, Herr Solesson leuchtete mit dem Schirm wieder über das verschneite Gelände zum Wald hinüber, »genug davon! Beeilen Sie sich lieber! Denn wenn wir den Eingang zum Feenreich nicht vor Mitternacht finden, dann kommen Sie nicht mehr hinein. Sofern Ihnen das überhaupt gelingt und Sie nicht so enden wie die meisten, die es versucht haben – nämlich mausetot auf dem Grund des kleinen Sees hinter dem Runenstein. Wir sollten uns rasch auf die Suche machen.« Damit sah er zu Bölthorn hinunter, der neben Lennart hockte. »Ihr vierbeiniger Begleiter wäre sicher wenig erbaut, wenn er noch weiter im Schnee warten müsste, der dem Tier ja schon bald bis zum Hals reicht.«

»Es müssen zwei Äste sein, die sich irgendwo oben kreuzen«, murmelte Solesson, während er vor Lennart her durchs verschneite Unterholz hastete. Er leuchtete mit seiner dunkelrot glühenden Schirmspitze nach vorn wie mit einem Suchscheinwerfer. »Will sagen, zwei Äste, die über unseren Köpfen eine Art Tor bilden.« Dann hielt er kurz inne und drehte sich zu Lennart um. »Außerdem sollte es dort frisch und maiengrün sein, also müssen an diesem Ort neue Triebe sprießen.«

»Jetzt? Mitten im Winter?«

»Das ist ja gerade der Witz daran«, sagte Herr Solesson und lachte schallend auf. »Und an diesem Ort muss man sich dann den Fragen der singenden Wächter stellen.« Er eilte weiter voran, eine alte schwedische Weise pfeifend, als würde er seinen Sonntagsspaziergang absolvieren.

»Wenn diese Wächter singen, müsste man sie doch hören!«, rief Lennart ihm hinterher und stolperte beinahe über einen vereisten Ast. Als er sich wieder gefangen hatte, bemerkte er, dass Bölthorn etwas hinter ihnen zurückgefallen und vollkommen außer Puste war. Es war selbst mit langen Menschenbeinen anstrengend, im Dunkeln über den verschneiten Waldboden und durch das Dickicht zu laufen. Wie musste sich das erst für einen schwergewichtigen Mops mit Stummelbeinen anfühlen?

»Ach, komm her, Bölli«, sagte Lennart, und als Bölthorn ihn endlich schnaufend und röchelnd erreicht hatte, klemmte er ihn sich kurzerhand unter den Arm. »Puh, warum bist du eigentlich kein sprechender Chihuahua?«

Dann hetzte Lennart wieder Herrn Solesson hinterher. Doch das dunkelrote Licht seiner Sonnenschirmspitze wurde immer schwächer und verlor sich allmählich zwischen den Bäumen.

Lennart nahm alle Kraft und Konzentration zusammen und steigerte das Tempo. Dichte Atemwolken stiegen bei jedem Keuchen in die klirrend kalte Nacht. Trotz der Gefrierschranktemperaturen spürte Lennart, wie ihm der Schweiß den Rücken hinablief – der voluminöse Mops, dessen weicher Leib bei jedem Schritt hoch- und dann wieder hinunterwallte, machte das Vorankommen zusätzlich schwierig.

»Wandert der Eingang ins Feenreich denn so schnell, dass wir unbedingt rennen müssen?«, rief Lennart japsend in Richtung des roten Punktes, der wie ein Irrlicht in einiger Entfernung auf und ab tanzte. Wenn er durch sein Joggen nicht so gut trainiert wäre, hätte er wahrscheinlich vor Erschöpfung schon längst eine Pause gebraucht.

Solesson antwortete nicht.

Und plötzlich war das Licht weg. Aus. Verschwunden.

»Herr Solesson?«, rief Lennart und hielt an, um sich umzuschauen. Rund um ihn herrschte finstere Nacht. »Hallo? Wo stecken Sie denn?«

Ein Käuzchen rief in der Dunkelheit. Noch immer schwer atmend setzte Lennart Bölthorn in den Schnee. Der schüttelte sich und hob die eingedrückte Nase, um Witterung aufzunehmen.

»Herr Solesson?«, rief Lennart noch einmal und lauschte wieder.

Nichts.

Doch plötzlich hörte er etwas. Es war Gesang und Gezwitscher.

»Singvögel? Hier und jetzt? Das muss der Eingang zu Vanadias zauberhaftem Reich sein, zum Feenreich von Trindemossen«, sagte er aufgeregt an Bölthorn gewandt. Dann drehte er sich um und rief laut in die Dunkelheit: »Herr Solesson, ich weiß nicht, weshalb Sie mir geholfen haben, aber ich danke Ihnen.«

Entschlossen zog Lennart seinen Zauberstab hervor, brachte ihn durch ein »*Glittā gløa lyşa*« zum Leuchten und machte sich durch das verschneite Unterholz auf den Weg dorthin, woher der geheimnisvolle Gesang zu kommen schien. Er war gespannt auf Vanadia und ihre Wächter und hoffte inständig, dass er und Bölthorn unversehrt aus diesem Feenreich zurückkehren würden.

17. Kapitel

Nach wenigen Minuten hatten Lennart und Bölthorn den Ursprung der Geräusche entdeckt. Lennart hielt seinen Zauberstab in die Höhe und leuchtete in die Dunkelheit. Genau wie Svartalf und Herr Solesson es vorhergesagt hatten, standen mitten im Wald zwei beindicke Buchenstämme mit dürrem Geäst, die sich über Lennarts Kopf kreuzten und aus denen frische grüne Triebe und junge Blätter sprossen, als wäre plötzlich der Mai ausgebrochen.

Und als wäre dieser Anblick nicht schon eigenartig genug, bemerkte Lennart nun auch, woher der Gesang und das Zwitschern rührten, das sie vernommen hatten. Direkt über ihm entdeckte er die Silhouetten von zwei zierlichen Singvögeln vor der Mondsichel, die fahl und bleich am schwarzen Himmel stand. Die beiden Vögel flatterten ein wenig – es wirkte beinahe hilflos, als wären sie in einem Netz gefangen und könnten sich nicht befreien –, dann sangen und tschilpten sie so hell und rein wie der klarste Morgentau an einem Frühlingstag. Selbst Bölthorn schien seltsam davon berührt und hockte sich in den Schnee, um zu den Vögelchen aufzuschauen.

Als die Vögel Lennart und Bölthorn bemerkten, unterbrachen sie ihr liebliches Konzert und hüpften ein kleines Stück tiefer, um sich auf einem der unteren Zweige des

Baumes niederzulassen und die Neuankömmlinge neugierig zu mustern. Ihr Gefieder leuchtete, und es sah aus, als wäre es aus Glas und Rotgold kunstvoll gefertigt worden.

Unwillkürlich sprach Lennart ganz leise und ebenso zart, wie diese Szene wirkte, die sich vor seinen Augen abspielte, als fürchtete er, laute Worte könnten die zierlichen Tiere verletzen.

»Hallo! Sagt, bin ich hier richtig am Eingang zum Reich von Trindemossen?«

Die beiden Vögel sahen sich an, sie wirkten überrascht und piepsten. Erst der eine, dann der andere.

Und dann geschah es plötzlich. Wie aus heiterem Himmel wurde Lennart durch die Wucht eines Aufpralls von den Füßen gerissen. Er stürzte rücklings in den Schnee. Sein leuchtender Zauberstab fiel ihm aus der Hand – nur ein schwaches grünes Glimmen zeigte, wo er sich unter der Schneedecke befand. Lennart war wie betäubt. Es fühlte sich an, als hätte ihm jemand mit einem dicken Tau gegen den Kopf geschlagen. Bölthorn hatte die Explosion zwei oder drei Mopslängen entfernt an einen Baum geschleudert.

Das liebliche Gezwitscher und Geträller war verstummt.

Noch völlig benommen tastete Lennart nach seinem Zauberstab, zog ihn aus dem Schnee und versuchte sich zu konzentrieren. Was war geschehen? Doch ehe er einen klaren Gedanken fassen konnte, traf ihn schon wieder etwas am Kopf. Diesmal brannte es und stach.

Bölthorn jaulte auf. Ihn musste es ebenfalls erwischt haben.

»Hierher, Bölthorn, komm schnell!«

Lennart versuchte sein Gesicht mit der Hand zu schützen, mit der anderen hielt er den Zauberstab in die Richtung, aus der die Angriffe kamen. Er hörte ein gurgelndes, röchelndes Geräusch, ein Wühlen im Schnee, das immer näher kam, spürte drei weitere Stiche im Gesicht, dann war Bölthorn bei ihm und ging hinter ihm in Deckung.

»*Jæðārr şkūlì şkȳlì vårì!*«, rief Lennart wütend, weil ihn etwas mitten auf die Nase gestochen hatte. Er hob den Zauberstab höher, öffnete die Augen und sah zufrieden, dass der Zauber tatsächlich funktionierte, den er in Buris Lehrbuch gefunden hatte. Es handelte sich um eine Schutzmagie, die eine Art grünliches Lichtzelt bildete, unter dem man vor sämtlichen Angriffen geschützt war. Der einzige Nachteil dieses Zaubers war, dass man durch das schützende Zelt kaum etwas erkennen konnte. Und dass es draußen stockfinster war, erleichterte die Sache nicht gerade.

»Soso, ein Schutzzauber, wie?«, hörte Lennart eine donnernde Stimme hinter sich.

»Sieht ganz danach aus«, sagte eine andere, die nicht weniger tief und dumpf klang, sodass Lennart meinte, ihre Vibration im Magen zu spüren.

»Respekt, Respekt, der beherrscht sein Handwerk«, sagte die erste Stimme.

»Ja, könnte aber noch besser werden«, sagte die andere.

Beide lachten.

»Wer seid ihr?«, rief Lennart.

»Wir sind die, die du gesucht hast«, sagte die erste Stimme.

»Die singenden Wächter von Trindemossen?«, fragte Lennart.

»Ja, genau«, erwiderten beide im Chor.

»Sei vorsichtig«, murmelte Bölthorn, der wegen des magischen Felds sprechen konnte, wie Lennart überrascht feststellte.

Er wandte sich wieder an die Wächter. »Ich möchte zu Vanadia.«

Es tuschelte leise.

»Gern«, sagte dann die eine Stimme.

»Aber wir müssen dich erst prüfen«, sagte die andere.

»Und dazu müssen wir dich sehen«, sagte die erste wieder.

»Ihr seid lustig«, erwiderte Lennart. »Und wer garantiert mir, dass ich euch trauen kann?«

Die beiden Stimmen schwiegen kurz, und dann lachten sie.

Lennart blieb keine andere Wahl. Er nahm sich ein Herz, schwenkte den Zauberstab und ließ den magischen Schutzschild verlöschen.

»Mutig, mutig«, sagte der rechte der beiden Wächter, die Lennart jetzt deutlich sehen konnte. Er war etwa drei Meter groß, hatte einen deutlichen Bauchansatz und steckte in einer merkwürdigen Uniform, die mit Tausenden roten Vogelfedern verziert war und an Schultern, Brust, Ellbogen und Knien einen goldenen Panzer aufwies. An seinem Helm waren geschmiedete Vogelschwingen angebracht, und es wirkte äußerst Furcht einflößend, dass er sich auf einen monströsen Streithammer mit armdickem Stiel stützte.

»Mutig? Ich würde es eher als dumm bezeichnen«, sagte der andere, der identisch gekleidet war. Die beiden mussten Zwillinge sein, denn auch ihre Gesichter ähnelten sich, und man konnte sie nur dadurch unterscheiden, dass der Linke wohl eine Streitaxt zum Massakrieren seiner Gegner bevorzugte.

»Aber was soll er denn sonst machen? Er will ja hinein, oder?«, fragte der mit dem Hammer.

»Da hast du auch wieder recht«, sagte der andere und nickte.

Dann aber verfinsterten sich ihre Mienen. Beide rammten ihre Waffen in den Boden, sodass der Wald zu erzittern schien, und zischten wie aus einem Munde: *»Unsere Fragen musst du besteh'n, dann darfst du hinübergeh'n, wenn nicht, wirst du der ew'gen Nacht ins Auge seh'n.«*

Lennart blickte sie trotzig an. »Ich kenne Leute, die besser reimen. Aber bitte, fragt nur.«

»So sei es«, sagte der mit der Axt.

Der andere räusperte sich. »Wer schickt dich?«

Lennart musterte die beiden Wächter. Auch wenn sie aussahen, als kämen sie direkt von einer Christopher-Street-Day-Parade, tat das ihrer Gefährlichkeit sicher keinen Abbruch. Diese Kerle waren die Torwächter eines ganzen Feenreiches und bestimmt zu allem bereit. Hier halfen keine Lügen, er musste die Wahrheit sagen.

»Svartalf«, antwortete Lennart.

Die Wächter schauten ihn ungläubig an. Dann sagte der mit der Axt: »Frage Numero zwei: Was ist dein Begehr?«

»Ich soll etwas für ihn erledigen«, sagte Lennart kurz und knapp.

Die Wächter schwiegen, sie schienen überrascht zu sein.

»Letzte Frage«, sagte der mit dem Streithammer. »Wie heißt dein Hund?«

»Bölthorn.«

Beide grinsten und nickten. »In Ordnung, du kannst passieren.«

»Wie bitte? Das war alles?«, fragte Lennart verdutzt. »Ich hätte euch doch wer weiß was erzählen können.«

Die Wächter wiegten ihre mächtigen Häupter. »Nein, hättest du nicht. Dann wärst du jetzt nämlich tot.«

Lennart schüttelte verständnislos den Kopf.

»Aber jetzt komm! Wir geleiten dich ins Reich von Trindemossen«, sagte der mit der Axt.

Wie aus dem Nichts bildeten sich zwei Luftwirbel über den geflügelten Helmen der Wächter. Sie wurden größer und größer und breiteten sich nach unten aus, bis sie den Boden erreicht hatten. Und dann verzerrten sich die Wächter auf einmal, sie wurden eingesaugt und verschwanden.

Ein Licht blitzte tauchte auf, und es trällerte und tschilpte wieder.

Die Wächter hatten sich zurückverwandelt in die wundersamen rotkehlchenartigen Vögel. Sie flatterten aufgeregt umher und umkreisten Lennart und Bölthorn, schneller und immer schneller. Bald flogen sie um das Astgeflecht herum, das Tor, an dem sich die maigrünen Triebe zeigten, dann wieder um Lennart und Bölthorn, immer wieder. Und je schneller sie die Luft durchschnitten, desto heller leuchtete das Rotgold ihres Federkleids. Bald waren die flatternden Vogelwesen nicht mehr zu erkennen. Sie bildeten nur noch eine glühende Lichtspur am Himmel.

Lennart war ganz schwindelig, und Bölthorn hatte sich mit zitternden Lefzen auf den Boden gelegt.

Plötzlich öffnete sich mitten in dem Tor aus gekreuzten

Stämmen ein Durchgang, als fräße sich eine Flamme langsam durch feuchtes Pergament.

Dann blitzte es gleißend hell auf, und als die Sterne der Nacht an den Himmel zurückgekehrt waren, befand sich Lennart Malmkvist im Reich von Trindemossen.

18. Kapitel

Als Lennart sich erstaunt umblickte, konnte er die Bäume, die eben noch den Durchgang gebildet hatten, nicht mehr erkennen. Sie schienen von einer undurchdringlichen Hecke aus blühenden Wildrosen und Hagebutten verschluckt worden zu sein. Auch die beiden merkwürdigen Wächter, die mal als zarte Vögelchen, mal als übergewichtige Berserker in Erscheinung traten, waren mit einem Mal fort.

Es war eigenartigerweise ganz warm geworden. Keine Spur von Eis und Schnee, kein Frost, keine Atemwolken. Es fühlte sich an wie Frühling.

Wenn das, was Lennart in der Dunkelheit erkennen konnte, ihn nicht täuschte, dann befanden sich Bölthorn und er zwar noch im selben Wald wie vor wenigen Augenblicken, aber zu einer ganz anderen Jahreszeit und mitten auf einer Lichtung. Es war immer noch Nacht, und die Sterne über ihnen standen an einem pechschwarzen, nun jedoch wolkenlosen Himmel. Rund um die beiden Freunde blühten die Bäume, und es duftete nach Lindenblüten und süßen Blumen.

»Na, das ging ja überraschend schnell«, murmelte Bölthorn halblaut, der in diesem magischen Reich offenbar ebenfalls sprechen konnte.

Lennart kniff die Augen zusammen, um sich in der Dunkelheit zu orientieren.

Da tauchte wie aus dem Nichts ein Wesen vor ihnen auf, das von goldenem Licht umgeben war und frei in der Luft schwebte. Es war eine Fee, die warmherzig lächelte. Sie flößte Lennart wenn nicht Angst, so doch großen Respekt ein, denn ihre Macht war förmlich greifbar.

Ihr Kleid war aus einem zarten, durchsichtigen Stoff gewebt und von goldenen Fäden durchzogen. Ihr Körper war wohlgeformt, und sie erweckte den Eindruck von überirdischer Vollkommenheit.

Um sie herum tollten, sausten und wirbelten, verspielt wie kleine Kinder, eine Handvoll winziger geflügelter Wesen, die etwa einen Fuß lang waren.

»Pixies«, flüsterte Bölthorn fasziniert und mit außergewöhnlich sanfter Stimme, während er ihrem Flug mit den Augen folgte. »Ich habe schon so lange keine mehr gesehen.«

»Du hast recht«, sagte die Fee und schwebte näher zu ihnen. »Es sind Pixies, meine kleinen geflügelten Helfer, und wenn es darauf ankommt, sogar meine Leibgarde. Sie sind alle meine Kinder.«

»Das ist schön«, sagte Bölthorn und klang dabei etwas wehmütig.

»Ihr seid Vanadia, nehme ich an?«, fragte Lennart fasziniert.

Die Fee nickte. Dann blickte sie ihn aus moosgrünen Augen an, die so sehr leuchteten, dass sie Lennart für einen winzigen Moment an die von Maja Tysja erinnerten. »Und Ihr seid Lennart Malmkvist?«

»Ja«, erwiderte Lennart überrascht.

»Ihr wundert Euch, woher ich das weiß? Meine Wächter informieren mich über alles.«

Lennart schluckte. »Nun, dann wisst Ihr auch, weshalb wir hier sind, oder?«, fragte er.

Vanadia hob ihre Hand und schnipste mit den Fingern. Im selben Augenblick zischten die Pixies leise kichernd davon und verschwanden in der Dunkelheit. »Es sind nicht nur meine Kinder. Svartalf ist ihr Vater.«

»Oh«, sagte Lennart, »das habe ich nicht gewusst. Davon hat er nichts erzählt.«

Vanadias Miene verfinsterte sich. Lennart meinte sogar wahrzunehmen, dass das Weiß ihrer Kleidung immer mehr an Strahlkraft verlor und sich in ein Mausgrau verwandelte.

»Svartalf hält sich nicht an die Regeln«, knurrte sie. »Ich habe ihn verdammt.«

»Aber weshalb?«, fragte Lennart.

»Er will immer nur Kadaver essen«, fauchte die Fee. »Fleisch, Fleisch, Fleisch. Das gibt es nicht bei mir! Wir ernähren uns hier von dem, was uns Wald, Wiesen und Felder schenken. Svartalf ekelt mich an.«

»Ihr Reich ist also sozusagen feegan?«, fragte Lennart verblüfft. Svartalf hatte ihm offenbar nicht nur seine zahlreichen Koboldkinder verschwiegen.

Vanadia sah Lennart verständnislos an. Dann sagte sie: »Ich weiß nicht, was dieses Wort bedeutet. Wir gehen jedenfalls mit allen Lebewesen liebevoll um. Wir halten sie nicht gefangen und töten sie nicht, um sie hinterher zu verspeisen.«

In diesem Moment schien Lennart alles völlig aussichtslos zu sein. Er sah die Versöhnung zwischen diesem verfressenen Kobold und Vanadia auf einem Schiffchen aus Tofu mitten in einem endlosen Meer aus Bio-Gemüsebrühe davontreiben, auf einen Horizont der Unmöglichkeit zu.

»Mein Reich ist ein Teil der Wahrheit und der Fantasie«, sprach Vanadia und riss Lennart damit aus seinen Gedanken. »Seht nur und fragt Euch, wohin all der Schnee verschwunden ist. Fragt Euch, weshalb Ihr nicht friert. Und doch friert Ihr und wisst es nur nicht. Wenn Ihr nicht hier in meinem Reich wärt, würdet Ihr unweigerlich sterben vor Kälte, und man würde Euch am nächsten Tag im Wald finden, tot und steif gefroren. Oder am Grund des Sees, und niemand könnte erklären, warum es passiert ist.« Vanadia lachte kurz auf. »Mein Reich ist ein Stück Eurer Welt und ein Stück meiner eigenen. Fragt Euch, wie ich wohl aussähe, wenn Ihr mich auf Eurer Seite der Wahrheit erblicken würdet. Kennt Ihr mich vielleicht bereits, Lennart Malmkvist? Oder du … Bölthorn? Mein Gebiet reicht vom nordwestlichen Runenstein im Forst von Göteborg bis zum südöstlichen an den Ufern des Rådasjöns, wo auch mein Palast steht. Mein Reich ist umgeben von einem undurchdringlichen immergrünen Wall aus wilden Rosen. Es ist wie eine rettende Luftblase unter brackigem Wasser, wie eine sonnendurchflutete Lichtung im nebligen Novemberwald, wie eine wundervolle Idee inmitten von Unwissenheit. Kein Feind soll es leicht haben, in Trindemossen einzudringen, und niemand, dem ich es gestatte, hier zu leben, darf meine Gesetze verletzen. Auch kein Kobold, nicht einmal, wenn er mit mir vermählt ist.«

Lennart hatte staunend zugehört. Als er sich wieder gefasst hatte, sagte er: »Ich verstehe nicht, weshalb Ihr Svartalf dann überhaupt … Also, schließlich ist er ein Kobold! Er kann nicht anders.«

»Hat er Euch das etwa weisgemacht?« Die Fee stieß ein fauchendes Lachen aus, das an das Geräusch eines zerschellenden Felsbrockens erinnerte und von den Bäumen am Rand der Lichtung widerhallte.

»Oh, es gibt genügend Kobolde, die kein Fleisch essen«, zischte die Fee. Ihre Kleidung hatte nun die Farbe eines wütenden Wolfs angenommen.

»Svartalf verändert sich, wenn er kein Fleisch bekommt«, brummte Bölthorn. »Was mein Freund Lennart Malmkvist sagt, entspricht der Wahrheit. Ich habe es selbst gesehen.«

»Er verflucht alle in seiner Umgebung«, ergänzte Lennart. »Und er verwüstet die Küche von Professor Hellström.«

»Auch das ist mir bekannt«, sagte Vanadia. »Kobolde suchen sich oft ein menschliches Heim, eine Wirkungsstätte, wo sie unterschlüpfen. Sie wohnen dort mit den Menschen zusammen, manchmal für kurze Zeit, oft aber viele Generationen lang, manchmal sogar bis zum eigenen Kobold-Tod. Die meisten Kobolde sind keine bösartigen Gesellen. Erst wenn man ihnen minderwertige Speisen anbietet oder gar nichts mehr zu essen gibt, können Kobolde gefährlich werden. Sie können Menschen in den Wahnsinn treiben oder sogar töten.«

»Aber wenn Ihr das doch alles wisst«, sagte Lennart, »wie könnt Ihr Svartalf dann verbannen?«

»Wir haben eine Abmachung, die schon viele Jahrzehnte gilt«, sagte Vanadia. »Er verlässt von Zeit zu Zeit mein Reich, um sich bei den Menschen mit diesem widerlichen Fleisch zu versorgen, sooft er möchte. Dazu geht er ins

Haus des Museumsdirektors, wo er sich scheinbar wohlfühlt und angemessen bewirtet wird. Und wenn er zu mir und seinen Kindern nach Hause kommt, muss er sich an die Gesetze von Trindemossen halten. Doch das hat er zuletzt nicht mehr getan. Er hat Rehe gejagt, Elche und Hasen. Tod und Verderben hat er über die Tiere meines Waldes gebracht. Daher musste ich ihn verbannen. Alles hat begonnen, als die Frau des Professors verschwunden ist und nicht mehr für ihren Mann gekocht hat.«

»Hm … das würde ja bedeuten, dass alles wieder in Ordnung kommt, sobald Henrietta Hellström zurück ist«, sagte Lennart nachdenklich.

»Nein!«, rief die Fee und fuchtelte wütend mit ihren Armen in der Luft herum, sodass gleißende Lichtschlieren entstanden. »Entweder Svartalf schwört dem Fleisch ein für alle Mal ab, oder er braucht nie wieder hierherzukommen.«

»Das wird schwierig«, sagte Bölthorn und röchelte. »Er liebt Euch wirklich noch immer, aber auf Fleisch kann er nicht verzichten.«

»Er leidet darunter, dass er Euch nicht mehr sehen darf«, ergänzte Lennart. »Es muss doch eine Möglichkeit geben …«

»Nie wieder Fleisch in meinem Reich!«, schnitt Vanadia ihm mit grün glühenden Augen das Wort ab. »Bestellt ihm das von mir. Dann kann Svartalf selbst entscheiden. Aber ich mache Euch ein Angebot, Lennart Malmkvist.« Die Fee schwebte noch ein Stück näher zu den beiden Freunden heran und beugte sich zu Lennart. »Überzeugt meinen Gatten davon, auf Fleisch zu verzichten, und ich werde Euch reich belohnen. Ihr dürft jetzt gehen.«

Vanadia wollte gerade davoneilen, als Lennart sich noch einmal an sie wandte.

»Eine Frage hätte ich noch, Herrscherin Vanadia«, sagte er. »Man hat die blutige Jacke von Henrietta Hellström am Runenstein des Trindemossen gefunden. Sagt, habt Ihr die Frau des Professors irgendwo in Eurem Reich gesehen?«

Vanadia drehte sich blitzschnell wieder zu Lennart um, sodass ihr Kleid einen leuchtenden Stoffwirbel beschrieb. Sie lächelte sanft und begann dann Zeichen in die Luft zu malen. Waren es Runen? Unleserlich. Unbegreiflich. Viele Zeichen. Schneller, immer schneller. Ein Feuerball entstand unter ihren wirbelnden Händen. Er breitete sich rasend schnell aus und wurde immer größer. Bis er schließlich zuerst Bölthorn und dann Lennart erfasste.

Um sie herum wurde es hell und immer heller, so blass wie eine vergehende Sternschnuppe. Dann blitzte es gleißend auf, und einen Augenblick später befanden sich Lennart Malmkvist und sein Mops Bölthorn nicht mehr im Reich von Trindemossen.

Etwa zur gleichen Zeit bahnte sich ein rostiger uralter Nissan-Pick-up mühsam seinen Weg durch den tief verschneiten Wald. Am Steuer saß Hendrik Nilsson, und sein Ziel war das alte Vereinsheim. Es lag so weit weg von jeglicher Zivilisation, dass es in all den Jahren kaum jemanden hierher verschlagen hatte, der nicht davon wusste und nicht selbst einer von *ihnen* war.

Die Scheinwerferkegel wankten und huschten über weiße, glitzernde Schneeverwehungen. Am Rand des Waldes drückte sich ein Wildschwein ins Unterholz. Oder war es etwas anderes gewesen?

Hendrik Nilsson war gespannt auf seine Leute, er hatte sie lange nicht mehr gesehen, und er war auch gespannt darauf, was sie zu seinem Plan sagen würden. Er wollte sich das Pergament von Lennart Malmkvist im Tausch gegen die entführte *Rōsa*, gegen Henrietta Hellström, holen. Wahrscheinlich war er wieder einmal der Einzige, der Manns genug war, den gemeinsamen Schwur von Tryggvasons Erben mutig und entschlossen umzusetzen. Wer sich ihm und seinem Vorhaben in den Weg stellte, würde es bitter bereuen. Hendrik Nilsson war nicht zu Scherzen aufgelegt. Er war überzeugt davon, dass ihm die Führung ihres Bundes von nun an zustand. Er hatte am meisten riskiert und am meisten zu verlieren. Es wäre besser für die anderen, wenn sie das akzeptierten. Nicht zuletzt, weil er nun einen mächtigen und offenbar wohlhabenden Verbündeten an seiner Seite hatte.

Eigentlich hätte er diesen Kerl als unliebsamen Zeugen gleich abknallen sollen, aber der hatte ihn mit einem Taschenspielertrick entwaffnet. Wie hatte er das bloß angestellt? Selbst in den vielen Jahren im Polizeidienst war Nilsson eine solche Geschicklichkeit noch nicht untergekommen. Das grenzte an Zauberei. Der Typ schien total verrückt zu sein – er hatte ihm sieben kopflose Krähen mitgebracht! –, aber er war ein eiskalter Profi und hatte genügend Kohle. Die zweihunderttausend hatten ebenso wie die falschen Papiere tatsächlich im Handschuhfach gelegen.

Hendrik Nilsson lachte finster.

Er hatte sich auf den Deal mit dem Kerl eingelassen. Aber ob er sich daran halten und Lennart Malmkvist am Leben lassen würde, nun, das würde sich noch herausstellen. Wenn er erst einmal im Besitz der Dunklen Pergamente wäre, hätte er einen Verbündeten ganz anderen Kalibers.

19. Kapitel

Als Lennart wieder zur Besinnung kam, lag er mitten im Wald von Trindemossen im Schnee. Er fühlte sich, als hätte er am Vorabend drei Flaschen schweren Rotwein getrunken und wäre anschließend auf dem Nachhauseweg vom Stadtbus überrollt worden. Und Bölthorn sah keinen Deut besser aus, als Lennart zumute war.

Die Fee, die blühende Hecke, die Lichtung, die Wärme, der blütengeschwängerte Duft, der sternenklare Himmel – alles war verschwunden, und es war auf einmal wieder furchtbar kalt und trostlos.

Lennart brummte der Schädel. Während er mit Bölthorn aus dem dunklen Wald hinaus und hinüber zum Linnéplatsen stapfte, wo er sein Auto geparkt hatte, überlegte er angestrengt, wie er Frederik all die vielen Unmöglichkeiten erklären sollte. Er sollte ihm morgen, beim gemeinsamen Pizzaessen, wohl oder übel die Wahrheit erzählen. Auch wenn sie schwer verdaulich war …

Sein Mobiltelefon summte. Er zog es hervor und sah auf das Display. Verpasster Anruf von Frederik in Abwesenheit und Sprachnachricht. Er musste versucht haben, ihn zu erreichen, während er im Trindemossen gewesen war – womit die Frage nach dem Handynetz im Feenreich hinreichend geklärt war. Lennart rief seine Voice-Mailbox an.

Frederiks Stimme war zu hören, die aufgeregt drauflosredete: »*Hej*, Lennart! Wo steckst du denn? Wieder bei dem wirren Professor? Du ahnst nicht, was passiert ist. Ha! Stell dir vor, wir haben schon vier Artikel aus Buri Bolmens Laden übers Internet verkauft. Die Leute sind ziemlich interessiert. Aber das Beste kommt noch: Ich habe doch tatsächlich einen Verrückten gefunden, der für diese rostige und verbeulte Keksdose, die ich fast entsorgt hätte, dreihundert Kronen bezahlt hat. Er war zufällig heute Abend in Göteborg und hat sie direkt im Laden abgeholt. Gegen Cash! Was sagst du dazu? Cool, oder? Also, wenigstens ein klitzekleines Lob hätte ich ja wohl verdient, oder? Bis morgen Abend, und möge die Macht mit dir sein. *Hej då!*«

Lennart stand fassungslos auf der Straße und ließ die Hand mit dem Telefon sinken. Dann erklärte er dem entsetzten Bölthorn die Sachlage und machte sich wie in Trance auf den Weg nach Hause. Frederik hatte das Orakel verkauft, und Lennart konnte ihm noch nicht einmal Vorwürfe machen. Aus der Perspektive seines Freundes betrachtet war das nämlich eine beachtliche Leistung: *Dreihundert Kronen für eine rostige Blechdose* klang auch erheblich besser als *Dreihundert Kronen für ein selten wertvolles Orakel, mit dem man die Zukunft vorhersehen kann und das für das Schicksal der Menschheit von entscheidender Bedeutung sein könnte* … Doch woher hätte Frederik das wissen sollen?

Vielleicht war das, was geschehen war, die Strafe dafür, dass Lennart ihm nie die Wahrheit gesagt, ihn nicht eingeweiht und ihm nicht vertraut hatte. Nun war das Orakel jedenfalls weg, und ein Teil seiner letzten Weissagung hatte sich damit leider erfüllt. Sie klang Lennart noch in den Ohren:

Für mich selbst verblasst das Licht,
Ich seh mich bald an einem anderen Ort.
Vielleicht für immer, ich weiß es nicht,
Graue Schlieren nur … dann bin ich fort.

Am nächsten Tag rief Lennart gleich nach der morgendlichen Gassirunde bei Professor Hellström an. Der wirkte erstaunlich unkompliziert, offen und beinahe wissbegierig. Und vor allem so gut wie gar nicht mehr verwirrt. Die magische Rechnung schien aufzugehen, Svartalfs Fluch ebbte bei guter Versorgung wohl tatsächlich ab.

Hellström teilte Lennart mit, er habe noch für zwei weitere Tage genug Fleisch für den Kobold vorrätig und könne es, sofern dies notwendig werde, sogar wagen, nunmehr selbst einen Einkauf zu tätigen. Das waren gute Nachrichten für Lennart. Auch wenn es im Hintergrund von irgendwoher laut »Hunger!« brüllte, so laut, dass Professor Hellström das Gespräch schnell beenden musste.

Von Vanadia hatte Lennart ihm vorerst nichts erzählt. Er war der festen Überzeugung, dass Svartalfs Eheprobleme nur mit magischen Mitteln zu lösen waren. Lennart musste dringend einen Zauberspruch finden, der ihm dabei half. Möglicherweise stand in Buris Lehrbuch so etwas wie ein Kobold-Fleischzauber, ein Feen-Beschwichtigungsspruch oder eine Habt-euch-wieder-lieb-Beschwörung.

Und vielleicht fand er bei der Gelegenheit ja tatsächlich wertvolle Dinge, die in Buris Laden versteckt waren und die er teuer verkaufen konnte. Denn auch die sechsstellige Steuerschuld drückte Lennart zunehmend aufs Gemüt. Bölthorns Zuspruch fehlte ihm. Es war eigenartig, aber noch nie zuvor hatte sich Lennart so sehr gewünscht, der Mops könne immer sprechen, nicht nur bei Gewitter oder unter magischen Umständen wie einem Schutzzauber oder einem Feenreich. Zum Glück gab es wenigstens die Plasmalampe in der Werkstatt … Doch bevor er mit Bölthorn hinunter in den Laden gehen konnte, hatte Lennart ein weiteres äußerst wichtiges Telefonat zu führen, das keinen Aufschub duldete.

Er rief Frederik an und lobte ihn überschwänglich für die wunderbaren Verkäufe (er musste zuvor drei Mal tief durchatmen). Und er bat ihn um die Kontaktdaten des Keksdosenkäufers. Frederik wunderte sich zwar darüber, konnte Lennart den Namen jedoch über das von ihm programmierte Shopsystem im Handumdrehen besorgen. Es war ein gewisser Herr Fransson, der etwa zwei Autostunden entfernt in der nördlich von Göteborg gelegenen Stadt Lidköping wohnte.

Lennart bedankte sich und verabschiedete sich von Frederik: »Mach's gut und bis heute Abend im *Capricciosa*. Pizza und Bier gehen natürlich auf mich.«

Am liebsten wäre Lennart sofort nach Lidköping gefahren, um mit diesem Herrn Fransson zu sprechen. Doch abgesehen davon, dass eine Fahrt bei den vorherrschenden Witterungsbedingungen den halben Tag dauern würde, war daran momentan nicht einmal im Traum zu denken. Lennart hatte keine Zeit. Denn sosehr es ihn auch ärgerte, dass das Orakel fort war – es kam in der Prioritätenliste eindeutig erst nach den Eheproblemen eines Karnivoren-Kobolds und einer Herbivoren-Fee, deren Lösung Lennart vermutlich zu Henrietta Hellström führen würde.

Das Orakelproblem musste auch telefonisch lösbar sein, befand Lennart und holte sein Laptop an den Wohnzimmertisch. Er googelte die Nummer von Herrn Fransson aus Lidköping und tippte sie in sein Telefon.

Während das Freizeichen tutete, ging Lennart hinüber zum Fenster und blickte gedankenverloren hinab auf die Straße. Es war Vormittag, aber durch den verhangenen Himmel und den starken Schneefall bereits so dunkel, als würden die Lichter der Stadt gleich wieder zum Leben erwachen.

»*Hej*. Fransson hier.« Eine unangenehm knarzende Stimme meldete sich am anderen Ende der Leitung.

»*Hej*. Mein Name ist Lennart Malmkvist. Kann es sein, dass Sie gestern Abend eine alte Keksdose über meinen Internetshop gekauft und in Göteborg abgeholt haben?«

»Dein Internetshop? Dann bist du der Inhaber von *Bolmens Skämt- & Förtrollningsgrotta*?«

»Genau«, sagte Lennart.

»Ja, ich habe eine Dose gekauft. Eine schöne Keksdose. Dreihundert Kröten habe ich dafür hingelegt, ganz schön teuer«, murmelte Fransson. »Aber dieses Modell ist recht selten.«

Lennart hüstelte. »Es ist nämlich so, dass ich die Dose gern wieder zurückhätte. Der Verkauf war ein Missverständnis.«

»Bezahlt ist bezahlt«, antwortete Fransson wenig verhandlungsbereit. »Du hast mein Geld, ich die Ware. Ich kann vom Kauf zurücktreten, wenn ich will, aber du nicht vom Verkauf. Logisch, oder?«

Lennart biss sich vor Wut auf die Unterlippe, beherrschte sich aber. »Hören Sie, geschätzter Herr Fransson. Sie haben ja völlig recht. Aber dieser Artikel hätte nie verkauft werden dürfen. Mein etwas … ungeschickter Angestellter hat das verpeilt.« Lennart bat Frederik insgeheim um Verzeihung. »Die Keksdose ist ein Erinnerungsstück. Sie stammt von einem sehr guten Freund von mir, der leider vor ein paar Wochen verstorben ist und …«

»Mir kommen gleich die Tränen. Für drei- oder viertausend Kronen würde ich sie dir ja verkaufen. Aber ich habe sie nicht mehr. Meine Frau, die dumme Kuh, hat sie zum Schrott gegeben.«

»Wie bitte?«, fragte Lennart entsetzt.

»Ist das so schwer zu kapieren? Ich hätte ihr am liebsten eine verpasst, das kannst du mir glauben. Die muss immer in meinen Sachen herumwühlen und hinterrücks aufräumen.«

Lennart umklammerte nervös den Hörer. Jetzt hatte er trotz allem richtig Lust, einfach nach Lidköping zu fahren, bei den Franssons zu klingeln und Frau Fransson zu schütteln oder besser noch mit einem hastig erlernten Zauber in irgendein niederes Gewürm zu verwandeln. Doch trotz seiner Verwirrung, Trauer und Wut wusste Lennart ganz genau, dass das nun auch nicht mehr geholfen hätte.

»Und man kann die Dose nicht zurückholen?«, versuchte es Lennart, der Verzweiflung nahe.

»Na, das alte Ding muss dir ja wirklich eine ganze Menge bedeuten«, kam es durchs Telefon, und zum ersten Mal meinte Lennart etwas wie Mitgefühl wahrzunehmen. Herr Fransson zögerte kurz, doch schließlich sagte er mit fester Stimme: »Nein, so leid es mir tut. Die Dose ist weg. Irgendwo auf einem riesigen Schrotthaufen oder sogar schon in der Presse. Ich handle mit alten Bau- und Landwirtschaftsmaschinen, und einmal im Monat kommt ein Schrotthändler vorbei und holt das Zeug ab, das sogar ich nicht mehr zum Laufen bekomme. Der Typ war heute Morgen hier. Keine Chance, die Keksdose ist weg und jetzt platt wie eine Flunder.«

»Da kann man wohl nichts machen. Danke trotzdem für die Auskunft«, sagte Lennart erschüttert und legte auf.

Ihm war, als stürzte die Welt über ihm zusammen. Das Orakel in der Schrottpresse! Was für eine bizarre, schreckliche Vorstellung. Nun würde er nie erfahren, wer oder was das Orakel in Wirklichkeit war und ob Bölthorn mit seiner Vermutung recht hatte, dass es sich dabei um den alten Zauberer Järnskägg handelte, der durch seine eigene Dummheit und Unvorsichtigkeit in das blecherne Gefängnis gebannt worden war. Und das war nun aufgrund von Lennarts Dummheit und Unvorsichtigkeit durch eine Metallpresse auf einen Bruchteil seiner ursprünglichen Größe zusammengequetscht worden. Lennart schauderte – hoffentlich hatte Eisenbart nichts davon gespürt, und hoffentlich war es schnell gegangen.

Es war nicht mehr zu ändern. Das Orakel war fort. Für immer.

Bölthorn war von der unerfreulichen Neuigkeit, dass das Orakel nun auch noch unwiederbringlich in einer Schrottpresse gelandet war, mindestens genauso schockiert wie Lennart, als ihm dieser im Schein der knisternden Plasmalampe davon berichtete. Doch der Mops fasste sich schnell und tröstete Lennart sogar mit ziemlich weisen Worten. Er schien zu wissen, dass Vorwürfe in dieser Angelegenheit nichts brachten. Weder Frederik gegenüber, der nichts dafür konnte, weil er es nicht besser hatte wissen können, noch Lennart gegenüber, der sowieso schon am Boden zerstört war. In all dem Trubel um Hellström, die Ladeneröffnung und die vielen Termine war es eben einfach passiert.

Lennart setzte sich mit versteinerter Miene an den Arbeitstisch in Buris alter Werkstatt und versuchte, auf andere Gedanken zu kommen, indem er jetzt tat, was ohnehin dringend getan werden musste: die Gästeliste für die geplante Wiedereröffnung von *Bolmens Skämt- & Förtrollningsgrotta* zusammenstellen und den Text für die Einladung verfassen. Aber ihm fiel nichts Vernünftiges ein. Lennart kaute auf dem Ende seines Kugelschreibers herum und starrte geistesabwesend auf ein gähnend leeres Dokument seiner Textverarbeitung.

»Hör auf, dich zu grämen, Lennart«, blubberte Bölthorn und hockte sich neben dem Drehstuhl auf den Boden. »Ich gebe zu, es ist eine kleine Katastrophe, dass wir das Orakel verloren haben. Allerdings war es an der Auslöschung seiner eigenen Existenz nicht ganz unschuldig.«

»Wie meinst du das?«, fragte Lennart verblüfft und sah zu Bölthorn hinab.

»Nun, hätte es eine weniger undurchsichtige Ausdrucksweise gewählt, dann hätten wir es besser verstanden und gewusst, was zu tun wäre.«

»Du meinst, es hätte einfach sagen sollen: *Passt auf mich auf, euer Freund Frederik will mich verkaufen*? Etwas in der Art?«

»Vielleicht nicht ganz so direkt, denn es wusste wahrscheinlich selbst nicht alle Details seines künftigen Schicksals, aber wenigstens hätte es uns warnen können, es in Sicherheit zu bringen«, erwiderte Bölthorn. »Du weißt, Lennart Malmkvist, ich kann sehr streng sein. Vor allem mit dir, denn du machst viel Unfug und viele Fehler. Aber in diesem Fall, muss ich gestehen, bin selbst ich fassungslos über so viel Pech. Dafür konnte niemand etwas. Nicht einmal du.«

»Danke. Das war ja fast eine Liebeserklärung«, sagte Lennart lächelnd und streichelte dem Mops über den unförmigen Kopf.

Bölthorn schloss für einen kurzen Moment die Augen, er schien Lennarts Berührungen zu genießen. Dann öffnete er sie wieder und sagte mit grummelnder Stimme: »Bilde dir bloß nichts auf mein Mitgefühl ein. Das legt sich bestimmt bald wieder. Und jetzt trödele nicht herum. Du hast viel zu tun. Wolltest du nicht längst die Wiedereröffnungsfeier geplant haben?«

Lennart setzte seine Überlegungen fort. Er kam zu dem Schluss, dass der kommende Mittwoch, der 21. Dezember, der einzige Tag war, der für diese Feier infrage kam. Schließlich sollte sie noch vor Weihnachten stattfinden, damit er den größtmöglichen Umsatz erzielen konnte. Das war sehr kurzfristig, denn ihm blieben nur noch vier Tage, um sich um Einladungen, Essen, Rahmenprogramm, Deko, Werbung und das Herrichten des Ladens zu kümmern. Außerdem konnten ihm jederzeit ein verfressener Kobold, eine vegane Fee, ein wütender Olav Krähenbein oder etwas Ähnliches in die Quere kommen.

Während Bölthorn sich ein wenig ausruhte und ein Schläfchen hielt, stellte Lennart eine Gästeliste zusammen und verfasste ein Einladungsschreiben, das er per E-Mail verschicken wollte. Das war nicht ganz stilecht, aber für eine schicke Drucksache per Post blieb keine Zeit mehr.

Danach schrieb er eine Pressemitteilung – eine Fertigkeit, die er sich während seiner Tätigkeit bei der Harald Haddings HIC AB angeeignet hatte und die ihm nun von großem Vorteil war. Er verschickte sie an verschiedene Lokalredaktionen, unter anderem an den *Göteborgs Spegeln*. Nachdem er einige Einkaufslisten für Dekoration und Getränke erstellt hatte, fiel ihm nichts mehr ein, was er nicht auch noch in den nächsten Tagen erledigen konnte.

Leise erhob sich Lennart und schlich zu Bölthorn hinüber, der nichts davon zu bemerken schien. Der Mops sägte und schmatzte im Traum vor sich hin. Da er von den Anstrengungen der letzten Tage recht ermattet schien, beschloss Lennart, ihn nicht zu wecken, sondern allein zu Maria Calvino nach oben zu gehen. Er wollte sie um ihre Hilfe für sein Fest bitten.

Maria freute sich über Lennarts Besuch. »Aber wo ist denn mein süßer Bölthorn?«, fragte sie mit besorgter Miene. »Er wird doch nicht etwa krank sein?«

»Er schläft. Es war anstrengend in letzter Zeit«, erwiderte Lennart.

Sobald er sein Anliegen vorgetragen hatte, schlug sie die Hände vors Gesicht. »Aber natürlich helfe ich dir! Es ist doch Buris Laden, und er wäre so stolz darauf, dass du ihn weiterführst.«

Lennart fragte sich insgeheim, ob Buri Bolmen auch stolz auf ihn gewesen wäre, wenn er gewusst hätte, dass er den Laden nur deshalb so schnell eröffnen musste, damit er einen monströsen Steuerbetrag bezahlen konnte, um denselben Laden nicht gleich wieder schließen zu müssen.

»Wunderbar, Maria. Vielen Dank.«

Die energische Italienerin stemmte beide Hände in die Hüften und nickte entschlossen. So, wie sie jetzt dastand, füllte sie beinahe die gesamte Wohnungstür aus. »Und was ich an diesem Tag zubereiten werde, das besprechen wir jetzt gleich bei einem Espresso. Ich habe wieder einen Weihnachtspanettone gebacken. Du musst unbedingt ein Stück probieren. Köstlich!« Sie kniff die Augen zusammen und verzog genussvoll den Mund. Gleichzeitig zog sie Lennart aus dem Hausflur in ihre Wohnung.

Widerstand war zwecklos. Lennart sah noch einmal hilflos auf die Uhr, dann schloss er die Wohnungstür hinter sich und folgte der ohne Unterlass redenden Maria Calvino in ihre Küche. Dort nahm er erfreut zur Kenntnis, dass sein Blumenstrauß einen Ehrenplatz auf der Fensterbank erhalten hatte. Er schien ihr wirklich zu gefallen.

Maria Calvino bereitete Lennart einen Espresso zu, schnitt ihm ein viel zu großes, aber wunderbar nach Zimt, Schokolade und Nüssen duftendes Stück des goldgelb gefärbten italienischen Kuchens ab und stellte beides vor ihn auf den Küchentisch. Sie bewaffnete sich mit Stift und Block, um ihre kulinarischen Ideen festzuhalten, setzte sich zu Lennart und blickte ihn aufmunternd an.

»Fisch, Fleisch, Pizza, Pasta, *Dolci*, alles ist möglich. *Allora*, was werden wir machen?«

Als Lennart einige Zeit später Maria Calvinos Wohnung verließ, hatte er drei Espresso getrunken und sich nach langer Diskussion nur mit Mühe gegen ein zweites Stück Panettone wehren können. Allerdings nicht gegen drei feuchte, engagierte Abschiedsküsse, die ihm Maria Calvino in Windeseile auf beide Wangen drückte. Am Ende hatte Lennart zwar vier vollgeschriebene Seiten mit herrlichen Rezepten und Einkaufslisten in der Hand, aber nur noch knapp zwanzig Minuten Zeit, bis Frederik in der Pizzeria *Capricciosa* erscheinen würde.

Nachdem Maria Calvinos Wohnungstür ins Schloss gefallen war, faltete er die Zettel hastig zusammen und steckte sie sich in die Innentasche. Dann stürmte er nach unten, um Bölthorn im Laden abzuholen und noch etwas anderes für Frederik mitzunehmen, das im Zweifelsfall mehr aussagen würde als tausend Erklärungsversuche, was die Zauberei betraf. Denn Lügen, so hatte Lennart beschlossen, würde es seinem Freund gegenüber fortan nicht mehr geben.

20. Kapitel

Frederik saß bereits am Tisch in der Pizzeria in der Kungsgata, als Lennart mit Bölthorn zur Tür hereinkam. Das *Capricciosa* gehörte zu der Kategorie Restaurant, die keine nennenswerte Garderobe vorzuweisen hatte. Man hängte seine Jacke am Tisch über die Plastikstuhllehne und stellte damit auch sicher, dass man den Duft nach Überbackenem und Gebratenem garantiert mit nach Hause nahm. Aber die Pizza war wirklich fantastisch, und es war Lennarts und Frederiks Stammlokal.

»Hejsan«, grüßte Frederik und lächelte zuerst Lennart und dann Bölthorn an, der grunzend und schwabbelnd auf ihn zugetippelt kam und sich ebenfalls sichtlich freute. Ein weiterer Vorteil des *Capricciosa* war, dass hier mitgebrachte Möpse keinen Menschen störten. Im Gegenteil, Bölthorn zog wieder einmal alle Blicke auf sich. Lennart hatte sich bereits daran gewöhnt, und Bölthorn sowieso.

Lennart setzte sich Frederik gegenüber an den Tisch. »Sorry, bin etwas zu spät.«

»Kein Thema«, sagte Frederik und lächelte entspannt.

Sie bestellten jeder ein Bier und ihre Lieblingspizza: Frederik eine *Quattro Stagioni* und Lennart eine *Vesuvio* mit Parmaschinken. Auch das gehörte mittlerweile zum Ritual – und dass Bölthorn von jedem heimlich ein Stück davon unter dem Tisch bekam, wenn der geschmolzene Käse nicht mehr so heiß war.

Der Kellner brachte das Bier, und sie stießen an.

»War etwas stressig in letzter Zeit«, sagte Lennart. Der niedrige und schummrig beleuchtete Raum war von Pizzaduft und Stimmengewirr erfüllt. Die gut zwanzig Tische mit ihren rot-weiß karierten Decken waren fast alle besetzt.

»Das ist ja nichts Neues bei dir«, entgegnete Frederik. »Seit die Sache mit Buri Bolmen passiert ist, scheint es keine ruhige Minute mehr in deinem Leben zu geben.«

Lennart nickte nachdenklich, als sich plötzlich sein Handy wie zur Bestätigung dieser These lautstark meldete.

»Mist, das sind meine Eltern«, sagte Lennart entschuldigend zu Frederik. »Da muss ich kurz ran.«

Frederik nickte lächelnd und griff sich sein Bier, während Lennart das Gespräch annahm.

»*Hej*, Lennart«, grüßte seine Mutter, »ich wollte dir bloß Bescheid geben, dass wir tatsächlich zu deiner Ladeneröffnung kommen können. Papa hat sich freigenommen und sogar eine Überraschung für dich.«

»Ach, wirklich?«, sagte Lennart verwundert. »Das hast du eingefädelt, oder? Er würde doch nie und nimmer freiwillig zur Eröffnung kommen. Ein Zauber- und Scherzartikelladen? Ich glaube, tiefer kann ich in seinen Augen nicht mehr sinken.«

»Du schätzt deinen Vater wirklich falsch ein. Freust du dich denn gar nicht, dass wir kommen?«

»Aber klar!«

»Wir melden uns, sobald wir in der Stadt sind. Wir kommen bereits mittags mit dem Zug an und wollen dann noch ins Naturhistorische Museum. Das soll sagenhaft sein.«

Das Schicksal hatte bisweilen einen ganz speziellen Humor. »Ja, das kann ich nur bestätigen«, sagte Lennart. »Unvorstellbar sagenhaft.«

Der Kellner kam mit zwei riesigen Tellern und stellte sie vor Lennart und Frederik auf den Tisch.

»Mama, ich muss jetzt leider Schluss machen. Ich freu mich auf euch.«

Lennart steckte sein Handy in die Tasche zurück.

»Entschuldige«, sagte er zu Frederik, der bereits ein ordentliches Stück von seiner Pizza abgeschnitten hatte und fasziniert die Mozzarellafäden beobachtete, die sich von seinem Teller bis zur Gabel hinaufzogen.

»Kein Problem«, sagte Frederik und pustete ein wenig auf das Stück. Dann schob er es sich in den Mund und begann genüsslich zu kauen. »Pizza ist für mich wie das Laserschwert für den Jedi.«

»Du hast echt einen Knall«, sagte Lennart und schnitt sich ebenfalls ein Stück ab.

»Selbstverständlich«, erwiderte Frederik grinsend. Er trank einen Schluck Bier und tupfte sich den Mund mit seiner Serviette sauber. »Also, jetzt mal zu deiner Eröffnung. Ich habe deine E-Mail bekommen. Und ich bin natürlich dabei. Wie viele Leute hast du denn eingeladen?«

»Nicht sehr viele. Inklusive Presse rund zwanzig. Aber ich hoffe natürlich, dass mindestens zehnmal so viele fremde Kunden vorbeikommen und ordentlich einkaufen.«

»Das wird schon«, sagte Frederik, während er sich ein weiteres Stück Pizza abschnitt. »Und was kann ich dabei für dich tun?«

»Du könntest mir helfen, den Laden vorzubereiten«, erwiderte Lennart. »Schmücken, aufbauen, Kasse checken und so weiter. Und später dann verkaufen.«

»Okay. Alles klar. Wann soll es losgehen?«

»Die Eröffnung beginnt um vier Uhr nachmittags, und ab acht Uhr abends feiern wir im kleinen Kreis weiter – also du, Emma, Maria, meine Eltern und mal sehen, wer noch zusagt. Ich denke, wenn wir uns am Mittwoch um neun Uhr morgens treffen würden, wäre das früh genug.«

Frederik nickte und ließ unbemerkt ein großes Stück Pizza auf den Boden fallen. Kurz darauf drangen schmatzende Geräusche nach oben.

»Gebongt. Ich werde da sein.« Frederik zögerte und sah Lennart auffordernd an. »Aber du wolltest mir doch noch ein paar andere Sachen erzählen, oder?«

Lennart schielte verlegen zu Bölthorn hinab, doch der zuckte bloß mit den Ohren. Er hatte noch einen Käsefaden von Frederiks *Quattro Stagioni* im Mopsgesicht hängen, was er nicht zu bemerken schien. Das erinnerte Lennart daran, dass er ihm noch seinen eigenen Anteil schuldete, und er legte ihm das letzte Stück seiner *Vesuvio* vor die Pfoten.

»Ich weiß, aber ich habe keinen Schimmer, wo ich anfangen soll«, antwortete er Frederik, als er wieder über dem Tisch auftauchte.

Frederik senkte die Stimme. »Ich gebe dir eine kleine thematische Auswahl für den Anfang: unerklärliche Allergieanfälle, Verhaftungen, ein verwirrter Professor, Buri Bolmens Tod, geheimnisvolle Tatorte, gewalttätige Exbullen und angeblich bei Gewitter sprechende Möpse …?

Oder hast du noch andere Sachen in petto?« Frederik lehnte sich zurück und verschränkte die Arme.

Es gab tatsächlich noch zahlreiche andere merkwürdige Dinge, die Lennart mit seinem Freund zu besprechen hatte. Kobolde, Feen, übergewichtige Vogelwächter, Pixies und einen gefährlichen Zauberer namens Olav Krähenbein … Aber das, was Frederik aufgezählt hatte, schien ihm für den Anfang zu genügen.

Lennart atmete tief durch, legte sein Besteck auf den Teller und beugte sich vor.

»Frederik, hör zu«, sagte er mit gesenkter Stimme, »mir fällt es nicht leicht, darüber zu sprechen, und das nicht, weil ich kein Vertrauen zu dir habe. Ich weiß, das mag sich für dich vielleicht so anfühlen, aber es stimmt nicht. Im Gegenteil. Es gibt kaum jemanden, dem ich so sehr vertraue wie dir. Es ist … es ist nur so, dass … ach, was soll's?«

Lennart räusperte sich und lehnte sich über den Tisch noch näher zu seinem Freund hin. »Frederik, die Wahrheit ist folgende: Es gibt Magie, und Bölthorn kann uns nicht nur verstehen, sondern tatsächlich auch selbst sprechen.«

Frederik machte den Eindruck, als hätte Lennart ihm eben erklärt, dass der Weihnachtsmann sehr wohl existiere und er obendrein wisse, wo dieser wohne. Er hatte aufgehört zu kauen und starrte Lennart mit halb geöffnetem Mund und großen Augen fassungslos an.

Lennart blickte sich kurz um und fuhr dann unbeirrt im Flüsterton fort. Er erzählte von Krähenbein, den Dunklen Pergamenten, von Kobolden, Feen und Zaubersprüchen, von Tryggvasons Erben, Hendrik Nilsson und davon, dass er selbst der Auserwählte war und die Welt retten musste. Frederiks Augen wurden immer größer, doch Lennart erzählte einfach weiter, als würde er das gar nicht bemerken.

Als Lennart geendet hatte, sah er Frederik erleichtert an. »So, ich denke, das war's erst mal. Zumindest in groben Zügen. Hast du noch irgendwelche Fragen?«

Frederik war auffallend blass geworden. Ein Stück Salami hing auf seinem T-Shirt. Es musste ihm aus dem sperrangelweit offenen Mund gefallen sein.

»Ich … ich …«, stammelte er, der sonst nicht um Worte verlegen war. Mit zitternden Händen griff Frederik nach seinem Bier und trank es in einem Zug aus. Ihm standen feine Schweißperlen auf der Stirn.

»Du wolltest die Wahrheit hören, jetzt kennst du sie«, sagte Lennart, nahm ebenfalls einen großen Schluck Bier und wischte sich den Schaum vom Mund. Dann blickte er sich nochmals um und sagte in verschwörerischem Ton: »Aber das alles muss unbedingt unter uns bleiben, kapiert?«

»Ja, klar. *Das* erzähle ich bestimmt nicht weiter. Jeder würde mich für …«

»… für verrückt erklären?« Lennart lachte. »Ich weiß. Ja, genau so ist es. Ich kenne diese Reaktion aus meinem engsten sozialen Umfeld.«

»Unfug«, sagte Frederik. »Du bist nicht verrückt. Zugegeben, das hab ich mal gedacht, und dass da im Laden irgendetwas nicht stimmen kann und mit diesem putzigen, aber ziemlich seltsamen Mops auch nicht.« Er deutete zu Bölthorn hinunter, der sich mühsam den Käsefaden von der Nase leckte. »Das kam mir alles ziemlich merkwürdig vor. Auch die ganze Geschichte mit der Plasmalampe und deine ständigen Fragen über elektromagnetische Felder und so weiter. Es klingt alles so … so … unglaublich unglaublich, wenn du weißt, was ich meine.«

»Ich weiß genau, was du meinst«, antwortete Lennart.

Frederik sah ihn mit einer Mischung aus Misstrauen und Besorgnis von der Seite an. »Und du kannst wirklich zaubern?«, fragte er dann mit leuchtenden Augen. Er war und blieb ein kleiner Junge mit der geistigen Kapazität von zwei Erwachsenen.

»Ja, das kann ich«, flüsterte Lennart. »Aber nie zum eigenen Vorteil und möglichst nicht in der Öffentlichkeit. Es sei denn, es geht um Leben und Tod oder andere größere Dinge. So lauten die Regeln.«

»Verstehe«, sagte Frederik. In seinem Blick lag echte Faszination. Allerdings konnte Lennart nicht deuten, ob er die Existenz von Magie tatsächlich akzeptierte oder nur Bewunderung für das hochkomplexe Hirngespinst hegte, das ein geistig verwirrter Lennart Malmkvist sich ausgedacht hatte.

»Die sind nicht von mir, diese Regeln«, sagte Lennart und nickte in Richtung Bölthorn, während der Kellner ihren Tisch abräumte.

»Der Mops macht sie?«, wunderte sich Frederik mit gesenkter Stimme, nachdem sie noch zwei Bier bestellt hatten und der Ober gegangen war.

Lennart schüttelte den Kopf. »Bölthorn ist mein Adlatus und führt mich in die Welt der Magie ein. Es gibt viele Regeln, von denen wir keine Ahnung haben, musst du wissen.«

»Adlatus. Aha …«, sagte Frederik. Es schwangen ein paar restliche Zweifel mit. »Und das Zaubern selbst?«, wollte er dann wissen. »Wie geht das? Hast du etwa einen Zauberstab?« Er grinste.

»Ja, klar. Den braucht man«, sagte Lennart. »Allerdings nur am Anfang, wenn man es noch nicht so draufhat mit dem *Galieren.*«

»*Galie*…was?«, fragte Frederik verdattert. Das Grinsen war aus seinem Gesicht verschwunden.

»*Galieren.* Zaubern. Magie anwenden. Ein uralter Begriff dafür.«

»Okay«, sagte Frederik. »Und was ist das für ein Zauberstab?«

»Meiner ist aus Plastik«, gab Lennart zurück. »Aus einem alten Kinderspiel.«

Frederiks verblüffte Miene sprach Bände.

»Ja, guck nicht so. Es ist völlig egal, woraus der hergestellt ist. Entscheidend ist die Magie, die einem solchen Gegenstand innewohnt, nicht seine Beschaffenheit. Das ist genau das Gleiche wie bei einem *ðrynhraun.*«

»Bei was?«

»Einem *ðrynhraun*«, wiederholte Lennart. »Ich dachte mir schon, dass du genauso auf nachprüfbare Beweise stehst wie auf verrückte Geschichten. Darum habe ich etwas für dich vorbereitet.« Mit diesen Worten griff Lennart in die Tasche seiner Strickjacke und legte den in ein Stück Stoff gewickelten Stein vor Frederik auf den Tisch. »Der Begriff *ðrynhraun* kommt aus dem Altnordischen und bedeutet so viel wie ›dröhnendes Steingeröll‹. Darin, so sagt man, sei die Seele einer besiegten Elfe gefangen. Deshalb nennt man die *ðrynhraune* auch Elfensteine.«

»Klar«, sagte Frederik kopfschüttelnd, »wer soll da auch sonst drin wohnen?« Etwas verunsichert zog er das Stoffpaket zu sich und blickte Lennart ungläubig an. »Und wenn ich das Ding auspacke, macht es *Bäng!* oder *Puff!* und ich verwandele mich in einen Mops oder so?«

»Quatsch«, sagte Lennart. »Mach es aber besser unter dem Tisch. Wenn andere Leute das sehen, werden sie von den Stühlen aufstehen und mit ihren Handys Fotos fürs Internet schießen. Nichts gegen Publicity für die Ladeneröffnung, aber das wäre nicht gut.«

»Okay«, sagte Frederik zögerlich und legte sich den verpackten Stein unter dem Tisch auf die Knie, wo er anfing, ihn vorsichtig auszuwickeln. Keine Sekunde zu früh, denn gerade wurde das bestellte Bier gebracht.

Nachdem der Kellner verschwunden war, fragte Lennart: »Und? Was sagst du? Der Hammer, oder?«

Entgeistert blickte Frederik ihn an. Dann legte er einen grauen, unscheinbaren Flusskiesel auf den Tisch, schob ihn zu Lennart hinüber und fragte: »Nichts für ungut, aber das ist doch bloß ein Stein.«

Ein ðrynhraun entscheidet selbst, wann und wem er sich zeigt und seine Kraft offenbart. Bölthorns Worte kamen Lennart wieder in den Sinn. Der *ðrynhraun* schien genauso eigensinnig wie mächtig zu sein und nicht für ein Experiment mit Frederik bereit.

»Hör zu, Frederik, es tut mir leid, aber ich war sicher, dass es klappen würde«, sagte Lennart etwas resigniert.

»Schon gut«, sagte Frederik mit leicht enttäuschter Miene.

In diesem Augenblick meldete sich Lennarts Handy. Er zog es hervor und sah, dass eine Nachricht gekommen war. Während er sie las, murmelte er vor sich hin: »Nicht gut. Gar nicht gut.«

»Was ist los?«, fragte Frederik.

Lennart beugte sich kurz zu Bölthorn hinunter und flüsterte ihm etwas zu. Dann griff er nach dem *ðrynhraun* und stand auf. »Ich muss los. Es ist dringend, sehr dringend. Tut mir wirklich leid, aber …«

Frederik legte seine Hand auf die Schulter seines Freundes und hielt ihn fest. »Wenn du mich jetzt hier sitzen lässt, dann bin ich wirklich sauer, Lennart Malmkvist. Ist das deine Art, mir dein Vertrauen zu zeigen? Nach diesem ganzen Vortrag und dem langweiligen Stein?«

Lennart ließ sich langsam wieder auf den Stuhl sinken. »He, Frederik. Ich kann dich nicht mitnehmen, wirklich. Es ist zu … zu gefährlich.«

»Ach, was du nicht sagst? Du und dieser … dieser … Kampfmops hier, ihr seid wohl ein magisches Sondereinsatzkommando, oder was? Fürs Ladenaufräumen kann man den doofen Frederik Sandberg hernehmen. Aber wenn's mal spannend wird, dann soll er lieber ins Bettchen. Nichts da! Vergiss es!«

»Mann, Frederik! Es ist lebensgefährlich …«

»Ich weiß, ich sehe nicht so aus, aber ich bin schon volljährig, okay? Du musst keine Verantwortung für mich übernehmen. Das kann ich selbst.« Frederik verschränkte die Arme vor der Brust und starrte trotzig vor sich hin.

Lennart seufzte und warf Bölthorn einen verzweifelten Blick zu.

Der verzog das Gesicht und wiegte den Kopf hin und her, als wollte er sagen: »Dumm gelaufen, doch ganz unrecht hat Frederik nicht. Außerdem haben wir keine Zeit für Diskussionen.«

»Okay«, erwiderte Lennart, »dann komm eben mit, du

alter Erpresser. Aber nur unter zwei Bedingungen: Du stellst keine Fragen. Und wenn es eng wird, haust du ab und versteckst dich oder holst Hilfe. Klar?«

»Einverstanden«, sagte Frederik und rieb sich vor Aufregung die Hände. »Und wo geht's jetzt hin?«

Lennart hielt ihm das Handy mit der SMS unter die Nase.

Was hältst du von einem Tausch, Malmkvist? Ein altes Pergament gegen die Professorenfrau. Du hast eine Stunde. Und sei pünktlich. Keine Bullen. Keine Tricks. Oder sie ist tot. Denk an die Krähen!
@57.591838, 11.988677

Frederik war plötzlich kreidebleich geworden. »Das sind GPS-Daten da unten. Wer zur Hölle schreibt dir denn so was? Ist damit eines dieser Dunklen Pergamente gemeint, von denen du erzählt hast? Soll das ein schlechter Witz sein? Oder eher eine Schnitzeljagd?«

»Es ist leider kein Scherz, Frederik. Ganz im Gegenteil. Du wolltest doch Magie erleben, nicht wahr? Das ist die Gelegenheit, denn nun wird es ernst. Wir fahren da jetzt nämlich hin.«

21. Kapitel

Es war eine schwerwiegende Entscheidung, die Lennart zu treffen hatte. War eines der Dunklen Pergamente ein Menschenleben wert? Für Hendrik Nilsson auf jeden Fall, er hätte dafür wahrscheinlich sogar Dutzende Menschen getötet. Lennart wollte Henrietta Hellström unbedingt retten – doch er war einer der Wächter der Dunklen Pergamente und durfte das Versteck seines Exemplares auf keinen Fall preisgeben.

Glücklicherweise kam Lennart eine gute Idee. Ob sie allerdings zu realisieren war, würde sich erst noch zeigen. Eines war sie auf jeden Fall: extrem riskant.

Eine Viertelstunde später saßen Lennart und Frederik im Auto und sausten über die nächtlichen Straßen. Frederik hielt sich streng an Lennarts Anweisung, obwohl es genügend Fragen gegeben hätte, zumindest für jemanden, der mit Magie bisher nichts am Hut gehabt hatte.

Er saß schweigend auf dem Rücksitz neben Bölthorn, den er vor lauter Aufregung derart heftig kraulte und knetete, dass der Mops wohlig gluckerte und grunzte. Neben ihnen lag die lederne Tasche mit der Dokumentenrolle, die Lennart noch rasch aus dem Laden geholt hatte.

Lennart starrte wie gebannt auf sein Navi, das ihn in südlicher Richtung aus Göteborg hinaus und in die eiskalte, pechschwarze Dezembernacht lenkte. Die GPS-Koordinaten in der SMS von Hendrik Nilsson führten sie zu einem namenlosen Punkt inmitten des Waldes, der einige Kilometer vom Örtchen Årekärr und gut eine halbe Autostunde von Göteborg entfernt lag.

Lennart hatte kurz überlegt, Maja Tysja zu informieren, die mit Sicherheit liebend gern gekommen wäre, um ihren Exkollegen zu verhaften. Doch dann hatte er davon Abstand genommen. Nilsson war nicht dumm. Er würde sofort Lunte riechen, wenn etwas nicht stimmte, und er hatte seine Flucht sicher gut vorbereitet. Dazu kam, dass Lennart ihn für verrückt und gewalttätig hielt. Er würde seine Geisel, ohne mit der Wimper zu zucken, töten, wenn er nicht bekam, was er wollte.

Lennart war also auf sich allein gestellt. Abgesehen von Bölthorn und Frederik, die ihm in dieser Angelegenheit wohl keine große Hilfe sein würden.

Die Fahrt über die Südumgehung von Göteborg dauerte zehn Minuten. Weitere zehn Minuten später fuhren sie von der Hauptstraße ab und auf eine kleine Landstraße, die sie noch einige Kilometer durch bewohntes Gebiet führte. Es war bereits zwanzig nach neun. Lennart blieb nur noch knapp eine Viertelstunde …

Zu beiden Seiten erstreckte sich nun ein dichtes Waldgebiet, und nur vereinzelt schimmerten Lichter von Häusern durch die Bäume, verschwommen und unwirklich. Im Licht der Scheinwerfer wirbelten einzelne Schneeflocken.

»In fünfhundert Metern haben Sie Ihr Ziel erreicht«, säuselte die in dieser Situation vollkommen unangemessen liebliche Frauenstimme des Navigationssystems.

»Verflucht, wo hat sie uns hingeleitet?«, fragte Lennart in die Stille des Wageninneren hinein.

»Was ist das da vorn? Was hat das zu bedeuten?«, brach Frederik plötzlich sein Schweigen. Ihm war die Anspannung deutlich anzumerken.

Konzentriert starrte Lennart durch die verschmutzte Windschutzscheibe. Tatsächlich, da war etwas. Ein flackerndes Licht?

»In zweihundert Metern haben Sie Ihr Ziel erreicht«, flötete das Navi.

Wenige Sekunden später fuhr Lennart auf eine Weggabelung zu, einer der beiden Wege führte tief in den verschneiten Wald hinein. Jetzt erkannte Lennart auch, woher der unstete Lichtschein kam: Es war eine Grableuchte am Wegesrand.

»Humor hat er ja«, sagte Lennart, hielt an und stellte den Motor ab. Schlagartig wurde es finster. Die rötlich flackernde Kerze draußen im Schnee war die einzige Lichtquelle. Sie wirkte wie das glühende Auge eines Zyklopen.

»Ich find's gar nicht lustig«, sagte Frederik, der sich auf der Rückbank neben Bölthorn zusammengekauert hatte.

»Jetzt beschwer dich nicht. Ich habe dich vorgewarnt, dass es …«, sagte Lennart, doch er wurde jäh unterbrochen. Sein Handy piepte. Eine SMS.

Steig aus und mach die Kerze aus, damit ich weiß, dass du es bist. Dann fahr den Weg entlang, bis ich Stopp sage. Los!

»Er beobachtet uns«, murmelte Lennart. »Hoffentlich geht meine Rechnung auf.«

»Welche Rechnung?«, kam es gepresst von hinten.

»Erklär ich dir später.« Damit stieg Lennart aus, trat die Grabkerze in die Böschung und setzte sich dann wieder ans Steuer. »Weiter geht's!«, sagte er zuversichtlicher, als ihm zumute war, während er den Motor startete.

Der Weg führte leicht bergan. Lennarts Volvo hatte trotz Winterreifen seine liebe Mühe, den vereisten Pfad zu bewältigen. Immer wieder rutschte der Wagen ein Stück zur Seite. Nach einer schier endlos langen Fahrt erreichten sie schließlich die Kuppe des bewaldeten Hügels und eine Lichtung. An deren Ende schien ein Gebäude zu stehen. Es war allerdings vollkommen zugewachsen und die Sichtverhältnisse so schlecht, dass es auch ein Geröllhaufen oder Holzstapel hätte sein können, der aus der Ferne wie ein kleines Haus wirkte. Eine optische Täuschung?

In diesem Augenblick erhielt Lennart eine neue SMS.

STOPP!

Er bremste abrupt, kaum dass er sie gelesen hatte.

Keine Sekunde zu früh, denn die beiden vermummten Personen, die eben aus dem Unterholz traten und plötzlich mitten auf dem Weg standen, waren alles andere als eine optische Täuschung.

»Was ist los?«, fragte Frederik von hinten. Er hatte sich auf die Seite gelegt, damit man ihn von draußen nicht sehen konnte.

»Psst!«, zischte Lennart. »Ich glaube, jetzt kommt die Übergabe. Bleibt bloß unten, ihr zwei.«

Lennarts Handy klingelte.

Er nahm ab.

»Nilsson?«

»Schnauze, Malmkvist!«, kam es zurück. »Hast du das Pergament dabei?«

»Natürlich.«

»Gut. Kannst du uns sehen?«

Lennart blickte auf und bemerkte, dass der Größere der beiden sich etwas ans Ohr hielt, während der andere reglos neben ihm stand.

»Das neben mir ist Henrietta Hellström. Wie du sicher erkennen kannst, geht es ihr gut. Aber das kann sich rasch ändern, wenn du nicht gehorchst und Scheiße baust, kapiert? Ich hab nämlich eine durchgeladene Waffe und drücke sie der Schlampe gerade ins Kreuz. Wenn du auch nur zuckst oder irgendwas Unvorhergesehenes passiert, kannst du ihre Gedärme im Schnee zusammensuchen. Hast du das verstanden, Malmkvist?«

Lennart griff mit der freien Hand in die Innentasche seiner Winterjacke und zog seinen Zauberstab hervor.

»Absolut. Wollen Sie die ganze Nacht quatschen, oder ziehen wir den Tausch jetzt endlich durch?«, fragte Lennart.

»Schau an, schau an«, antwortete Nilsson hörbar überrascht und lachte kurz auf. »Habe ich mich da etwa vertan? Ich dachte immer, du wärst nur ein großmäuliger Klugscheißer und Sesselfurzer, aber du hast ja tatsächlich etwas Mumm in den Knochen. Vielleicht wird aus dir ja sogar mal ein richtiger Mann?« Nilssons Stimme klang hämisch. »Also gut. Ich sage dir, wie wir es machen. Es geht ganz einfach: Du steigst mit dem Dunklen Pergament aus dem Wagen aus. Dann legst du es zwischen dir und mir auf den Weg, gehst zurück zum Auto und wartest dort. Ich schau mir das Pergament an, und wenn es in Ordnung ist, verschwinde ich, und du kannst die Alte haben. Wenn du nicht versuchst, mich zu verarschen, passiert ihr auch nichts.«

»Und welche Garantie habe ich, dass …?«

»Keine«, sagte Nilsson. »Nur mein Wort. Ich halte mich zwar nicht an Gesetze, aber ich bin kein ehrloser Mann. Also, kann's losgehen?«

»Okay. Ich komme.« Lennart steckte das Handy weg und nahm die Ledertasche vom Rücksitz. »Ich gehe jetzt und hole die Frau des Professors«, raunte er Frederik und Bölthorn zu.

»Pass bloß auf«, flüsterte Frederik, dem sichtlich unwohl war.

Lennart stieg aus und warf die Autotür zu. Langsam ging er im schwachen Kegel des Standlichts auf die beiden Personen am Straßenrand zu. Nilsson war einen Schritt zurückgetreten und zielte mit seiner Waffe abwechselnd auf Lennart und Henrietta Hellström, die sich noch immer nicht regte – wahrscheinlich war sie stocksteif vor Angst.

Lennart umklammerte hinter seinem Rücken den Zauberstab und konzentrierte sich. Er wusste, welche beiden Sprüche aus seinem Repertoire er hier benötigen würde.

Als er etwa die Hälfte des Weges zurückgelegt hatte, bedeutete Nilsson ihm wortlos mit der Pistole, die Tasche auf den Boden zu legen. Der Kerl packte Henrietta Hellström an der Schulter und schüttelte sie kurz und heftig.

Lennart legte die Tasche in den Schnee und ging langsam rückwärts zum Auto zurück. Er nahm unauffällig den Zauberstab und presste ihn verdeckt an seine Hosennaht, bereit, jederzeit zuzuschlagen.

Nilsson hatte seine Pistole jetzt wieder auf Lennart gerichtet. Er lief eilig durch den Schnee auf die Tasche zu und erreichte sie, kurz bevor Lennart wieder bei seinem Auto war. Nilsson beugte sich hinunter, öffnete die beiden Verschlüsse der Tasche und ließ dabei Lennart nicht aus den Augen, während er weiter mit der Waffe auf ihn zielte. Dann schien er das Dokument in der Tasche eingehend zu prüfen.

Lennart war äußerst angespannt. Frau Hellström lief nicht davon. Sie schien zu warten. Wie Lennart … Doch seine riskante Idee schien besser zu funktionieren, als er gedacht hatte. Nilsson schien nichts von dem Schwindel zu bemerken. Der Kopierzauber hatte offenbar wahre Wunder gewirkt. Zu Lennarts Überraschung steckte sich Nilsson das Pergament, das Lennart noch kurz zuvor im Laden mit einem Zauber gefälscht hatte, in die Innentasche seines Mantels. Dann stand der Verbrecher auf und griff erneut zum Telefon, die Pistole weiter auf Lennart gerichtet.

Nilsson ging rückwärts und fixierte Lennart. Währenddessen sprach er ins Telefon. Offenbar wollte er jemanden informieren. Hatte er etwa Verbündete? Rief er seine Kumpane von Tryggvasons Erben an? Lennart schwante nichts Gutes, und er rannte los, Nilsson ebenfalls.

»He! Stehen bleiben! Sie haben, was Sie wollten, jetzt lassen Sie die Frau …!«

Da ertönte ein Schuss. Und noch einer. Henrietta Hellström brach lautlos zusammen und fiel seitlich in den Schnee.

»Du mieses Schwein!«, brüllte Lennart vollkommen außer sich. Er wollte Nilsson mit einem Bewegungszauber außer Gefecht setzen, doch der eröffnete das Feuer. Kugeln zischten dicht an Lennarts Kopf vorbei. Ihm blieb nichts weiter übrig, als sich in den Schnee zu werfen und in Windeseile einen Schutzzauber aufzubauen, wie vor Kurzem erst im Wald von Trindemossen.

»*Jødarr ȿkulì ȿkylì vårì!*«, schrie Lennart und schwang seinen Zauberstab. Der Zauber wirkte blitzschnell. Nilssons Kugeln prallten ab, pfiffen als Querschläger davon und schlugen krachend in die umstehenden Bäume. Leider verirrte sich auch ein Projektil in einen von Lennarts Scheinwerfern. Es klirrte und wurde mit einem Mal dunkler. Lennart hoffte, dass Frederik und Bölthorn unversehrt geblieben waren.

Plötzlich herrschte Totenstille.

Keine Schüsse waren mehr zu hören.

Lennart sah vorsichtig auf und lauschte in die Nacht.

Nilsson war verschwunden.

In einiger Entfernung startete ein Motor, und kurz darauf sah Lennart, wie ein Schneemobil in der Dunkelheit in den Wald raste. Sofort ließ er den Schutzschild verschwinden, sprang auf und rannte hinterher. Er sandte Nilsson mehrere Irrlichter nach, in der verzweifelten Hoffnung, eines davon würde diesen heimtückischen Kerl erwischen und bei voller Fahrt vom Schneemobil hinunterfegen. Es wäre ein Hochgenuss gewesen, das mit anzusehen. Doch Lennart musste sich eingestehen, dass er diesen Zauber in der nötigen Stärke und Zielsicherheit bedauerlicherweise noch längst nicht beherrschte. Seine Irrlichter begannen sich bereits nach zwanzig Metern zu verlangsamen und fielen, immer schwächer werdend, schließlich trudelnd zu Boden, wo sie im Schnee verglommen, als hätten sie niemals existiert.

Frustriert und wütend sah Lennart dem kleiner werdenden Lichtkegel des Schneemobils noch einige Sekunden lang nach, dann drehte er sich um und eilte hinüber zu Henrietta Hellström. Lennart spürte, wie Übelkeit und noch mehr Wut in ihm aufstiegen. Hendrik Nilsson hatte die Frau eiskalt umgebracht. Lennart sank neben ihr auf die Knie. Er begann sie vorsichtig auf den Rücken zu drehen, als er bemerkte, dass etwas mit ihr nicht stimmte. Diese Frau war viel zu leicht. Mit zitternden Händen zog er ihr den Schal vom Gesicht und blickte wie vom Donner gerührt in die Augen einer lebensgroßen Frauenpuppe.

»Was zur Hölle …?«

Eine SMS erreichte ihn.

Dumm gelaufen, Malmkvist! Weder Geisel noch Pergament.
Was für ein Pech! Bis zum nächsten Mal!

Lennart packte die verkleidete Puppe am Fuß und kehrte zu seinem Wagen zurück, wo Frederik ein wenig ängstlich und Bölthorn ungeduldig durch die geöffnete Tür spähten.

»Mann, Lennart. Ich hab mir fast in die Hose gemacht. Alles okay mit dir?«, fragte Frederik. »Verglichen mit dieser Ballerei ist ein Gefecht gegen imperiale Sturmtruppen ja ein Kindergeburtstag. Und was ist das da?«

Frederik deutete auf die Puppe, die Lennart hinter sich herzog.

»Mit mir ist alles okay. Aber mein Plan ist nicht aufgegangen«, sagte der und schüttelte resigniert den Kopf. »Nilsson hat nicht Frau Hellström mitgebracht, sondern diese Puppe hier.«

Damit ließ er den leblosen Plastikkörper in den Schnee fallen, der in bizarrer Anmutung einen Kunststoffarm elegant in die Höhe reckte.

»Das gibt's doch nicht!«, rief Frederik. »Er hat dich über den Tisch gezogen?«

»Ja«, sagte Lennart, doch dann grinste er. »Aber zum Glück hat er auch kein echtes Pergament bekommen, sondern nur die Kopie, die ich mit einem entsprechenden Zauber vorhin in der Werkstatt angefertigt habe.«

Wieder klingelte Lennarts Handy. Er kannte die Nummer.

»Hej, Tysja hier.«

»Was gibt es, Frau Kommissarin?«

»Wo stecken Sie?«

»Äh … ich bin mit meinem Hund und Frederik Sandberg etwas außerhalb von Göteborg unterwegs und …«

»Ja, in der Nähe von Årekärr. Das weiß ich.«

»Was?« Da erst begriff Lennart. »Ach, Sie beschatten mich wohl noch immer?«

»Natürlich«, sagte die Kommissarin, als wäre es so selbstverständlich wie Dunkelheit nach einem Sonnenuntergang. »Sie und Ihren Laden.«

Lennart war sprachlos. Man durfte Maja Tysja niemals unterschätzen.

»Aber wo auch immer Sie gerade stecken, kommen Sie bitte sofort zurück in die Västra Hamngata. Bei Ihnen wurde schon wieder eingebrochen.«

»Verflucht noch mal!« Lennarts Herz pochte wie verrückt.

»Es sieht aus, als würde überhaupt nichts fehlen. Ein effizient und extrem professionell durchgeführter Einbruch.

Nichts kaputt, nichts durchwühlt. Nur das Schloss wurde anscheinend mit einem Schneidbrenner herausgebrannt. Weiteres muss die Spurensicherung klären.«

»Und was meinen Sie mit *effizient*?«

»Na ja, Herr Malmkvist ... Unsere Kollegen haben beobachtet, wie Sie zusammen mit dem Mops und Herrn Sandberg von der Pizzeria *Capricciosa* hinüber in Ihren Laden gerannt sind und sich kurz darauf mit einer Tasche, die Sie vorher nicht dabeihatten, ans Steuer ihres Volvos setzten. Als Sie dann wie ein Irrer losfuhren, haben meine Kollegen beschlossen, dass es gut wäre, Sie zu verfolgen, weil Gefahr im Verzug sein könnte. Die Kollegen haben über Funk ein Ersatzteam vor Ihren Laden bestellt, doch das brauchte natürlich eine Weile, bis es vor Ort war. Etwa dreißig Minuten – und genau in dieser Zeit war Ihr Laden unbeobachtet und man konnte problemlos dort einsteigen. Das waren Profis, keine Frage.«

Langsam dämmerte Lennart, was Nilsson mit seiner letzten höhnischen SMS gemeint hatte – nicht er hatte Lennarts Köder gefressen, es war genau umgekehrt gewesen. Lennart hatte sich von ihm ablenken und hinters Licht führen lassen. Ihm wurde heiß und kalt. Hatte Nilsson oder ein Komplize das echte Pergament etwa aus dem Laden entwendet, während Lennart hier mit der Puppenübergabe beschäftigt gewesen war? Das wäre eine Katastrophe! Nilsson musste das alles genau geplant haben – ein teuflisch genialer Plan. Der Exkommissar wusste, wie seine ehemaligen Polizeikollegen reagieren würden, nämlich dass sie Lennart folgen würden, wenn er überstürzt genug aufbrach. Und er hatte Helfer, mindestens einen.

Lennart hatte versagt. Als Zauberer und vielleicht sogar

als Wächter des Dunklen Pergaments. Und er würde Maja Tysja eine gute und glaubhafte Story auftischen müssen, um nicht wieder von ihr und ihrem Kollegen Svensson in den Verhörraum geschleppt zu werden.

»Hendrik Nilsson steckt dahinter«, sagte Lennart resigniert.

»Weshalb glauben Sie das?«, fragte Kommissarin Tysja.

»Ach, nur so ein Gefühl.«

»Ein Gefühl? Soso. Vielleicht wollen Sie jetzt endlich herkommen und sich selbst ein Bild von Ihrem Laden machen? Wir werden hier bestimmt noch eine Stunde zugange sein. Und wir haben zu reden, Herr Malmkvist. *Hej då.*«

22. Kapitel

»Irgendwie ist das alles äußerst eigenartig«, sagte Frederik, während er der Henrietta-Hellström-Puppe unablässig auf die Kunststoffschulter tippte. Sie war schief auf den Beifahrersitz vor ihm geschnallt und wackelte steif und leblos vor sich hin.

»Das ist leider eine maßlose Untertreibung«, entgegnete Lennart wütend.

»Und du meinst wirklich, dass es Nilsson war, der in deinen Laden eingebrochen ist?«

»Wer soll es denn sonst gewesen sein? Er kennt sich dort aus und wusste wahrscheinlich, wo er das echte Pergament findet.«

»Und der Typ vorhin, der auf dich geballert hat?«, fragte Frederik, dem der Schock über die vergangenen Ereignisse nach wie vor anzumerken war.

»Ich gehe davon aus, dass das einer von Tryggvasons Erben war. Er hat zuerst die Show mit der Puppe durchgezogen und dann auf mich geschossen. Nilsson selbst war das nicht. Vergiss nicht, ich habe nur diverse SMS von Nilsson bekommen und ihn am Handy gesprochen. Von Angesicht zu Angesicht habe ich ihn nicht gesehen.«

»Diese Typen sind echt genial und verrückt«, sagte Frederik kopfschüttelnd.

»Ja, das sind sie, und ich habe sie wirklich unterschätzt«, räumte Lennart zerknirscht ein. »Ich dachte, das wären bis auf Nilsson eher harmlose Irre. Durchgeknallte Typen, wie Mats Wallin, Emma Mårtenssons Großvater.« Lennart bremste an der Kreuzung und bog auf die Landstraße in Richtung Göteborg ab. Um sie herum wurde es allmählich heller. Mehr Lichter, mehr Häuser, mehr Leben. »Aber jetzt weiß ich es besser. Die sind definitiv gefährlich. Und zwar alle.«

Wieder tippte Frederik der vor ihm sitzenden Puppe auf die Schulter, während er mit der anderen Hand Bölthorn eine Mopsmassage verabreichte. »Aber wo steckt dann die richtige Frau Hellström?«, murmelte er nachdenklich.

»Ja, das ist eine gute Frage«, sagte Lennart und überholte dann einen mit Holzstämmen beladenen Lastwagen, der sich durch den dichten Schnee kämpfte.

»Meinst du, er hat sie auch in Wirklichkeit …?« Frederik formte mit den Fingern eine Pistole und imitierte ein Schussgeräusch, das aber mehr an einen Star-Trek-Phaser erinnerte als an eine explodierende Patrone.

»Möglich«, antwortete Lennart. »Oder die Frau steckt mit Nilsson unter einer Decke.«

»Wie bitte?«

»Ich glaube, hier ist alles möglich«, grummelte Lennart resigniert.

Einige Minuten lang sagte keiner von ihnen einen Ton. Nicht einmal Bölthorn röchelte oder schmatzte, wie er es sonst meistens tat.

Irgendwann fragte Frederik: »Hast du vorhin eigentlich … gezaubert?«

»Ich musste. Sonst wäre ich jetzt tot«, antwortete Lennart. »Und ihr wahrscheinlich auch.«

Frederik schien nachzudenken. Dann sagte er: »Und ich hab's verpasst.«

Lennart lachte. »Du glaubst mir wohl immer noch nicht?«

»Es geht nicht darum, was ich glaube. Luke Skywalker glaubt anfangs auch nicht an die Macht, und doch gibt es sie, das wird ihm bald vor Augen geführt.«

»Ich verstehe«, sagte Lennart. »Du willst es also sehen?«

»Nicht unbedingt. Noch besser wäre ein theoretisches Modell, mit dem ich mich in Ruhe befassen könnte. Wobei … ich denke, etwas Sichtbares wäre in diesem Fall einfacher und würde mir wirklich helfen.«

»Okay«, sagte Lennart, »ich werde dir bei Gelegenheit etwas vorzaubern. Aber nicht jetzt. Dafür haben wir keine Zeit.«

Gegen Viertel vor elf erreichten sie die Västra Hamngata und parkten direkt vor der Nummer 6 im Halteverbot. Vor dem Haus stand ein Polizeifahrzeug und daneben der Dienstwagen von Maja Tysja. Auf der gegenüberliegenden Straßenseite wartete ein weiterer Wagen, den Lennart ebenfalls der Kriminalpolizei zuordnete. Es waren sicher die Beamten, die den Laden bewacht hatten, bis die Kollegen eben eingetroffen waren.

Sobald sie ausgestiegen waren, kam ein Uniformierter auf sie zugeeilt. »Sie können hier nicht parken …«, sagte er. Doch plötzlich hellte sich seine Miene auf. »Ach, Sie sind's, Herr Malmkvist. Kommen Sie, die Kommissarin ist noch drinnen.«

Nun erkannte auch Lennart den Beamten. Es war derjenige, der ihn über die wackelige Außentreppe zu Nilssons Versteck hinaufgeführt hatte.

Lennart steuerte auf die Eingangstür von *Bolmens Skämt- & Förtrollningsgrotta* zu. Noch während er darüber nachdachte, wie groß die Wahrscheinlichkeit war, in einer Stadt von der Größe Göteborgs in kurzer Zeit zwei Mal hintereinander ein und demselben Streifenpolizisten zu begegnen, wurde die Ladentür von innen geöffnet. Lennart sah sich Kommissarin Tysja gegenüber, und hinter ihr erhob sich drohend die Silhouette von Kommissar Svensson.

»Herr Malmkvist, da sind Sie ja endlich«, sagte Maja Tysja und funkelte ihn an. »Ich dachte schon, Sie hätten unsere Verabredung vergessen.«

»Und wer sind Sie?«, kam es scharf von hinten. Kommissar Svensson trat neben Frederik und beäugte ihn misstrauisch.

»Sandberg. Frederik Sandberg. Ich bin ein Freund und ehemaliger Arbeitskollege von …«

»Bei Kommissar Svensson stehen Freundlichkeit und Bürgernähe erst im nächsten Jahr auf dem Lehrplan«, erklärte Lennart an Frederik gerichtet. »Er meint es nicht so. Habe ich recht, Herr Kommissar?«

»Malmkvist, eines Tages werde ich Sie …«

»Genug!«, ging Kommissarin Tysja dazwischen. »Das ist ja wie im Kindergarten hier. Herr Sandberg ist mir vom Fall Buri Bolmen schon bekannt, Kollege Svensson. Beruhigen Sie sich jetzt bitte und begleiten Sie ihn zu unserem Auto. Und Sie, Herr Malmkvist, hören auf zu sticheln und begeben sich unverzüglich in Ihren Laden, um zu überprüfen, ob irgendetwas gestohlen wurde. Danach kommen Sie zu mir aufs Revier. Ich hätte ein paar Fragen an Sie. Und nein, das hat keine Zeit bis morgen …«, fügte sie hinzu, als sie bemerkte, dass Lennarts Motivation zu wünschen übrig ließ. »Es sei denn, Sie möchten die Zeugenaussage verweigern. Das wäre Ihr gutes Recht … und Ihres übrigens auch, Herr Sandberg. Niemand muss sich selbst oder andere belasten. Also, die Herren?«

»Kein Problem«, sagte Frederik. »Ist doch kein Problem, oder, Lennart?«

»Nein«, antwortete dieser. »Erzähl ruhig alles, was du gesehen hast. Ich komme in Kürze nach.«

»Haben Sie da etwa eine Puppe im Auto?«, fragte Kommissarin Tysja, während sie entgeistert zu Lennarts Wagen hinüberging.

»Jep«, sagte Frederik.

»Und was soll das?«, fragte die Kommissarin etwas verstört an Lennart gerichtet.

»Sie war ein Entführungsopfer.«

»Herr Malmkvist, tun Sie uns und sich selbst den Gefallen und reden Sie keinen Unfug«, zischte Maja Tysja. »Unser Dienst war lang, die Nacht ist kalt, und ich bin müde und hungrig. Also reizen Sie mich nicht, okay?«

»Es ist aber wahr«, sagte Lennart. »Jemand hat so getan, als ob sie eine lebende Frau wäre, und dann auf mich geschossen.«

»Geschossen?« Tysja trat noch näher an den Wagen heran.

»Jep«, kam es von hinten, denn auch Frederik und Kommissar Svensson waren stehen geblieben, um Lennarts Ausführungen zu hören.

»Ja. Mehrmals. Ein Schuss ging in den Scheinwerfer, wie Sie sehen.«

Tysja betrachtete kurz das zerborstene Scheinwerferglas und drehte sich dann wieder zu Lennart um. »Okay. Dann habe ich noch mehr Fragen an Sie. Und das Auto müssen wir als Beweismittel sicherstellen. Vielleicht steckt das Projektil noch irgendwo fest. Die Puppe muss ebenfalls untersucht werden.« Sie wies ihren uniformierten Kollegen an, beides zur Spurensicherung zu bringen, und nickte Frederik zu.

»Gehen wir, Herr Sandberg? Sie brauchen sich keine Sorgen zu machen. So ein sympathischer junger Mann wie Sie hat ja wohl nichts zu verbergen, oder?«

Sekunden später brauste ihr Wagen mit quietschenden Reifen davon.

Lennart blickte ihr nach und hatte das Gefühl, das alles schon einmal erlebt zu haben – was keine guten Erinnerungen in ihm weckte. Dieser Laden war schon zwei Mal Schauplatz eines Verbrechens gewesen. Und jetzt war Nilsson erneut hier eingebrochen. Leider hatte er dieses Mal wahrscheinlich gefunden, was er damals nicht bekommen hatte.

»Okay, Bölthorn, lass uns reingehen.« Lennart drehte sich schwungvoll um, und da stand plötzlich Maria Calvino vor ihm. Sie hatte sich in aller Eile, so schien es, ihren Daunenmantel über den Morgenrock gezogen und trug Pantoffeln aus dickem Filz. Die Locken standen ihr wild vom Kopf ab, und in ihren Augen lagen Furcht und Erleichterung zugleich.

»*Dio santo*, mein Lieber!«, rief sie. »Ich hatte schon Angst, es wäre etwas Furchtbares mit dir passiert, als die *polizia* gekommen ist. Niemand hat mir etwas gesagt. Das alles hat mich an den Tag erinnert, als Buri …« Sie wischte sich über die Augen.

Lennart ging zu ihr und drückte sie an sich. »Mit uns ist alles in Ordnung. Mir geht es gut und unserem Bölthorn auch. Es ist allerdings jemand in den Laden eingebrochen.«

»Schon wieder? Aber warum? Es ist doch nichts Wertvolles darin, oder?«, fragte Maria Calvino. Genaueres schien sie in diesem Zusammenhang gar nicht wissen zu wollen. »Aber da wir gerade über den Laden sprechen. Wir müssen unbedingt noch einmal über die Eröffnung reden. Komm am Sonntag zu mir zum Abendessen. Dann koche ich dir ein Probeessen. *D'accordo*? – Einverstanden?«

»Oh, das klingt toll. Aber ist das nicht zu viel Arbeit für Sie?«, wandte Lennart ein, der momentan wirklich anderes im Sinn hatte. Er wollte endlich in seinen Laden und nachsehen, ob das Pergament auch tatsächlich verschwunden war.

»Keine Widerrede, so machen wir's! Um acht Uhr bei mir, *va bene*?«

In diesem Augenblick fuhr der Schlüsseldienst vor, den die Polizei verständigt hatte, und nach mehreren Küsschen und Umarmungen konnte Lennart sich von seiner Nachbarin loseisen. Er ging mit Bölthorn zu dem Handwerker hinüber, der das Werkzeug schon aus seiner Tasche geholt hatte und gerade damit begann, ein neues Schloss in die Ladeneingangstür einzubauen.

»Hej«, sagte Lennart.

Der Mann trug eine russisch anmutende Kunstfellmütze, war schlecht rasiert und hatte den Mund voller Kautabak. »Ist das ’ne Art Mops?«, fragte er undeutlich und nickte kauend in Richtung Bölthorn.

Lennart bejahte die Frage.

»Meine Schwester hatte auch mal einen«, sprach der Mann weiter. »Ist aber schon tot.«

»Interessant«, sagte Lennart und hoffte, dass der Handwerker damit nicht die Schwester meinte. Lennart deutete auf die Stelle an der Tür, wo sich einmal das Schloss befunden hatte. »Hat das jemand aufgeschweißt?«

»Hm … das habe ich mich auch schon gefragt«, sagte der Mann und spuckte einen braunen, unappetitlichen Brocken in den Schnee. »Also, von weiter weg hätte ich meinen Arsch verwettet, dass es ein Schneidbrenner gewesen ist. Aber wenn ich mir das etwas genauer anschaue … Es sieht irgendwie seltsam aus.«

»Was meinen Sie damit?« Lennart beugte sich vor.

Der Mann holte eine Dose *Snus* aus seiner Tasche und steckte sich ein neues Stück Kautabak in den Mund.

»Also, gesprengt wurde das nicht«, sagte er schmatzend. »Keine Risse, keine Splitter, nichts verbogen. Es sieht eher aus, als wäre das Schloss komplett weggeschmolzen und dann einfach verdampft. So was hab ich noch nie gesehen.« Er blickte Lennart an und grinste, dass seine bräunlichen Zähne zu sehen waren.

»Sie erlauben?« Lennart schob sich an dem Mann vorbei und betrat mit Bölthorn den Laden.

»Nette Türglocke!«, stellte der Handwerker fest. »Ich mache das hier fertig und hau dann ab. Die Rechnung kommt per Post, und den Schlüssel lasse ich innen stecken. Und nicht vergessen abzuschließen, okay?« Er grinste wieder.

»Danke für den Tipp«, antwortete Lennart und ging in den Laden.

Lennart und Bölthorn begaben sich schnurstracks in die Werkstatt. Bohr- und Klopfgeräusche drangen gedämpft von außen herein, während Lennart zur Werkbank schritt und die Plasmalampe einschaltete.

Sobald die ersten violetten Blitze in der Glaskugel zu sehen waren, röchelte Bölthorn los: »Es ist durchaus möglich, dass der Mops seiner Schwester den Freitod gewählt hat, wenn sie vom gleichen Schlag war wie dieser Kerl da draußen.«

Lennart ignorierte diese Bemerkung und blickte sich hektisch in der Werkstatt um. »Hm, siehst du etwas? Hier wurde nichts angefasst, oder?«

»Macht den Eindruck, als wäre überhaupt keiner hier gewesen.«

»Nicht ganz«, sagte Lennart, während er zur Aktenwand hinüberging. »Verflixt, das habe ich mir doch gedacht.« Er zog den Ordner mit der Aufschrift ›Prospekte Scherzartikel I + II‹ heraus, der leicht verrückt im Regal stand.

»Ist das *der* Ordner?«, fragte Bölthorn, da er den Aktenrücken von unten nicht sehen konnte.

»Ja«, erwiderte Lennart mit finsterer Miene. »Und er ist leer. Nilsson hat es tatsächlich geschafft. Das Dunkle Pergament ist verschwunden. Zur Hölle, schlimmer konnte es nicht kommen! Ich habe als Wächter versagt.«

»Das stimmt«, brummte Bölthorn, »aber Nilsson kann es nicht gewesen sein. Nur ein geübter Zauberer wie Krähenbein beherrscht eine derart kraftvolle Magie wie die, mit der die Ladentür geöffnet wurde.«

Lennart sank niedergeschlagen auf den Werkstattstuhl.

»Aber das Runenmandala sollte das Dunkle Pergament doch vor Krähenbeins Zugriff schützen«, sagte er nachdenklich.

Bölthorn sah zu Lennart hinauf. »Ja, und das hat auch funktioniert. Krähenbein selbst konnte das Pergament im Laden nicht sehen. Das Schutzmandala war selbst für ihn zu mächtig. Doch ich vermute, dass er Hilfe hatte, jemanden, der ihm gesagt hat, wo er suchen muss …«

»Du meinst also, Krähenbein und Hendrik Nilsson arbeiten Hand in Hand?«, fuhr Lennart auf. »Nilsson beschafft ihm die Informationen, und Krähenbein holt sich die Dunklen Pergamente?«

»Denkbar«, knurrte Bölthorn. »Es ist aber auch möglich, dass jemand ganz anderes die Tür geöffnet hat.«

»Irgendwie läuft alles schief«, stellte Lennart niedergeschlagen fest. »Ich muss Buris Pergament unbedingt zurückhaben. Und ich will Nilsson, diesen miesen Verbrecher, finden! Komm, wir fahren zur Polizei. Oder hast du keine Lust und willst lieber hoch ins Körbchen?«

Bölthorn schüttelte seinen zerknautschten Mopskopf. »Auf gar keinen Fall«, röchelte er. »Ich will unbedingt miterleben, welche Geschichte du der Polizei gleich auftischst. Vielleicht hebt das ein bisschen die Stimmung.«

23. Kapitel

Das Verhör durch Tysja und Svensson hatte zweieinhalb Stunden gedauert, und Lennart musste sich Mühe geben, um am nächsten Morgen auf dem Weg zu Direktor Hellström nicht am Steuer seines Wagens einzunicken. Dabei hatte er gute Neuigkeiten für den Professor, denn sein Koboldproblem würde vielleicht bald ein Ende finden.

Bölthorn hatte es sich auf dem Rücksitz bequem gemacht und schnarchte röchelnd, dass seine Lefzen nur so bebten und die kurzen Stummelbeine zuckten. Er wirkte äußerst entspannt.

Das konnte Lennart nicht von sich behaupten. Zuerst die Schüsse des unbekannten Mannes mit der Henrietta-Hellström-Puppe und dann die furchtbare Erkenntnis, dass jemand Lennarts Dunkles Pergament aus dem Laden gestohlen hatte. Und als wäre das alles nicht genug, hatte Lennart auch noch bis spät in die Nacht neugierige Fragen von Tysja und Svensson beantworten müssen. Frederik war zu diesem Zeitpunkt glücklicherweise schon entlassen worden.

Auf die Frage hin, weshalb Lennart die Polizei nicht sofort informiert habe, erklärte er, dass er Henrietta Hellström habe retten wollen und dass er vermutet habe, Exkommissar Nilsson hätte ihn die ganze Zeit beobachtet.

Außerdem habe die Zeit gedrängt. Er zeigte den beiden Polizisten daraufhin die Textnachrichten, die mit an Sicherheit grenzender Wahrscheinlichkeit von Hendrik Nilsson stammten.

»Was ist das für ein Pergament, für das Nilsson anscheinend bereit war, über Leichen zu gehen?«, hatte Maja Tysja nachgehakt.

»Keine Ahnung«, hatte Lennart geantwortet, »es war schon im Laden, als ich ihn von Buri übernommen habe. Es sah sehr alt aus. Wahrscheinlich hat es einen hohen Marktwert.«

»Warum haben Sie uns nie davon erzählt?«, fragte Maja Tysja.

»Oh, hätte ich das tun sollen? Das tut mir leid. Ich dachte, es sei nicht so wichtig«, erwiderte Lennart.

Da der Polizei bekannt war, dass Buri Bolmen seinem bescheidenen Auftreten und seiner schlichten Lebensweise zum Trotz äußerst vermögend gewesen war und offenbar auch mit anderen wertvollen Dingen in seinem Laden gehandelt hatte, blieben weitere Nachfragen aus.

Gegen ein Uhr morgens hatten sie Lennart endlich entlassen, und er war nach Hause gefahren und ins Bett gefallen. Weit unangenehmer als der unerfreuliche Tag und das Verhör war allerdings die folgende Nacht gewesen.

Lennart erinnerte sich nur vage an die grauenhafte Begegnung. Der Leierkastenmann war ihm in einem Albtraum erschienen, dieser alte Bekannte, der gern Schwarz trug und eine Vorliebe für Untergangsszenarien zu haben schien. Denn wann immer er sich auch zeigte, blieb stets ein modriger Geruch zurück.

Plötzlich hupte es vor Lennart auf der Straße.

Er schreckte aus seinen Gedanken hoch und trat instinktiv auf die Bremse. Sein Volvo rutschte einige Meter über den festgefahrenen Schnee. Erst kurz vor dem anderen Auto kam er zum Stehen. Beinahe hätte es gekracht, und Lennart wäre definitiv schuld gewesen, weil er die Vorfahrt missachtet hatte. Der wild gestikulierende Fahrer des anderen Wagens tobte hinter der beschlagenen Windschutzscheibe. Lennart hob entschuldigend die Hand, setzte zurück und ließ ihn vorbeifahren. Im Rückspiegel erschien Bölthorns zerknautschtes und vorwurfsvolles Gesicht – er musste während der abrupten Bremsaktion unsanft geweckt worden sein.

»Entschuldige«, murmelte Lennart und setzte seinen Weg fort.

Der Leierkastenmann … Wer war dieser düstere Kerl wirklich? Er verfolgte Lennart im Traum und in der Wirklichkeit, hatte ihm mehr als einmal schon mit dem Untergang gedroht und ihm doch das Leben gerettet, als Hendrik Nilsson ihn im Laden erschießen wollte.

Lennart war mitten in der Nacht völlig verwirrt aufgestanden. Todmüde und den Schreck des Albtraums noch in den Gliedern, war er mit Bölthorn hinunter in den Laden gewankt. Dort hatte er sich den Elfenstein und das Zauberkochbuch geschnappt und bis zum Anbruch der Dämmerung Zaubersprüche geübt. Es waren Formeln, die ihm der Leierkastenmann im Schlaf genannt hatte.

Seither pulsierte der magische Stein, als wäre ein mächtiger Zauber in ihm gefangen, der ungeduldig darauf wartete, befreit zu werden. War es vernünftig, dem Leierkastenmann und seinen Zaubersprüchen zu vertrauen? Doch Lennart ahnte, dass ihm gar nichts anderes übrig blieb.

Als Lennart am Linnéplatsen aus seinem Wagen stieg und zum Museum ging, weckte die Kälte des eisigen Tages seine Sinne. Auch Bölthorn schien wieder Kraft gefunden zu haben und trottete rasch neben Lennart her. Der Tag wirkte weiß und grau, und es waren nur wenige Menschen im Park unterwegs. So kurz vor Weihnachten war man eher in den Kaufshäusern der Innenstadt unterwegs und gab sein Geld für Geschenke aus und nicht für Museumsbesuche.

Insgeheim hoffte Lennart, dass auch bei der Wiedereröffnung von *Bolmens Skämt- & Förtrollnungsgrotta* am Mittwoch ordentlich eingekauft werden würde, damit er sein Problem mit dem Finanzamt bis zum Zahltag Ende Januar lösen konnte.

Lennart und Bölthorn ließen das Naturhistorische Museum rechts liegen und begaben sich auf den schmalen Weg um das Gebäude herum.

Als sie das Gartentor von Professor Hellströms Haus erreicht hatten, stutzte Lennart. Der Museumsdirektor stand in hautenger neongelber Freizeitkleidung in seinem Vorgärtchen und machte Kniebeugen.

Er hatte Lennart und Bölthorn ebenfalls entdeckt.

»Oh, hihi. Wenn das mal nicht der Herr Malmkvist in Begleitung seines liebenswürdigen Mopstieres ist.«

»Hallo, Herr Professor. Geht es Ihnen gut?«, fragte Lennart besorgt und ging auf den dürren Mann zu.

Hellström unterbrach seine Gymnastik.

»Ei, gewiss doch. Sehen Sie selbst, wie geschmeidig ich bin. Ich führe täglich zwei Mal diese Leibesertüchtigung durch, sofern es mir zeitlich möglich ist. Prima, nicht wahr?«

»Und was macht Ihr wunderlicher Besuch?«, fragte Lennart.

Der Professor nahm seine Übungen wieder auf, indem er mit ausgestreckten Armen kerzengerade in die Hocke ging und sich dann wieder erhob.

»Ach, der Kobold?«, rief er so laut, dass Lennart sich umsah, ob auch niemand da war, der das hören konnte.

Er trat noch näher zu Herrn Hellström ans Gartentor.

»Ich habe keine Ahnung«, sagte der Professor. »Ich habe ihm Unmengen von Fleisch besorgt. Doch ich sehe ihn kaum noch.« Wieder unterbrach Hellström seine Kniebeugen. »Aber was machen Sie eigentlich hier?«

»Können wir ins Haus gehen, Herr Professor?«, fragte Lennart.

»Ja, ich bin gerade fertig geworden.« Hellström schwitzte und war leicht außer Atem. »Kommen Sie, und auch das nette Mopstier kann gerne mit. Hihi.«

Der Professor wickelte sich ein kleines Handtuch um den Hals und verschwand im Haus. Lennart und Bölthorn tauschten einen Blick, ehe sie ihm folgten.

Im Wohnzimmer sah Lennart, dass im Hause Hellström tatsächlich alles in Ordnung war, denn dafür, dass hier ein verwirrter Wissenschaftler mit einem fleischgierigen Kobold lebte, sah es einigermaßen aufgeräumt aus. Kein Vergleich zu früheren Zeiten jedenfalls.

»Haben Sie Nachricht von meiner Henrietta?«, fragte Hellström, und Lennart wurde es ganz schwer ums Herz, als er in die Augen des alten Mannes blickte.

»Nein, Herr Professor, leider nicht. Bisher gab es nur eine … eine falsche Fährte.«

»Oh, wie schade«, sagte Hellström und verstummte.

»Aber keine Sorge, ich gebe nicht auf«, sagte Lennart. »Zuerst werden wir Sie jedoch von Ihrem ungebetenen Besuch befreien.«

Lennart hakte sich bei ihm unter und führte ihn in die Küche, wo sie sich an den Tisch setzten.

»Svartalf!«, rief Lennart. »Komm her und zeige dich!«

Nichts geschah. Kobolde konnten offenbar widerborstig und sturer als ein Esel sein. Zumindest wenn sie Svartalf hießen.

»Jetzt komm schon! Ich habe vielleicht eine Lösung für dich und Vanadia«, rief Lennart. Als er keine Antwort bekam, überlegte er kurz. »Okay, wie du willst. Dann kriegt Bölthorn eben das Rinderfilet.«

Er hielt inne und lauschte. Hatte es da geraschelt? Hatte er einen Luftzug gespürt? Etwas Magisches? Blitzschnell zog er seinen Zauberstab hervor und schleuderte einen Sichtbarkeitszauber in den Raum, sodass Svartalf völlig überrascht neben dem Küchentisch auftauchte. Zu guter Letzt ließ Lennart auch noch einen Fesselungszauber auf ihn los.

»He, was soll das? Das war nicht nötig«, meckerte Svartalf. »Von wegen Filet! Du hast ja gar kein Filet! Lass mich! Sofort!«

Der Kobold zappelte wie wild umher und fuchtelte wütend, aber hilflos mit den Armen. Seine Füße waren wie mit magischem Sekundenkleber an Professor Hellströms Küchenfliesen festgeklebt.

»Er schreit recht viel«, stellte der Professor fest.

»Betrüger, Betrüger!«, rief Svartalf. »Erst das Koboldfangrezept und nun eine Fleischlüge und diese hinterhältige Zauberei.«

»Hörst du mir jetzt endlich zu, Svartalf?«, sagte Lennart.

»Meinetwegen.«

»Dein Gemecker ist ja kaum zu ertragen«, schimpfte Lennart. »Pass auf. Ich weiß nun, wie du dich mit deiner Frau einigen kannst. Wenn mein Plan aufgeht, werdet ihr beide glücklich bis ans Ende eurer Tage im Trindemossen zusammenleben. Interessiert?«

Svartalf fixierte Lennart ungläubig. »Ist das auch kein Trick? Oder stammt diese Idee von Vanadia, und sie will mich mit ihren beiden Wächtern am Eingang ihres Reichs in eine Falle locken? Mit denen ist nicht gut Kirschen essen!«

»Das ist mir bekannt«, sagte Lennart. »Aber es ist kein Trick, wirklich nicht. Und die Idee stammt von mir. Na ja«, räumte Lennart ein, »also quasi von mir.« Er verzichtete darauf, zu erwähnen, wem er diese Eingebung tatsächlich zu verdanken hatte. Knöcherne Skelettfinger, glühende Augen und kakofonische Leierkastenmusik passten nicht hierher. »Also, was ist jetzt? Willst du die Frau deines Herzens zurückerobern oder weiter herumzetern und jammern wie eine Kobold-Memme?«

Svartalf blickte Lennart ratlos an und kratzte sich mit seinen riesigen Händen hinter den noch größeren Ohren. Dann strich er sich durch den ellenlangen Bart mit den zwei Zöpfen.

»Na gut. Ich vertraue dir. Aber könntest du mich bitte zuerst freilassen? Mich juckt's unter dem rechten Fuß, und der klebt am Küchenboden fest ...«

Mit einer Bewegung seines Zauberstabs löste Lennart den Fesselungszauber auf, und Svartalf knetete sich unverzüglich die Fußsohle.

»Tolle Sache, so ein Zauberstab«, sagte Professor Hellström. »So was sollte jeder haben.«

»Lieber nicht, Herr Professor«, sagte Lennart und dachte dabei an Leute wie Nilsson.

Der Kobold kam näher zu Lennart. Er roch äußerst streng – es war eine eigenartige Mischung aus in der Sonne getrocknetem Dorsch, Tabak und Limone. »Was soll ich tun?«, fragte Svartalf.

»Komm mit mir«, erwiderte Lennart. »Ich bringe dich nach Hause zu deiner Frau.«

24. Kapitel

Es war dunkel, verflucht kalt und ungemütlich im Trindemossen. Lennart und Svartalf hasteten zwischen den dicken Stämmen der Bäume durch den Schnee. Sie kamen rasch voran, weil Svartalf den Weg gut kannte und Lennart Bölthorn bei Professor Hellström zurückgelassen hatte. Kurze Mopsbeine eigneten sich definitiv nicht für nächtliche Tiefschneespaziergänge in verhexten Feenwäldern.

Eine halbe Stunde nachdem sie vom Museum aufgebrochen waren, hatten sie ihr Ziel erreicht. Svartalf zog Lennart mit seinen behaarten Koboldfingern hinter den Stamm eines Baumes.

»Wir sind da. Dort drüben ist es«, sagte er leise. »Besser, du sagst mir jetzt, wie Vanadia und ich wieder zusammenkommen können – ehe uns die Wächter bemerken.«

Er nickte in Richtung der beiden sich kreuzenden Buchen, aus denen selbst jetzt, im tiefsten Winter, grüne Frühjahrstriebe und junge Blätter sprossen. Die Bäume waren deutlich im Mondlicht zu erkennen, und auch das liebliche Geträller der beiden Singvögel, die im Geäst herumhüpften, drang gut hörbar an Lennarts Ohr. Diese possierlichen und scheinbar harmlosen Tiere konnten ihn allerdings nicht noch einmal täuschen. Er zog mit der einen Hand seinen Zauberstab hervor und mit der anderen einen Gegenstand aus seiner Tasche, der in ein Tuch gewickelt war und gerade noch in seine geschlossene Faust passte. Er hielt ihn Svartalf hin, der seine Finger gierig danach ausstreckte.

»Hier ist des Rätsels Lösung. Ein Elfenstein«, flüsterte Lennart.

»Ein *ðrynhraun?*«, zischte der Kobold beinahe etwas zu laut. Er zog die Hand erschrocken zurück, als hätte er an eine heiße Herdplatte gefasst. »Bei allen Geistern und Trollen! Das ist mächtige Magie. Man muss sehr vorsichtig damit sein.«

»Ich weiß«, versuchte Lennart ihn zu beruhigen. »Ich habe ihn mit einem ganz speziellen Zauber für dich belegt. Das sollte klappen. Hoffe ich zumindest.«

Svartalf streckte seine behaarte Hand vorsichtig wieder aus. »Was ist das für ein Zauber?«

»Ich habe ihn aus demselben Kochbuch wie das Rezept für den Brei, mit dem wir dich gefangen haben«, sagte Lennart. »Mit diesem Stein wird dir alles, was du isst, vorkommen wie das wunderbarste Fleischgericht, solange der *ðrynhraun* deine Haut berührt. Du kannst ihn mit diesem Lederriemen wie ein Amulett um den Hals tragen.«

Mit diesen Worten reichte er dem Kobold den Elfenstein.

Svartalf glotzte Lennart mit weit aufgerissenen Augen an. »Ich kann essen, was ich will, und es schmeckt nach Fleisch?«

»Ja. Iss Hirsebrei und denk an Fleischwurst. Es wird genau so schmecken. Iss Hafergrütze und denk an ein fettes Stück Rumpsteak – voilà! Verstehst du die Macht dieses

Zaubers? Damit wird dir künftig alles munden, was Vanadia dir im Reich von Trindemossen an Grünzeug auftischt.«

»Ein *ðrynhraun* kann retten, ein *ðrynhraun* kann töten ...«, murmelte Svartalf. »Was ist, wenn es nicht klappt? Oder wenn Vanadia den Schwindel eines Tages bemerkt? Sie kann furchtbar böse werden, wenn man sie hintergeht.«

Lennart dachte an die Fee zurück und die gefährliche Aura, die von ihr ausging. Doch er versuchte Svartalf und sich selbst zu beschwichtigen. »Selbst wenn sie es irgendwann herausfindet, wird es sicher gut ausgehen. Sie liebt dich doch und wird dir rasch verzeihen. Insbesondere weil kein Tier mehr durch dich in ihrem Reich zu Schaden kommt. Das ist ihr doch das Wichtigste.«

»Dein Wort in Odins Ohr«, flüsterte Svartalf. Es klang wenig überzeugt. Er straffte die knochigen Schultern, wickelte den Elfenstein aus dem Tuch und streifte sich den Lederriemen über. »Nun lass uns gehen. Svartalf kehrt heim«, sagte er mit einem Lächeln und huschte wieselflink zum Eingang von Trindemossen hinüber.

Lennart hatte echte Mühe, ihm zu folgen.

Keine zehn Schritte von den beiden Buchen entfernt hielten sie inne. Die Vögelchen hatten Svartalf und Lennart bemerkt. Sofort unterbrachen sie ihr Getschilpe und blickten die Ankömmlinge prüfend an. Und wie schon bei Lennarts erstem Besuch erfolgte urplötzlich eine mächtige, aber vollkommen geräuschlose Explosion. Doch diesmal war er vorbereitet und hatte sich mit einem Schutzzauber gewappnet. Auch Svartalf schien das erwartet zu haben – er war rechtzeitig hinter einem umgefallenen Baum in Deckung gegangen und blieb dort, bis die Verwandlungsdruckwelle der beiden Wächter ganz über ihn hinweggefegt war.

Nun stand er wieder auf und begrüßte sie: »*Hej*, ihr Wächter! Ich bin es, Svartalf, lasst mich ein!«

»Soso, der Kobold kehrt heim, wie?«, dröhnte es durch den nächtlichen Wald. »Darf er das denn überhaupt?«

»Mut hat er ja«, sagte der zweite Wächter.

»Stimmt, aber es sind schon bedeutend mutigere Männer hier ums Leben gekommen«, sagte der erste.

Beide lachten. Mit einem Mal wurde der Bereich unter den beiden Buchen in ein rotgoldenes Licht getaucht, als würde die Sonne gerade untergehen. Die beiden etwa drei Meter großen Wächter mit ihren Rüstungen aus roten Vogelfedern und vergoldetem Metall wurden sichtbar. Der eine stützte sich gelangweilt auf seine Axt, der andere auf seinen mächtigen Streithammer.

»Treibt nur eure Scherze mit mir!«, rief Svartalf, während er einige Schritte auf die Furcht einflößenden Wesen zuging.

»Schau mal«, sagte die Streitaxt und deutete über den Kobold hinweg auf Lennart. »Der begabte Zauberlehrling aus Göteborg ist auch wieder dabei.«

»Tatsächlich«, sagte der andere. »Wo hat er denn den dicken Sprechmops gelassen?«

Wieder lachten die Wächter herzhaft wie Männer am Stammtisch nach der vierten Runde Bier über einen anzüglichen Witz. Dann steckten sie die Köpfe zusammen und tuschelten angeregt.

Schließlich fragten beide wie aus einem Munde: »Ihr wollt zu Königin Vanadia?«

»Was sollte ich sonst hier wollen?«, rief Svartalf genervt.

Lennart hielt den Zauberstab verdeckt. Was auch immer hier gleich geschehen würde, er wollte vorbereitet sein.

»Na gut«, sagte der mit dem Hammer und zuckte die Achseln.

»Soll uns recht sein«, sagte der andere beiläufig.

»Wie?«, fragte Lennart. »Müssen wir heute keine Fragen beantworten?«

»Also, wenn du darauf bestehst …«, sagte der mit der Streitaxt.

Dann lachten beide wieder dröhnend.

»Nein, nein!«, rief der andere. »Sollte nur ein Spaß sein. Kommt getrost herein. Wir sind schon gespannt, wie das Ganze mit Svartalf und der Herrin ausgeht. Liebesgeschichten können derart aufwühlend sein, nicht wahr?«

Dann beugte sich der andere Wächter tief zu Svartalf hinunter und flüsterte: »Toi, toi, toi!« Dabei klopfte er dem Kobold so fest auf die Schulter, dass dieser fast zusammenbrach.

Der andere sagte: »Viel Glück! Ihr könnt's wahrlich gebrauchen.«

Die Wächter lachten noch einmal, und dann bildeten sich wie aus dem Nichts zwei wirbelnde Strudel über ihren geflügelten Helmen, die immer größer wurden und die beiden schließlich verschluckten und mit einem Lichtblitz zurück in ihre Vogelgestalten verwandelten. Die Vögel flogen um Lennart und Svartalf herum – schneller, immer schneller –, bis sie aussahen wie rotgoldene Schlieren. Dann öffnete sich unter den gekreuzten Buchen der Eingang zu Vanadias Herrschaftsgebiet. Lennart und Svartalf schritten hindurch und befanden sich einen Augenblick später im Reich von Trindemossen.

Und ehe sie sichs versahen, tauchte Vanadia vor ihnen auf.

Heute war die Fee in ein blutrotes Gewand gehüllt, das ihren Körper zart umschmeichelte, und die Pixies, die um sie kreisten, zogen passend zur Feenbekleidung glühend rote Bahnen hinter sich her.

»Du wagst es?«, rief Vanadia böse.

Lennart stellte erleichtert fest, dass nicht er gemeint war, und sah erstaunt zu Svartalf hinüber – der Kobold hatte sich wie von Zauberhand in einen riesigen Kerl mit blonden langen Haaren verwandelt, der Lennart um gut einen Kopf überragte. Er trug die Kleidung eines Edelmannes längst vergangener Zeiten. So trat Svartalf Vanadia kühn entgegen, die heute nicht ihren besten Tag zu haben schien.

»Liebes, ich will dir etwas verkünden«, säuselte er. »Ich bin zurück, um dir zu schwören, dass ich von nun an dem Fleischgenuss entsagen will. Nichts, was je im Reich von Trindemossen gelebt hat, soll fürderhin in meinen Magen gelangen, so wahr ich hier stehe.«

Lennart beobachtete die Feenkönigin, die perplex den Worten des ehemaligen Kobolds lauschte.

Sie räusperte sich. »Meinst du das ernst, mein Svartalf?«, fragte sie mit ungewohnt sanfter Stimme, und mit jeder Silbe verblasste das blutige Rot ihrer Kleidung und verwandelte sich mehr und mehr in ein strahlendes Weiß. Mit einem Fingerzeig bedeutete sie den Pixies, sich zu entfernen. Die kicherten, winkten ihrem Vater heimlich zu und flogen davon.

»Svartalf …«, sagte Vanadia, »Sprichst du auch wirklich die Wahrheit?«

»Ja«, sagte dieser mit fester Stimme. Er griff nach Vanadias Hand und führte sie zärtlich an seine Lippen.

Lennart konnte es kaum fassen. Der bis vor wenigen Augenblicken noch unansehnliche Kobold hatte sich zu einem hübschen Märchenprinzen gemausert, und er benahm sich auch so. Magie, das spürte Lennart nicht zum ersten Mal, konnte neben aller Gewalt und Grausamkeit auch Wunderbares bewirken.

Vanadia lächelte verliebt. Sie war ihrem Svartalf offensichtlich verfallen. Die Fee strich dem Kobold über die schulterlangen Haare.

»Du hast sicher Verständnis dafür, dass ich dich prüfen muss, mein Herz«, säuselte Vanadia. Das klang schon etwas weniger verliebt, eher berechnend, mit einem Anflug von Herrschsüchtigkeit.

»Vertraust du mir etwa nicht?«, fragte Svartalf.

»Ich liebe dich, und meine Kinder sind die deinen«, sagte Vanadia ausweichend.

Da hüstelte Lennart. »Ich bin in Eile und müsste jetzt los«, sagte er zu den beiden.

Vanadia kam auf Lennart zu. Das Weiß ihres Kleides ergraute. »Ja, richtig. Eure Belohnung. Die hätte ich beinahe vergessen.« Sie lächelte kühl. »Sofern es wirklich stimmt, was mein Gemahl behauptet, erhaltet Ihr zum Lohn zwei Dinge zur Auswahl. Entweder ich sage Euch, wie Ihr Euren Liebesfluch ein für alle Mal loswerdet, oder ich helfe Euch großzügig, Euch Eurer gegenwärtigen weltlichen und magischen Sorgen zu entledigen.« Vanadia schwebte vor Lennart in der Luft. Ihre Augen funkelten wie die Spitze eines glühenden Dolches. »Bedenkt, ich bin vielleicht die Einzige, die Euch jemals sagen kann, wie Ihr

Euch ohne Eure furchtbaren Leiden verlieben könnt, die damit stets einhergehen. Und die Lösung liegt so nah vor Euch. Beinahe amüsant, wenn es nicht so tragisch wäre.« Die Feenkönigin lächelte milde. »Andererseits benötigt Ihr dringend Geld, müsst die Dunklen Pergamente finden und braucht magische Macht für Euren Kampf gegen Krähenbein. So etwas nennt man eine Zwickmühle …«

»Ihr wisst von meinem Liebesfluch?«

»Ich bitte Euch«, sagte Vanadia und lachte kurz auf. »Ich bin eine Fee, und außerdem nicht irgendeine.«

Dann schwebte sie einige Meter zurück und verschränkte die Arme. »Wählt jetzt. Rasch, bevor ich mein Angebot zurückziehe.«

Lennart dachte angestrengt nach. So verlockend es auch war, den Fluch loszuwerden … Er konnte nicht anders.

»Ich wähle die zweite Belohnung«, sagte Lennart.

»Respekt«, sagte Vanadia voller Bewunderung. »In Euch fließt wahrlich das Blut eines Auserwählten. Ich lasse von mir hören … Und nun verschwindet!«

Sie malte mit wirbelnden Händen unsichtbare Runen in die Luft. Immer schneller. Bis der Feuerball, der daraus entstand, Lennart erfasste und es wieder dunkel um ihn herum wurde.

25. Kapitel

Der Zauberer hatte graue, lockige Haare und trug einen äußerst langen gezwirbelten Schnurrbart, der ihm ein elegantes Aussehen verlieh. Seine Hände steckten in weißen Handschuhen, die sich strahlend vor dem Hintergrund seines dunklen Frackes und der längst hereingebrochenen Dunkelheit auf der Straße abhoben. Bedächtig und mit äußerst konzentriertem Gesichtsausdruck nahm er seinen Zylinder ab, drehte ihn um und stellte ihn mit der Öffnung nach oben vor sich auf den Tisch. Der Hut war tiefschwarz und glänzte, als hätte man ihn mit Schellack überzogen.

Nun tippte der Magier mit seinem Zauberstab auf den Rand des Zylinders. »Abrakadabra Simsalabim«, sagte er, schnippte mit der freien Hand und zog kurz darauf ein Kaninchen aus dem Hut. Er setzte das Tier vorsichtig auf das bordeauxrote und mit goldenen Sternen bestickte Tischtuch und verbeugte sich rundum mit einem Beifall heischenden Gesichtsausdruck.

Tatsächlich klatschten alle Gäste, die sich auf der Västra Hamngata vor Lennarts Laden zur großen Wiedereröffnungsfeier eingefunden hatten, begeistert in die Hände. Es waren gut und gerne dreißig interessierte Zuschauer, die den Künsten des engagierten Zauberers im Licht der aufgestellten Scheinwerfer folgten. Lennart sah zu Boden, wo Bölthorn hockte, der gelangweilt den Kopf schüttelte und einmal deutlich hörbar schmatzte. Es klang ein wenig verächtlich.

»Hast du das gesehen?«, rief Lennarts Mutter begeistert und kam zu ihrem Sohn geeilt. »Wo ist das Kaninchen bloß hergekommen? Der Typ ist einfach klasse! Ich möchte mal wissen, wo dein Vater den aufgetrieben hat. Tolle Überraschung, nicht wahr, Lennart?«

»Ja, absolut. Ich wäre nie im Leben darauf gekommen, einen … Illusionisten für die Ladeneröffnung zu buchen«, antwortete er ehrlich.

»Du meinst, einen Zauberer? Gern geschehen«, sagte Stefan Malmkvist, der sich seinen Weg durch die Schaulustigen und Kunden gebahnt hatte und zu seiner Frau und seinem Sohn gestoßen war. »Mit so einem Trödelladen wird man sicher nicht reich, da soll doch wenigstens die Einweihungsfeier einen gewissen Glanz bekommen, nicht wahr?«

Bevor Lennart etwas darauf entgegnen konnte, ertönte plötzlich eine fröhliche Stimme aus der Menschenmenge.

»*Hejhej* und einen wunderschönen guten Tag!«

»Herr Professor!«, sagte Lennart. »Wie schön, dass Sie es einrichten konnten. Darf ich Ihnen meine Eltern vorstellen?«

»Oh, Sie haben Eltern? Wie toll! Ich hatte auch mal welche, aber das ist lange her. Hihi. Dennoch und gerade deshalb: Sehr angenehm, Titus Hellström mein Name.« Er schüttelte zuerst Lennarts Mutter, dann dem Vater die Hand.

Der musterte skeptisch die knallrote Pudelmütze und

den monströsen Schal des Direktors. »Welches Fach lehren Sie denn?«

»Ich bin Paläontologe und Historiker. Frühgeschichte und derlei Dinge«, sagte der Professor. »Toll, was?«

»Und woher kennen Sie meinen Sohn?« Stefan Malmkvists Gesicht war anzusehen, dass er den wirren Mann für äußerst eigenartig hielt und krampfhaft nach einer Verbindung zu Lennart suchte.

»Jetzt sei doch nicht so neugierig«, sagte Frau Malmkvist leise und stieß ihren Mann in die Seite.

»Reiner Zufall, will ich meinen. Ich bin nämlich der Direktor des Naturhistorischen Museums hier in Göteborg«, sagte Professor Hellström nicht ohne Stolz. Dann hob er den Zeigefinger in die Höhe. »Ihr Sohn kam eines schönen Tages vorbei und hat mich alsbald in Koch- und Koboldfragen beraten. Recht gut, wie ich meine, denn …«

Lennart zog den Professor beiseite und senkte seine Stimme. »Das muss nicht jeder wissen, Herr Professor. Das behalten wir besser für uns, in Ordnung? Ist Svartalf denn immer noch fort?«

»Ja, hihi«, tuschelte der Professor zurück. »Weg ist er. Seit dem Tag, als Sie … na, Sie wissen schon.«

»Das könnte ein gutes Zeichen sein«, überlegte Lennart halblaut. »Oder Vanadia hat ihn …«

»*Hej*, Herr Malmkvist.«

Lennart blickte auf. Er kannte diese Stimme. Es war Maja Tysja, die plötzlich vor ihm stand.

»Ich habe von Ihrer Wiedereröffnung aus der Zeitung erfahren. Das wollte ich mir natürlich nicht entgehen lassen. Sie haben ja einen echten Magier engagiert«, sagte Tysja und deutete auf den Zauberkünstler, der gerade einer hilflos dreinschauenden Passantin unter dem Applaus der Zuschauer meterweise buntes Papierband aus der Jackentasche zog.

»Es ist übrigens kein Magier, sondern ein Illusionist. Den hat mir mein Vater zur Feier des Tages spendiert«, sagte Lennart.

»Oh, sind Ihre Eltern da?«

»Ja. Darf ich vorstellen … mein Vater, meine Mutter. Kommissarin Maja Tysja.«

»Kommissarin?«, wunderte sich Stefan Malmkvist und reichte Maja Tysja die Hand.

»Ja, ich leite die Abteilung für Kapitaldelikte bei der Göteborger Kriminalpolizei«, erklärte sie. »Aber keine Bange, heute bin ich ausnahmsweise privat hier.«

»Heute? Ausnahmsweise? Kapitaldelikte?« Stefan Malmkvist hatte offenbar das Aussehen und das Verhalten Professor Hellströms noch nicht restlos verdaut, sodass ihn diese weiteren, aus seiner Sicht erklärungsbedürftigen Informationen überforderten. »Was um alles in der Welt hat denn die Kriminalpolizei mit … Lennart, kannst du mir das erläutern?«

Plötzlich ertönte tosender Beifall. Der Zauberkünstler hatte seinen Auftritt beendet und verbeugte sich mehrfach.

Die Eröffnung verlief hervorragend, und Frederik verkaufte erstaunlich gut. Es machte Lennart große Freude zu sehen, dass Buris Erbe vom Publikum so positiv angenommen wurde. Im Laufe des Tages waren trotz der Kälte über einhundert Besucher vorbeigekommen, und Lennart wünschte sich mehr als einmal den alten Bolmen an seine Seite, um ihm zu zeigen, wie er das weiterführte, was dieser einst begonnen hatte. Anders als sein eigener Vater, der den Laden nicht ernst nahm, hätte Buri die Feierlichkeiten sicher mit funkelnden kleinen Augen beobachtet, verschmitzt hinter seinem grauen Dumbledore-Bart gelächelt und Lennart schließlich anerkennend auf die Schulter geklopft.

Es war acht Uhr, als Lennart den öffentlichen Teil der Veranstaltung beendete und die Ladentür von innen zusperrte. Nun tischte Maria Calvino ihr reichhaltiges Buffet mit italienisch-schwedischen Speisen für die geladenen Gäste auf. So gab es unter anderem Basilikum-*Köttbullar* mit Tomatencremesoße, Ravioli, die mit Rentierfleisch, Rosmarin und Ricotta gefüllt waren, und Elchinvoltini mit Parmaschinken – es war eine Augenweide und ein Festschmaus. Maria wurde von allen gelobt und schien sich nicht nur mit Professor Hellström, sondern auch mit Lennarts Mutter bestens zu verstehen.

Auch Bölthorn gefiel das Fest ausgesprochen gut. Alle streichelten ihn freundlich, und jeder versorgte ihn mit Resten von seinem Teller, insbesondere Professor Hellström und Maria Calvino, die den Mops anhimmelten.

Plötzlich kam Maja Tysja mit einem Sektglas in der Hand zu Lennart. »Wo ist eigentlich Ihre Freundin?«, fragte sie. »Ist die heute gar nicht gekommen?«

»Emma?«

Tysja lächelte. »Haben Sie denn noch eine andere?«

»Ich weiß nicht mal, ob ich überhaupt eine habe«, murmelte Lennart nachdenklich.

»Sie sind ein verschlossener Typ und ein komischer Kauz«, stellte Tysja fest.

»Na, zum Glück tragen Sie dafür Ihr Herz auf der Zunge«, erwiderte Lennart und stieß mit ihr an. »Auf alles, was wir lieben. *Skål.*«

Es klopfte an der Ladentür.

»Entschuldigen Sie«, sagte Lennart zu Maja Tysja.

Als er sah, wer draußen wartete, staunte er nicht schlecht. Advokat Isaksson stand auf dem verschneiten Treppenabsatz. Und neben ihm eine strahlende Emma.

»Advokat Isaksson? Wie kommen Sie denn hierher…? Und mit dir hätte ich auch nicht gerechnet, Emma! Ach … kommt doch beide herein. Schön, dass Sie … ihr da seid!«

»Meine Sekretärin hat mir die Einladung weitergeleitet, und ich habe meinen Urlaub eigens zwei Tage früher abgebrochen als ursprünglich geplant«, schnarrte Isaksson.

»Das ist wirklich nett von Ihnen«, sagte Lennart.

Der Anwalt schüttelte Lennart kurz und fest die Hand. »Wir müssen uns dringend unterhalten«, flüsterte er ihm zu, während er sich an Lennart vorbei in den Laden drängte. »Ich habe interessante Dinge herausgefunden.«

Lennart nickte verhalten, dann half er Emma aus der Jacke. »Du hast gar nicht Bescheid gesagt und nicht auf meine E-Mail geantwortet«, sagte er und lächelte etwas unbeholfen.

Emma erwiderte sein Lächeln. »Ich wusste nicht, ob ich heute schon entlassen werde. Und auf dem Weg hierher bin ich zufällig diesem komischen kleinen Mann begegnet.«

»Er ist mein Anwalt«, erklärte Lennart. »Die Überraschung ist dir jedenfalls gelungen.« Er küsste sie sanft auf die Wange und führte sie in den Laden, um sie und Cornelius Isaksson den anderen Gästen vorzustellen.

Mit einem Mal rief Professor Hellström: »Ein Hoch auf Lennart Malmkvist und seinen Laden! Erfolg und Glück allezeit!« Er begann in die Hände zu klatschen, und alle anderen fielen mit ein.

Lennart war gerührt. Da kam Frederik mit einem Geschenk auf ihn zu und hielt es Lennart freudestrahlend hin.

Der Beifall legte sich, und die Umstehenden traten neugierig näher heran. Sie bildeten einen Halbkreis um Lennart, der die Schleife öffnete und sich am Papier zu schaffen machte. Alle Blicke waren auf die Pappschachtel von der Größe eines Schuhkartons gerichtet, die Lennart bald vom Einband befreit hatte.

Als er schließlich den Deckel aufklappte und den Inhalt hervorholte, machte sich Enttäuschung breit.

»Interessant«, bemerkte Lennarts Vater, während die Mutter skeptisch die Stirn runzelte.

Maria Calvino bemerkte: »Das kann man ganz bestimmt irgendwie verwenden.«

Es gab nur drei Anwesende, die sofort erkannten, dass die Köchin – ohne es zu wissen – recht hatte: Bölthorn, Cornelius Isaksson und Lennart selbst.

Er hielt nämlich das Orakel in der Hand, die verrostete Keksdose, die Frederik zuerst verkauft hatte und die nun auf unergründlichen Wegen wieder aufgetaucht war.

Lennart schüttelte freudestrahlend und fassungslos den Kopf. »Frederik, wo hast du die her? Der Kerl hat behauptet, sie wäre in der Schrottpresse gelandet.«

»Ja, ich weiß«, sagte Frederik. Ihm war deutlich anzumerken, dass er sich über die gelungene Überraschung mindestens genauso freute wie Lennart. »Ich war auch ganz baff, als er mir nach deinem Anruf eine E-Mail geschickt hat. Er habe das ›Blechding‹ wiedergefunden, weil seine Frau es doch nicht weggeschmissen, sondern nur versteckt habe. Wir könnten es wiederhaben, wenn wir wollten. Ich weiß zwar immer noch nicht, was du mit einer verrosteten Keksdose willst, aber ich weiß, wie sehr dein Herz daran hängt, und so habe ich sie zurückgekauft.«

Lennart legte seinen freien Arm um Frederik und drückte ihn an sich. »Danke, Mann. Das bedeutet mir echt viel, du ahnst gar nicht, wie viel ...« Plötzlich wurde ihm schwindelig, und er musste Frederik loslassen und ihm die Keksdose in die Hand drücken. Leise Musik ertönte. Leierkastenmusik aus seinen Träumen.

»Was ist mit dir?«, fragte Emma, und auch die anderen sahen ihn besorgt an.

Da fiel Lennarts Blick auf seine Mutter, die bei den Tönen des Leierkastenmanns kreidebleich geworden war. Nun lauschten auch die anderen Gäste verwundert. Aber nur Kerstin Malmkvist schien zu wissen, wer diese Musik spielte.

Plötzlich wurde es wieder still, und jemand klopfte drei Mal an der Ladentür.

Lennart atmete tief durch. Es hatte keinen Sinn, den Kopf in den Sand zu stecken, er musste sich seinem Schicksal stellen. Man wusste niemals, was einen bei der Musik des Leierkastenmanns erwartete.

Den Zauberstab hinter dem Rücken versteckt, eilte er zur Ladentür und öffnete sie ruckartig.

Davor stand eine Frau. Ihr Haar war zerzaust, und sie sah mitgenommen aus.

»Bin ich hier richtig?«, fragte sie und lächelte unsicher. »Ich suche einen gewissen Lennart Malmkvist.«

»Das bin ich«, erwiderte Lennart. »Was kann ich für Sie tun? Wir feiern gerade die Wiedereröffnung meines Ladens. Aber ab morgen Nachmittag haben wir zu unseren regulären Geschäftszeiten geöffnet …«

Die Frau hielt Lennart wortlos einen Lederbeutel hin, der aussah, als hätte er die letzten drei Jahrhunderte in einem feuchten Keller gelegen.

»Der enthält Geschenke für Sie«, sagte sie leise.

Lennart streckte vorsichtig die Hand aus. Er spürte Reste von alter Magie, aber so schwach, dass sie nicht gefährlich sein konnten. »Was ist in dem Beutel?«

Die Frau zuckte mit den Schultern. »Ich weiß es nicht. Ich soll ihn nur überbringen.«

Lennart nahm den Lederbeutel, der von einer Kordel zusammengehalten wurde, und öffnete ihn. Im Schein des schwachen Lichts erkannte er ein zerfleddertes Buch und einige Steinchen darin. »Von wem stammen diese Geschenke?«

Die Frau beugte sich näher zu Lennart und flüsterte: »Von Vanadia und Svartalf.«

Lennarts Herz schlug vor Aufregung höher. »Wer sind Sie?«

»Mein Name ist Henrietta Hellström«, sagte die Frau mit zitternder Stimme. »Und ich habe nicht die geringste Ahnung, wo ich die letzten Tage verbracht habe.«

Lennart atmete erleichtert auf. »Wie gut, dass Sie hier sind. Alle suchen Sie. Vor allem Ihr Mann und ich, und natürlich auch die Polizei.« Mit einem Mal wurde Lennart bewusst, dass Henrietta Hellström möglicherweise gerade in größter Gefahr schwebte. Hastig sah er ihr über die Schulter und die Straße hinunter. Nilsson konnte eigentlich unmöglich wissen, dass die Frau des Professors aus dem Feenreich hierhergekommen war – doch was war schon unmöglich? Zum Glück war niemand Verdächtiges zu sehen.

»Kommen Sie besser herein«, sagte er, während er ihr die Hand reichte. »Hier drinnen ist es wärmer und sicherer.«

In diesem Moment hatte Henrietta ihren Mann, den Professor, entdeckt, der am Buffet stand und sich gerade ein Schälchen mit Nachtisch füllte. Sie stürmte überglücklich auf ihn zu.

»Titus! Titus! Verzeih mir, bitte! Endlich habe ich dich wieder!«

Alle Gäste verstummten und beobachteten, wie sie durch den Zauberladen huschte und ihrem Gatten schluchzend um den Hals fiel.

Professor Hellström war wie vom Donner gerührt. Er stand stocksteif und mit abgespreizten Armen vor seiner Frau, während sein Dessert langsam auf den Boden rutschte. Dann fiel ihm auch der Teller aus der Hand und zerbarst mit einem Klirren auf den Fliesen.

Da erst erwachte der Professor aus seiner Schockstarre. Er blickte seine Frau zärtlich an und schloss sie in seine Arme, als hätte er jetzt erst begriffen, wer da vor ihm stand.

»Henrietta«, seufzte Professor Hellström unendlich erleichtert. »Was soll ich dir verzeihen? Du bist zurück. Alles ist wieder gut.« Mit diesen Worten drückte er sie fest an sich und wiegte sie wie ein kleines Kind.

Jeder schien von diesem Bild tief bewegt zu sein. Jeder, bis auf Maja Tysja.

»Ist das wirklich Henrietta Hellström?«, fragte sie Lennart. Der nickte.

»Dann muss ich sie verhaften.« Die Kommissarin zog ihr Handy aus der Jacke.

»Herrgott, geben Sie ihr doch ein paar Minuten. Sie sieht nicht so aus, als hätte sie gerade zwei Wochen Urlaub gemacht oder als würde draußen ihr Komplize mit laufendem Motor warten, um ihr zur Flucht zu verhelfen.«

Emma kam zu ihnen herüber und musterte misstrauisch die Kommissarin, die etwas in ihr Handy tippte und sich abwandte. Emma blickte Lennart tief in die Augen.

»Läuft da was zwischen euch?«, fragte sie leise.

»Nein, wie kommst du denn darauf?«

Emma zögerte, sie wirkte verunsichert. Dann trat sie etwas näher zu Lennart und flüsterte: »Bin ich deine Freundin oder nicht?«

»Ich habe dir versprochen, so offen und ehrlich zu sein wie möglich. Aber können wir das bitte ein andermal besprechen?«

Emmas Augen blitzten auf. »Warum verschweigst du mir die Wahrheit?«, fragte sie mit zitternder Stimme.

»Okay, ich werde es dir sagen: Ich bin verflucht. Ich kann nicht mit einer Frau zusammen sein, die ich liebe, denn dann bekomme ich einen furchtbaren Hautausschlag. Bist du jetzt zufrieden?«

Emma starrte Lennart fassungslos an. »Das meinst du nicht im Ernst, oder?«

»Ich hätte es dir gerne schonend beigebracht, aber du wolltest die Wahrheit ja unbedingt jetzt hören.«

Emma runzelte die Stirn und blickte Lennart beinahe

verächtlich an. »Das ist wirklich die dümmste Ausrede, die ich jemals gehört habe.« Damit drehte sie sich um, schnappte sich ihre Jacke und verließ den Laden, ohne sich nochmals umzuwenden.

26. Kapitel

Emma tat Lennart leid. Er wollte sie nicht verletzen, und er ahnte, dass sie überreizt war, weil in ihrem Leben gerade so viel Schlimmes geschehen war. Allerdings wusste er nicht, wie er ihr im Augenblick helfen konnte.

Als er am mittlerweile geplünderten Buffet ankam, war eine hitzige Diskussion im Gange.

»Ich verstehe ja, dass Sie Ihre Frau mit nach Hause nehmen wollen, Herr Professor, aber das geht jetzt nicht«, sagte Maja Tysja. »Sie muss als wichtige Zeugin und Tatverdächtige vernommen werden, und außerdem sollte sie dringend medizinisch untersucht werden. Sie weiß ja nicht einmal, wo sie herkommt und was sie durchgemacht hat. Ich habe eben meine Kollegen und einen Arzt gerufen, die in Kürze hier eintreffen werden.«

»Was wird dieser Frau denn vorgeworfen?«, schnarrte es plötzlich, und ein dicklicher älterer Herr zwängte sich zwischen den Umstehenden nach vorn. Maja Tysja war gut einen Kopf größer als er.

»Und Sie sind?«, fragte die Kommissarin.

»Mein Name ist Cornelius Isaksson, und ich bin der Anwalt dieser Herrschaften.« Er drehte sich zum Professor und seiner Frau um und sah sie fragend an. »Natürlich nur, wenn Sie einverstanden sind …«

»Gewiss, gewiss. Herrn Malmkvists Anwalt ist auch unser Anwalt, nicht wahr, Liebes?«, antwortete der Professor und blickte seine Frau zärtlich an. Henrietta Hellström nickte sichtlich überfordert.

Das Gesicht der Kommissarin wurde ernst, ihre Augen blitzten. »Um auf Ihre Frage zu antworten, Herr Anwalt: Es geht um den Verdacht auf Vortäuschung einer Straftat, um Strafvereitelung, Beteiligung an einer Erpressung, Einbruch und Diebstahl. Genügt Ihnen das?«

»Ich gehe davon aus, dass sie per Haftbefehl gesucht wird?«, vergewisserte sich Cornelius Isaksson.

»Richtig«, antwortete Tysja.

In diesem Moment hörte man draußen Reifen quietschen, und mehrere Autotüren wurden zugeschlagen. Wenig später kamen zwei uniformierte Beamte und ein Notarzt mit einem signalroten Koffer nebst Assistentin hereingelaufen.

Der Arzt untersuchte Henrietta Hellström, befragte sie und stellte schließlich fest, dass sie zwar übermüdet, erschöpft und ein wenig dehydriert sei, nach einer kleinen Mahlzeit und einem Liter Wasser aber durchaus vernommen werden könne, sofern man sie nicht überstrapaziere.

Daraufhin führten die Beamten die verschüchtert wirkende Frau ab. Maja Tysja entschuldigte sich bei Lennarts Gästen für diesen Vorfall, betonte jedoch, dass die Vernehmung leider unvermeidlich sei. Recht und Gesetz könnten sich keine Ausnahmen erlauben. Dann kam sie zu Lennart herüber.

»Ich wollte mich für den schönen Abend bedanken und Ihnen noch etwas mitteilen, wozu ich bisher keine Gelegenheit hatte.«

Lennart sah sie interessiert an.

»Wir haben auf der schwarzen Mülltüte mit den toten Krähen tatsächlich Fingerabdrücke gefunden. Sehr gute sogar. Man könnte fast meinen, derjenige habe sie mit Absicht hinterlassen.«

»Mit Absicht? Wer macht denn so etwas?«

Tysja zuckte mit den Schultern. »Falls wir je herausfinden, wer das war, können wir ihn fragen. Tut mir übrigens wirklich leid, die Sache mit Ihrer Freundin«, sagte sie.

»Was meinen Sie?«, fragte Lennart überrascht über diesen abrupten Themenwechsel.

»Na ja, dass sie nach Ihrem Streit gegangen ist.«

»Woher wissen Sie das? Haben Sie uns etwa belauscht?«

Tysja runzelte die Stirn. »Ich lausche nicht, ich kombiniere nur Fakten und Informationen. Das gehört zu meinem Beruf, und ich bin ganz gut darin. Als Ihre Freundin würde ich mich auch über einiges wundern, was Ihr Verhalten angeht. Zuerst Ihre seltsame Antwort neulich, als ich Sie nach dem Verhör nach Hause gefahren habe. Sie sprachen von einer Kunststoff-Weichmacher-Allergie … So einen Unsinn habe ich wirklich noch nie gehört.« Sie lachte kurz auf. »Außerdem hat mir Ihr sympathischer Freund Sandberg vorhin von einem Anfall erzählt, den Sie kürzlich in der Werkstatt dieses Ladens hatten – nachdem Sie Frau Mårtensson zum Essen getroffen hatten. Sehr eigenartig …« Sie legte den Kopf schief und funkelte Lennart aus ihren unerhört türkisblauen Augen an. »Seien Sie ihm nicht böse«, fuhr sie fort. »Herr Sandberg ist ein feiner Kerl, aber Sie sollten auf seinen Alkoholkonsum achten. Er wird von Glas zu Glas redseliger.«

Lennart richtete sich auf. »Ich werde aus Ihnen nicht schlau. Was wollen Sie eigentlich von mir? Würden Sie mich auch gerne verhaften? Verdächtigen Sie mich?«

»Gäbe es denn einen Grund dafür?« Tysja lächelte so hintergründig wie die Mona Lisa. Eine blonde Haarsträhne fiel ihr in die Stirn.

Lennart räusperte sich. »Beeilen Sie sich besser«, sagte er gefasst, »sonst fängt Ihr höchst engagierter Nachwuchskollege noch vor Ihnen mit dem Verhör von Frau Hellström an. Sie wollen doch bestimmt nichts verpassen, oder?«

»Entweder sind Sie nur ein netter, etwas seltsamer Typ oder der abgebrühteste Lügner, dem ich je begegnet bin. Ich verspreche Ihnen, dass ich bald herausfinden werde, was Sie vor mir verbergen, lieber Herr Malmkvist. Ich traue Ihnen keinen Zentimeter über den Weg, auch wenn Sie sich die allergrößte Mühe geben, so zu wirken, als könnten Sie kein Wässerchen trüben. *Hej då.*«

Lennart hatte Maja Tysjas letzte Worte noch kaum verarbeitet, als Professor Hellström in Begleitung seines neuen Anwalts an ihm vorbeiging.

»Es ist schön, dass sie wieder da ist«, sagte der Professor mit glänzenden Augen. »Meine Henrietta. Aber was für eine Unverfrorenheit, sie mir gleich wieder wegzunehmen!«

Lennart bemerkte, dass der Professor sich verändert hatte. Es konnte durchaus sein, dass der Fluch, der ihn so verwirrt und minderbemittelt hatte erscheinen lassen, mit Svartalfs Heimkehr ins Feenreich und mit der Rückkehr seiner Frau nun endgültig verschwunden war. Jedenfalls wirkte der Mann entschlossen und nicht mehr hilfsbedürftig, als er sagte: »Und wir fahren jetzt auch zur Polizeiwache!«

Damit reichte er Lennart die Hand. »Ich danke Ihnen für alles, was Sie für mich und meine Frau getan haben. Leider ist mein Gedächtnis voller Erinnerungsbilder, die ich nicht wirklich zu greifen vermag. Es ist, als hätte jemand mit einem feuchten Schwamm durch ein Aquarell gewischt. Da war irgendein verfressenes Wesen … klein und hässlich … und meine Küche im Chaos … mehr weiß ich nicht. War das alles nur ein Traum? Nur dieses kleine und nette Mopstier, an das erinnere ich mich.« Er deutete lächelnd nach unten, wo sich Bölthorn mittlerweile zu Lennarts Füßen niedergelassen hatte.

»Auch ich weiß manchmal nicht, was Traum ist und was Wirklichkeit«, sagte Lennart. »Aber Hauptsache, Ihre Frau ist wohlbehalten zurück, nicht wahr?«

Der Professor nickte bedächtig.

»Gehen wir«, sagte Cornelius Isaksson. »Ich möchte nicht, dass das Verhör Ihrer Gattin ohne mich beginnt. Und wir«, er warf Lennart einen kurzen Blick zu, »wir sehen uns morgen. Ich erwarte Sie um zehn Uhr in meiner Kanzlei. Gute Nacht, Herr Malmkvist.«

Damit schritt das ungleiche Paar – der eine groß und schlaksig, der andere klein und von beinahe kugeliger Gestalt – durch den Laden zur Tür und in die Nacht hinaus.

Maria Calvino folgte den beiden und stellte zwei große Taschen neben sich auf den Boden.

»Ich gehe jetzt ins Bett, *caro*«, sagte sie zu Lennart. »Ich bin müde. Alle Reste, die in den Kühlschrank müssen, nehme ich mit. Bringst du mir morgen mein Geschirr zurück?«

»Selbstverständlich«, sagte Lennart, nahm sie in die Arme und drückte sie fest an sich. »Liebe Frau Calvino, ich danke Ihnen von Herzen. Ich weiß gar nicht, wie ich mich revanchieren kann.«

»Das brauchst du nicht«, sagte die Köchin und lächelte. »Das war nämlich mein Einweihungsgeschenk, und ich habe es wirklich gern gemacht.« Sie legte die rechte Hand auf ihren gewaltigen Busen und deutete eine Verbeugung an.

»Ihr Essen war fantastisch«, lobte sie nun auch Lennarts Mutter, die zu ihnen getreten war.

Frederik stand mit glasigem Blick neben ihr. Er hatte offenbar so viel Sekt getrunken, dass er sogar im Stehen schwankte wie eine Birke im Wind.

Lennarts Mutter umarmte ihren Sohn. »Was für ein schönes Fest«, flüsterte sie ihm ins Ohr. »Nur diese Leierkastenmusik hat mich ganz nervös gemacht … Er ist wieder da …« In ihrem Gesicht spiegelte sich Furcht.

»Ich glaube, er ist niemals weg gewesen«, flüsterte Lennart zurück. »Rede mit mir, Mama. Woher kennst du ihn? Warum macht dir der Leierkastenmann solche Angst?«

Kerstin Malmkvist presste die Lippen aufeinander, als wollte sie sich mit aller Gewalt daran hindern, ein Schweigegelübde zu brechen. »Ich werde es dir erzählen, mein Sohn. Aber nicht heute Abend.« Hastig küsste sie ihn auf die Wange und sagte laut zu Lennarts Vater, der neben ihr stand: »Ich denke, wir begleiten Frau Calvino nach draußen und nehmen uns ein Taxi. Was meinst du, Stefan?«

Während sie den Laden verließen und auf die Straße traten, plapperte Maria Calvino über toskanische Gerichte, Olivenöl, schwedischen Fisch und Waldkräuter. Erst als sie die Hand zum Abschied hob, die Haustür zur Västra Hamngata Nummer sechs aufsperrte und im Inneren des Hauses verschwand, kehrte Ruhe ein.

27. Kapitel

»Frederik!«, rief Lennart. »Aufwachen!«

Lennarts Freund schreckte wie von der Tarantel gestochen vom Werkstattstuhl hoch, wo er es sich im Halbdunkel bequem gemacht hatte. »Was ist los? Eine Hackerattacke des Imperiums? Kein Problem! Wo ist mein Laserschwert? Ich bin bereit!«

»Hallo, Frederik, ich bin's. Keine Sorge, der Server ist okay«, sagte Lennart grinsend und schaltete das Licht an.

»Oh!« Frederik kniff die Augen zusammen, schaute sich um, dann auf die Uhr und wirkte beinahe enttäuscht. »Es ist zwölf Uhr nachts, warum hast du mich aufgeweckt?«

Er richtete sich mühsam in seinem Stuhl auf, der immer wieder über die Fliesen davonzurollen drohte. Lennart sah ihn zweifelnd an. Sein Freund schien noch eine Menge Alkohol im Blut zu haben.

»Ich wollte dir endlich die versprochene Magie zeigen. Was meinst du?«

»Magie um Mitternacht! Klasse! Was hast du vor?«, fragte Frederik interessiert. Er stand schwankend auf und torkelte zum deckenhohen Aktenregal hinüber, an dem er sich festhielt.

»Ich schlage vor, wir befragen das Orakel und sprechen danach mit Bölthorn über die ganze Sache.«

»Au ja«, sagte Frederik grinsend. »Das klingt super. Bölthorn, der olle Mopskumpel. Aber wo ist denn dieses Orakel?«

Lennart deutete auf die Schachtel, in der Frederiks Geschenk steckte. »In der Keksdose«, sagte er verschwörerisch.

»Deswegen wolltest du sie also wiederhaben, du Schlaufuchs«, sagte Frederik schwerfällig und grinste. »Wohnen etwa alle Orakel in Keksdosen?«

»Ich weiß nicht«, erwiderte Lennart und musterte seinen Freund skeptisch. »Setz dich am besten vor die Aktenwand auf den Boden. Da kannst du dich anlehnen und alles gut sehen, wenn ich mit dem Orakel rede. Einverstanden?«

»In Ordnung«, sagte Frederik und ließ sich auf den Boden sinken. »Anlehnen ist supidupi ...«

»Pass gut auf und halt den Mund, okay? Das Orakel ist äußerst empfindlich«, sagte Lennart.

Frederik gähnte herzhaft, unterbrochen von einem lauten Hickser. »Klar.«

Lennart schaltete die Deckenleuchte aus und knipste die Arbeitslampe am Tisch an. Dann holte er die Keksdose aus dem Pappkarton, stellte sie vor sich auf die Werkbank und setzte sich auf den Drehstuhl. Behutsam klappte er den leise quietschenden Deckel auf, beugte sich vor und sprach ins Innere der Dose: »Oh, Orakel, ich rufe dich, hast du bitte ein Ohr für mich?«

Nebel begann aufzusteigen, er wurde immer dichter und füllte bald die ganz Keksdose aus. Noch nie hatte sich

Lennart über diesen Anblick so sehr gefreut wie heute. Schließlich wäre das Orakel um ein Haar für immer verloren gewesen. Das bläulich schimmernde Licht tauchte auf, und die dunkle, ferne Stimme des Orakels war zu hören. Doch ganz anders als sonst schien es Lennarts Fragen heute gar nicht erst abwarten zu wollen.

»Ich weiß schon, wer mich ruft
In diesem Dunkel,
Die Stimme schwach,
Am Ring der Karfunkel.

Bevor ich Euch von Gefahr berichte,
Erfüllt mir eine große Bitte,
Denn auch wenn es anders scheint,
Schlägt ein Herz in meiner Mitte.«

Das Orakel schien erst gar nicht auf Lennarts Antwort warten zu wollen. Es fuhr direkt fort:

»Wenn Ihr morgen geht und wenn Ihr seht
Den Meister von Recht und Paragrafen,
Cornelius Isaksson, dann bittet ihn sehr,
Mich nicht als ehrlos weiter zu bestrafen.

Das, was ich tat, ist lange her,
Und geschah nicht um des Geldes willen,
Ich tat es nur kinderdumm,
Meine Neugierde zu stillen.

Und hätt' ich die Möglichkeit,
Zurückzugehen in der Zeit,
Koste es auch mein eigenes Leben,
Ich würd nicht zögern, ich würd es geben.«

Diesmal wartete das Orakel auf Lennarts Erwiderung.

»Gut, ich werde beizeiten Eure Worte weiterleiten. Doch ich frage frech und vehement, seid Ihr Zauberer Järnskägg, der Wächter vom Dunklen Pergament?«

Ein Husten drang aus der Keksdose, als hätte sich das Orakel vor Schreck verschluckt. Das bläuliche Licht flackerte hektisch, der dichte, weiße Nebel verwirbelte. Dann beruhigte es sich wieder und sprach mit gewohnt dunkler Stimme weiter.

»Es tut nichts zur Sache,
Wer ich bin,
Hab nur eine Warnung
Für Euch im Sinn.

Ich, der ich gerettet wurde,
Bin hier, um Euch zu sagen,
Welch grausig Schicksal Euch erwartet
Innerhalb von nur zwei Tagen.

Opfern würdet Ihr für Eure Freunde,
Was immer sie begehren,
Doch was die Krähe will,
Das muss man ihr verwehren.

Die schwarzen Federn rauben,
Was Ihr schon lange liebt,
Ihr müsst kämpfen, an Euch glauben,
Oder fortan alleine sein und sehr betrübt.

Prüft, was das Weib Euch heute brachte,
Eines viel mehr als Gold ist wert,
Das andere Euch die Fee vermachte,
Auf dass Ihr Eure Künste mehrt.

Übt, dass Ihr gut gewappnet seid
Und dass Ihr nicht zugrunde geht.
Ihr habt Geschick und viel Geduld,
Nur leider keine Zeit.

Wenn Wesen selbst die Jagd beginnen
Und Stein wie Bronze steigt empor,
Dann wisst Ihr, es gibt kein Entrinnen,
Dann steht der Kampf alsbald bevor.«

Mit einem Mal erlosch das Licht. Die Fetzen weißen Nebels, die eben noch über den Rand der Keksdose gewabert waren, wurden in einem Zug hineingesogen und verschwanden im Nichts.

Das Orakel war verstummt.

Bölthorn atmete röchelnd vor sich hin. Aber da war noch ein anderes Geräusch. Lennart drehte sich um und sah, dass Frederik eingenickt war. Er lehnte schief am Aktenregal, den Kopf auf die Brust gesunken, und schnarchte vor sich hin.

Vielleicht war es besser so. Schließlich ging es auch um

Frederiks Schicksal. Lennart stöpselte nervös die Plasmalampe ein und wandte sich Bölthorn zu. Bevor er seinem Mops allerdings eine Frage stellen konnte, röchelte dieser nur ein einziges Wort: »Krähenbein …«

»Ja. Er kommt. Das Orakel hat ihn angekündigt.« Lennart sah verzweifelt zu dem Mops hinüber. »Mann, Bölli, was soll ich tun? Soll ich gegen ihn antreten? Ich bin noch nicht so weit.«

»Die schlechte Nachricht ist, dass er darauf keine Rücksicht nehmen wird«, sagte Bölthorn und mahlte mit den Zähnen. »Die gute ist, dass auch er noch lange nicht so mächtig ist, dass man nicht gegen ihn bestehen könnte. Und was das Orakel angeht«, fuhr Bölthorn fort, »so scheint es tatsächlich dieser alte Zauberer und Wächter Järnskägg zu sein. Aber was er mit dem Stein und der Bronze gemeint hat, weiß ich auch nicht.« Bölthorn legte den Kopf schief und schien nachzudenken.

»Ich befürchte, das werden wir erst erfahren, wenn es so weit ist«, sagte Lennart leise.

»Aber die beiden anderen Dinge, die er erwähnt hat, solltest du nicht außer Acht lassen«, brummte Bölthorn, während die Plasmalampe sonor vor sich hin summte. »Sie könnten dir vielleicht mehr als nützlich sein bei allem, was uns bevorsteht. Sieh nach.«

Lennart stand von seinem Stuhl auf und holte den Lederbeutel von der Werkbank, den Henrietta Hellström ihm aus Trindemossen mitgebracht hatte. Er lockerte seine Kordel, griff hinein und holte das zerfledderte Buch hervor. Neugierig betrachtete er es von allen Seiten. Es war in Leder gebunden und zeigte ringsum starke Abnutzungsspuren. Der Titel auf dem Buchrücken war nicht mehr zu entziffern. Lennart schlug es auf und begann auf der ersten Seite zu lesen:

**Fortgeschrittene Magie für den geübten Meisterschüler der Zauberey
oder
Die verborgenen Zauberkräfte der Natur dargeboten und erkläret für den angewandten Nutzen**

Behutsam blätterte Lennart durch die stockfleckigen, stark nachgebräunten Seiten des Buches, die teilweise Löcher von Wurmfraß aufwiesen.

Er war begeistert. Wenn die beschriebenen Zauber die angekündigte Wirkung zeigten, dann wäre dieses Buch mit Sicherheit ein mächtiges Werkzeug im Kampf gegen Krähenbein. Da war von *glühenden Schlangen und Gewürm* die Rede, *welches aus den Händen fahre, den Feind zu verschlingen*, oder *von der Macht, sich spielend leycht und sonder Lauten durch Mauern zu bewegen*. Es enthielt sämtliche Tricks, von denen man als Zauberer träumte.

»Aber wer soll mir das alles beibringen?«, fragte Lennart seinen Mops verzweifelt. Schließlich wusste er, dass ihm bereits einfache Dinge wie einen Kaffeelöffel durch die Küche fliegen zu lassen oder das Öffnen von Professor Hellströms Haustür arge Schwierigkeiten bereitet hatten. Allein für das Einstudieren dieser relativ einfachen Zauber hatte er schon Wochen benötigt. Also würde er für das Erzeugen glühenden Gewürms und das lautlose Durchschreiten von Mauern sicher jahrelang üben müssen. So viel Zeit hatte Lennart nicht. Schließlich hatte das Orakel gesagt, dass der Kampf kurz bevorstehen würde.

»Lies den Titel noch einmal vor«, sagte Bölthorn leise und lauschte mit mühsam gespitzten Mopsohren. Dann japste und schmatzte er mit einem Mal ganz aufgeregt: »Oh! Da hat dir Vanadia aber ein wirklich wertvolles Buch geschenkt«, sabberte er überrascht und anerkennend zugleich. »Es ist eines der ganz seltenen Magiebücher, die es einem ermöglichen, das Zaubern im Schlaf zu erlernen.«

»Wie bitte?« Lennart meinte, er habe sich verhört. »Im Schlaf?«

»Ganz recht«, erwiderte Bölthorn. »Es handelt sich bei dieser Ausgabe um eines der seltenen *Sofnas Ragnabōken*. Frei übersetzt bedeutet das ›Schlaflehrbuch der Zauberei‹.«

Lennart schüttelte ungläubig den Kopf. »Ich lege mir das Ding unters Kopfkissen, und am nächsten Tag kann ich zaubern?«

Bölthorn nickte. »Ich weiß nicht genau, wie es funktioniert. Buri hat mir von solchen Büchern erzählt. Man lernt den Zauberspruch in- und auswendig und muss das Buch dann eine Nacht lang dicht am Körper haben. Danach kann man die entsprechende magische Anwendung so gut ausführen, als hätte man sie ein Leben lang geübt.«

»Das ist ja unglaublich!«, rief Lennart.

»Aber man darf es nicht übertreiben und nicht allzu viele Zauber auf einmal auswendig lernen. Wenn erste Krankheitssymptome auftreten, solltest du sofort aufhören. Also Schwindel, Übelkeit, Panikattacken, Sehstörungen und so weiter. Manche können mit diesem Buch einen Zauber pro Woche erlernen, andere brauchen einen Monat oder mehr, bis sie den nächsten angehen können. Es ist so ähnlich wie mit dem Rotwein, von dem verträgt man auch nicht unendlich viel«, sagte Bölthorn. »Aber das weißt du ja selbst am besten.«

»Ich werde es nachher gleich ausprobieren«, sagte Lennart und legte das Buch beiseite. »Aber jetzt will ich mal sehen, was sonst noch in dem Beutel steckt.« Er nahm den Lederbeutel von Henrietta Hellström wieder zur Hand und kippte den restlichen Inhalt auf die Arbeitsplatte vor sich.

Lennart traute seinen Augen nicht.

»Wahnsinn!«, rief er.

»Was ist es denn?«, brummte Bölthorn neugierig.

»Das löst sämtliche finanziellen Probleme«, sagte Lennart atemlos.

Vor ihm auf der vernarbten Werkbank funkelte und schimmerte es. Dort lagen Steine in allen Farben und Größen.

»Vanadia hat mir Edelsteine geschenkt! Die sind sicher sehr wertvoll.«

»Das ist großzügig von ihr«, sagte Bölthorn anerkennend. »Sie scheint dir äußerst dankbar zu sein und hat ihr Wort gehalten.«

Lennart sah auf die Uhr über der Tür. Es war schon Viertel vor eins. Er räumte Buch und Steine zurück in den Lederbeutel. »Lass uns jetzt schlafen gehen. Morgen um zehn müssen wir bei Advokat Isaksson sein. Einverstanden?«

Lennart schaltete die Plasmalampe aus und steckte seine Schätze zurück in den Lederbeutel. Dann stieß er Frederik an, der immer noch schnarchend am Regal lehnte.

»Komm, du kannst heute bei mir auf der Couch übernachten.«

Frederik rieb sich müde die verquollenen Augen. »Wolltest du nicht mit einer Keksdose sprechen? Und zaubern? Hab ich was verpasst?« Er gähnte ungeniert.

»Nein«, sagte Lennart. »Das musst du wohl geträumt haben.«

Und während er Frederik zur Ladentür begleitete, dachte er noch einmal darüber nach, was das Orakel gesagt hatte:

Opfern würdet Ihr für Eure Freunde,
Was immer sie begehren …

Krähenbein hatte es auf Frederik abgesehen. Doch Lennart würde diesem hinterhältigen Magier alles glühende Gewürm entgegenschleudern, das er in die Finger bekam. Darum lernte er vorsichtshalber besagten Spruch so gut es ging im Schein seines Nachttischlämpchens auswendig und verstaute das von Vanadia erhaltene Zauberbuch unter seinem Kopfkissen. Das Orakel hatte ihn völlig richtig eingeschätzt. Er würde für seinen Freund alles opfern. Gleichzeitig wünschte sich Lennart von Herzen, dass er genau das nicht tun musste. Dennoch: Er würde definitiv verhindern, dass seinem Freund etwas Schlimmes zustieß. Wenn es sein musste, würde er dafür sogar eigenhändig irgendwelche Schlangen anzünden …

28. Kapitel

Lennart wusste, wie sehr Advokat Isaksson Unpünktlichkeit hasste. Er konnte sich noch gut an die ersten Treffen mit diesem Mann in dessen Kanzlei erinnern, als es um Buri Bolmen gegangen war. Doch an diesem Morgen war es einfach nicht schneller gegangen.

Lennart hatte zuerst mit Frederik frühstücken müssen, der über ordentliche Kopfschmerzen klagte und noch mieser aussah als der Göteborger Himmel an diesem trüben und unangenehm kalten Morgen. Dann hatte Lennart seinen Freund nach Hause gefahren. Frederiks Wohnung im dritten Stock des Gründerzeithauses in der Kronhusgata lag zwar nur gut zehn Minuten von Lennarts Apartment entfernt, aber in diesem Zustand wollte er seinen Freund nicht zu Fuß nach Hause gehen lassen. Und schon gar nicht bei diesem üblen Wetter – es sah aus, als könnte es jeden Augenblick losstürmen, es wehte bereits ein böiger auflandiger Wind.

Lennart nahm dem verdutzten Frederik das Versprechen ab, heute und auch am nächsten Tag seine Wohnung besser nicht zu verlassen. Er hatte die warnenden Worte des Orakels nicht vergessen. Außerdem kündigte Lennart an, dass er gleich heute Abend mit Bölthorn und zwei Pizzas aus dem *Capricciosa* zu Frederik kommen werde, etwas, das Frederik trotz seines Unwohlseins begrüßte – Pizza ging schließlich immer. Lennart aber hatte nur das Wohl seines Freundes im Sinn und wollte ihn vor eventuellen magischen Angriffen schützen.

Dann fuhr Lennart weiter zu seiner Bank in die Innenstadt. Er besaß ein Schließfach bei einer Bankfiliale in der Södra Hamngata. Dort hatte er bisher nur drei Goldmünzen, seine Geburtsurkunde, einige andere wichtige Dokumente sowie eine Armbanduhr eingelagert, die er von seinem Vater zum achtzehnten Geburtstag geschenkt bekommen hatte.

Nun kamen vierzehn Edelsteine hinzu, Smaragde, Rubine, Opale und ein paar andere, die Lennart nicht identifizieren konnte. Es war davon auszugehen, dass sie echt waren, denn Vanadia würde ihn wohl kaum mit Glassteinen abspeisen. Und wenn die Ergebnisse von Lennarts Recherche im Internet tatsächlich der Wahrheit entsprachen, würde er nur einen kleinen Teil dieser Edelsteine verkaufen müssen, um seine Steuerschulden bezahlen zu können. Eine wirklich befreiende Vorstellung.

»Komm, Bölli, es ist eklig und kalt, und wir sind spät dran«, sagte Lennart und schritt weit aus. Er hatte lange gebraucht, um einen Parkplatz zu finden. Bölthorn mopste röchelnd hinter seinem Herrchen her. Ihm schien das Wetter genauso wenig zuzusagen wie Lennart. Denn nun setzte auch noch Schneefall ein, der in giftigen kleinen Wirbeln die Straße hinunterhuschte und die beiden verfolgte, bis sie an ihrem Ziel angelangt waren.

Das Haus in der Viktor Rydbergsgata 18, wo sich Cornelius Isakssons Kanzlei und dessen Privatgemächer unter einem Dach befanden, lag am Rande einer der besseren

Wohngegenden Göteborgs. Es war wie viele andere Gebäude hier vollständig aus dunkelroten Ziegeln errichtet worden. Vier Stufen führten zu der dunkelgrünen Haustür unter dem überdachten Eingang hinauf.

Lennart betätigte den antiken Klingelknopf. Ein rasselndes Geräusch ertönte im Inneren des Hauses.

Kurz darauf öffnete sich die Tür.

»Guten Tag, Herr Malmkvist. Und auch Mops Bölthorn ist wieder dabei. Was für eine Freude«, erklang eine feine, glockenhelle Stimme. »Kommen Sie, der Herr Advokat erwartet Sie bereits.« Es war Isakssons scheinbar schwebende Sekretärin, die Lennart durch ihre viel zu große rote Hornbrille freundlich musterte.

Lennart folgte der kleinen Frau durch das finstere, leicht gruselige Haus ins Obergeschoss, wo sich das Arbeitszimmer des Anwalts befand.

»Guten Morgen, Bölthorn. Und guten Morgen, Herr Malmkvist. Es ist zehn Uhr und vier Minuten«, drang Advokat Isakssons vorwurfsvolle Stimme aus dem Halbdunkel des Büros durch Schwaden von nach Vanille duftendem Pfeifenrauch. Der stark untersetzte Mann saß in einem hohen Lehnsessel hinter seinem Schreibtisch, auf dem sich Berge von Akten stapelten.

»Guten Morgen, Herr Isaksson. Tut mir leid, aber ich hatte heute schon eine Menge zu erledigen.«

»Dann stehen Sie doch einfach zeitiger auf«, entgegnete der Anwalt mit knarzender Stimme, »zum Beispiel vier Minuten früher.« Dabei strich er sich seine letzten Haarsträhnen über die kugelrunde Glatze.

»Nehmen Sie Platz.« Isaksson deutete auf einen der beiden Stühle, die vor seinem Schreibtisch standen, räusperte sich laut und legte seine Pfeife beiseite. »Sie haben dieses Abenteuer erstaunlich gut bewältigt«, sagte er. »Nicht unbedingt mit Bravour, aber immerhin zufriedenstellend.«

»Welches Abenteuer?«, fragte Lennart.

»Sie haben einen Kobold und seine Gattin wiedervereint.«

Lennart schaute verwirrt aus der Wäsche.

»Vielleicht nennen wir es eher eine Art Bewährungsprobe«, ergänzte Cornelius Isaksson. »Ein Soldat wird im Schützengraben nicht geprüft, sondern muss sich dort vor seinem Feind bewähren. Das ist Ihnen gelungen.«

»Soll das ein Kompliment sein?«, fragte Lennart.

Isaksson starrte ihn durch die kreisrunden Gläser seiner Brille an. »Hat es sich so angehört? Das war keine Absicht. Um die Metapher mit dem Soldaten im Schützengraben nochmals zu bemühen: Sie haben einen feindlichen Angriff abgewehrt und überlebt, sich aber keinen Orden damit verdient. Doch ich muss zugeben …«, Isaksson nahm die Pfeife wieder zur Hand und steckte sie erneut an. »Ich muss zugeben, Ihre Idee mit dem *ðrynhraun* war nicht übel. Respekt. Was für eine großartige Eingebung, dem Elfenstein einen solchen Fleischzauber einzuimpfen.« Isaksson nickte anerkennend, versuchte aber ganz offensichtlich, sich seine Bewunderung nicht allzu deutlich anmerken zu lassen.

Der Anwalt ließ dichte Rauchschwaden aufsteigen. Im Hintergrund knisterte ein Feuer im Kamin. Irgendwo weit entfernt war Donner zu hören. Bölthorn, der die ganze Zeit ruhig dagesessen hatte, rutschte nervös und röchelnd von einer Seite auf die andere.

»Sehen Sie, Herr Malmkvist, nicht der Umfang seiner

Zauberkünste macht einen guten Magier aus, sondern vor allem die Gabe, das Erlernte effizient einzusetzen. Damit will ich keinesfalls sagen, dass Sie ein guter Magier sind.« Isaksson hob abwehrend seine beiden kurzen Arme. »Aber mit sehr viel Fleiß und Übung könnte unter Umständen irgendwann einmal etwas aus Ihnen werden.«

»Ich bin zutiefst gerührt«, sagte Lennart. »Hat Vanadia den Braten mit dem *ðrynhraun* gerochen?«

»Das ist wohl anzunehmen, aber nicht von Belang. Entscheidend ist, dass Sie diesen Fall gelöst haben und damit auch den von Henrietta Hellström.«

»Da Sie gerade von ihr sprechen. Wie war das Verhör von Frau Hellström gestern Nacht auf dem Revier?«, fragte Lennart.

Der Anwalt zog an seiner Pfeife und lehnte sich zurück. »Darüber dürfte ich normalerweise keine Auskunft erteilen. Aber da Sie ohnehin weit mehr wissen als die Polizei und in diesen Fall stark involviert sind, will ich Ihnen diese und einige andere Fragen gestatten.« Isaksson zog an seiner Pfeife und ließ den Rauch beim Sprechen langsam aus dem Mund strömen. »Das Verhör verlief ohne besondere Vorkommnisse und ohne neue Erkenntnisse. Das Letzte, woran sich Frau Doktor Hellström erinnern kann, ist, dass sie aus Nilssons Auto entkommen und in den Trindemossen fliehen konnte. Der Verbrecher folgte ihr, und am Runenstein wurde ihr schwarz vor Augen. Und genau dort wachte sie dann auch einige Tage später wieder auf. An das, was zwischenzeitlich geschah, hat sie keinerlei Erinnerung mehr.«

»Amnesie? Das hat ihr die Polizei abgekauft?«

»Sie mussten sich damit zufriedengeben, denn ein psychiatrischer Gutachter attestierte Frau Doktor Hellström eine besondere Form der posttraumatischen Amnesie, wahrscheinlich ausgelöst durch die Entführung durch Nilsson.«

»Darüber hat sich Kommissarin Tysja bestimmt geärgert«, mutmaßte Lennart.

»In der Tat«, sagte der Anwalt, »diese Kommissarin lässt so leicht nicht locker und wird gewiss noch die ein oder andere Vorladung erwirken. Frau Tysja ist ein harter Brocken, und man sollte sie niemals unterschätzen.«

Lennart musste schmunzeln. »Wem sagen Sie das?«

»Den Hellströms geht es jedenfalls den Umständen entsprechend gut. Sie sind beide wieder zu Hause.«

»Und Hendrik Nilsson? Gibt es Neuigkeiten von ihm?«, fragte Lennart gespannt.

Isaksson schüttelte bedächtig den Kopf. »Nicht wirklich. Er ist noch immer untergetaucht. Mittlerweile steht allerdings mit ziemlicher Sicherheit fest, dass er einer der führenden Köpfe von Tryggvasons Erben ist, wenn nicht sogar ihr Anführer. Alle Mitglieder in diesem unglückseligen und ruchlosen Verein haben eine Art Pseudonym für sich gewählt. Hendrik Nilsson nennt sich *Hofuð*. Henrietta Hellström besaß auch eines. Sie nannte sich *Rōsa*.«

Lennart nickte. »Buri Bolmens Liste entsprach also der Wahrheit. Henrietta Hellström ist Mitglied bei Tryggvasons Erben …«

»Nicht ganz«, korrigierte ihn Cornelius Isaksson. »Sie *war* ein Mitglied, heute ist sie es nicht mehr. Gestern Nacht hat sie uns erzählt, wie es dazu gekommen ist. Frau Doktor Hellström hat Hendrik Nilsson in den Neunzigerjahren in einem Seminar der Rechtsmedizin an der Universität kennengelernt. Damals war Nilsson noch Kommissaranwärter, und Henrietta Hellström steckte mitten in ihrem Medizinstudium. Sie mochten sich – warum auch immer –, und wenig später trat sie dieser okkulten Bande bei, in der Nilsson längst Mitglied war. Nordische Mythologie und der Nervenkitzel zweifelhafter, vielleicht sogar illegaler Aktivitäten hatten es ihr scheinbar angetan.« Draußen blitzte es, und nur wenig später folgte ein gewaltiger Donnerschlag. Immer stärker trommelten Regentropfen an Isakssons Fensterscheiben, während der Advokat weitersprach. »Aus Frau Hellströms heutiger Sicht war das eine Art späte Jugendsünde. Sie schämt sich mittlerweile sehr dafür.«

»Das kann ich verstehen«, sagte Lennart. »Hatten sie und Nilsson etwa ein Verhältnis?«

»Das hat sie strikt verneint«, erwiderte Isaksson. »Aber das ist auch irrelevant. Fest steht nur, dass sie Hendrik Nilsson bald nicht mehr sympathisch fand. Sie nahm eine Anstellung in der Göteborger Klinik an und lernte dort Titus Hellström, ihren heutigen Mann, kennen.«

»Tryggvasons Erben waren für sie dann wohl nicht mehr standesgemäß«, vermutete Lennart.

»Insbesondere weil ihr Gatte ein renommierter Paläontologe und Historiker war, der von pseudowissenschaftlichen Schauergeschichten und Sektenriten wenig hielt«, ergänzte Cornelius Isaksson. »Sie dürfte bald erkannt haben, was für einen Schwachsinn dieser dubiose Verein im Sinn hatte.«

»Weder sie noch der Professor konnten ahnen, dass diese Verrückten keinem Hirngespinst nachliefen, sondern tatsächlich einen gefährlichen Schwarzmagier namens Olav

Krähenbein wiedererwecken wollen, der eine große, reale Bedrohung darstellt, vielleicht sogar für die gesamte Menschheit«, sagte Lennart, der sich erst langsam an den Gedanken gewöhnte, dass Advokat Cornelius Isaksson über alles im Bilde war. Woher er das wusste, würde ihn Lennart beizeiten einmal fragen müssen. »Aber warum hat Henrietta Hellström dann Nilsson zur Flucht verholfen, als sie beide in der Klinik waren?«, fragte er.

Isaksson nickte. »Ich denke, er hat sie dazu gezwungen, denn er wusste von ihrem dunklen Geheimnis.«

Es donnerte laut und dröhnend. Lennart meinte, einen Blitz durch die Vorhänge wahrgenommen zu haben. Zu seinen Füßen röchelte und schmatzte Bölthorn. Er war offensichtlich nervös.

»Ein dunkles Geheimnis? Von Frau Doktor Hellström?«

»Sie hat vor mehr als zwanzig Jahren einen Mann getötet, als sie betrunken mit dem Auto unterwegs war.«

Lennart hob verblüfft die Augenbrauen. »Und das ist nie herausgekommen?«

»Es gab nur einen einzigen Zeugen, und das war …«

»… *Hofuð*«, vollendete Lennart den Satz. Ihm war ein Licht aufgegangen. »Hendrik Nilsson. Natürlich, wer sonst? Daher die Verbindung.«

Isaksson nickte wieder. Er rückte sich die Nickelbrille zurecht, die so unangemessen klein wirkte, dass man beinahe befürchtete, sie würde irgendwann einmal von dem kugelrunden fleischigen Kopf des Anwalts verschluckt werden. Dann stieß er dichte Rauchwolken aus. Seine Worte drangen wie durch einen Vanillenebel zu Lennart herüber. »Nach einem Treffen von Tryggvasons Erben im Vereinsheim in Billdal begegnete er ihr zufällig auf der

Straße und sah, dass sie ihr Auto betrunken in den Graben gefahren hatte …«

Als er den Namen des Ortes hörte, war Lennart alles klar. Es war genau dort, wo Nilsson ihn per SMS hinbestellt hatte, um ihm das Dunkle Pergament im Tausch für eine verkleidete Puppe abzujagen. Dass Lennart ihn mit einer Kopie des Pergaments hatte täuschen wollen, war letztlich nicht relevant gewesen. Denn in der Zwischenzeit war in Lennarts Laden eingebrochen worden. Nun war sein echtes Dunkles Pergament verschwunden. Wer mochte es wohl in seinem Besitz haben? Nilsson? Krähenbein? Sollte er Cornelius Isaksson davon berichten oder erst einmal Stillschweigen über diese Sache bewahren?

»Herr Malmkvist? Hören Sie mir überhaupt zu?« Der Advokat klopfte mehrfach ungehalten mit den Fingerknöcheln auf den Schreibtisch. »Etwas mehr Aufmerksamkeit, wenn ich bitten darf. Wo war ich stehengeblieben?« Isaksson legte die Stirn in Falten. »Ach ja. Der Wagen im Graben. Nilsson half Henrietta Hellström dabei, das Auto herauszuziehen und den Toten im Wald zu verscharren. Für sein Stillschweigen hat er ihr allerdings den Schwur abgenommen, ihm ebenfalls zu helfen, sollte er einmal in Schwierigkeiten geraten.«

»Deshalb hat sie ihn bei der Flucht aus dem Krankenhaus unterstützt«, sagte Lennart. »Er wusste, dass sie dort arbeitet, und hat ihr damit gedroht, die alte Sache ans Licht zu zerren, wenn sie ihm nicht gehorcht.«

»Ja«, sagte Isaksson. »Vermutlich hatten andere Mitglieder von Tryggvasons Erben ebenfalls ihre Finger im Spiel. Dabei hätte Henrietta Hellström sich gar nicht erpressen lassen müssen.«

»Warum?«, fragte Lennart verwundert.

»Weil die damalige Obduktion des Opfers ergeben hatte, dass es Unmengen von Alkohol im Blut hatte. Der Mann muss betrunken auf dem eisigen Untergrund hingefallen sein und sich dabei das Genick gebrochen haben. Die arme Henrietta Hellström kam erst später vorbei. Sie hat den bereits toten Mann überrollt und ist dadurch von der Straße abgekommen. Sie hat ihn jedenfalls nicht umgebracht. Doch weder sie noch Nilsson konnten das damals wissen.«

»Unglaublich«, sagte Lennart.

»Sie können sich vorstellen, wie erleichtert Frau Hellström war, als ich sie darüber aufklärte, dass sie niemanden getötet hat«, fuhr Isaksson fort. »Rein rechtlich gesehen hat sie heute nichts mehr zu befürchten. Man könnte ihr nicht mal eine Ordnungswidrigkeit zur Last legen, weil sie den Vorfall nicht gemeldet hat. Das Ganze ist verjährt.«

»Und was geschah, nachdem sie Nilsson notgedrungen zur Flucht verholfen hatte?«, fragte Lennart.

Der Anwalt zog an seiner Pfeife und äugte argwöhnisch zum Fenster hinaus, als befürchtete er von dort ein Unheil. Draußen neigten sich die Wipfel der blattlosen Birken vor dem schwarzen Gewitterhimmel. »Sie hat zu ihm gesagt, dass ihre Schuld nun beglichen sei.«

»Warum war ihre Jacke dann voller Blut? Und wie ist sie zum Runenstein im Trindemossen gekommen?«, wollte Lennart wissen.

Isaksson kratzte sich am Doppelkinn. »Nilsson hat ihr Auto als Fluchtfahrzeug benutzt. Man hat es später mit gestohlenen Kennzeichen im Industriegebiet von Östergärde gefunden, wo er seinen Unterschlupf hatte. Er verlangte zunächst, dass Henrietta Hellström ihn bei sich zu Hause unterbrachte. Doch sie hat nur vorgetäuscht, zu ihrem Mann zu fahren, und ist dann bei einer günstigen Gelegenheit aus dem Auto gesprungen, um in der Nähe des Museums in den Trindemossen zu fliehen.«

»Und Nilsson, dieser skrupellose Hund, ist ihr tatsächlich hinterhergelaufen und hat auf sie geschossen?« Lennart war fassungslos.

»Ja«, bestätigte Advokat Isaksson. »Er hat sie am Arm getroffen. Frau Hellström erreichte mit letzter Kraft den Runenstein, und dann brach sie bewusstlos zusammen. Den Rest der Geschichte kennen Sie wahrscheinlich besser als ich.«

»Aber die Polizei hat doch Haare und Sachen von ihr in Nilssons Versteck in Östergärde gefunden«, bemerkte Lennart. »Wie war das möglich, wenn sie nie bei ihm war, sondern im Trindemossen verschollen?«

»Kommissarin Tysja vermutet, dass Nilsson diese Sachen aus Henrietta Hellströms Wagen mitgenommen hat, um eine falsche Fährte zu legen.«

»Er ist ein genialer Teufel«, stellte Lennart fest. »Und Vanadia hat Frau Hellström gerettet und sie im Feenreich versteckt, um ihre eigenen Ziele mit ihr zu erreichen.«

»Die Fee ist im Grunde noch trickreicher als dieser Nilsson«, merkte Cornelius Isaksson an. »Nur nicht so rücksichtslos.«

Lennart nickte.

Advokat Isaksson zog an seiner Pfeife und lächelte kurz. »Jedenfalls hat Frau Hellström mir nach dem Verhör noch einige interessante Details verraten, Dinge, die sie der Polizei aus gutem Grund vorenthalten hatte. Vanadia hat ihr wohl ihr Leid geklagt und ihr alles gebeichtet. Von Frau zu Frau sozusagen. Die Fee wusste, dass ihr geliebter Svartalf im Haus des Professors immer wieder von Henrietta Hellström versorgt wurde. Bei den Hellströms gab es Fleisch, das im Reich von Trindemossen niemals auf den Tisch kam. Vanadia hat es bereut, dass sie ihren geliebten Svartalf in ihrer cholerischen Art hinausgeworfen hatte, und mit allen Mitteln versucht, ihn zurückzubekommen. Ihr war klar, dass es ohne Frau Hellström für Svartalf kein Fleisch mehr geben würde, was zwar die negativen Energien des Kobolds freisetzte, ihn aber auch zu Vanadia zurücktreiben würde.«

»Meine Herren, ist das kompliziert«, merkte Lennart an.

»So sind manche Beziehungen zwischen Mann und Frau nun einmal, Herr Malmkvist«, schnarrte der Advokat.

»Eigentlich wurde die arme Henrietta Hellström also doppelt entführt. Erst von Nilsson, dann von der Fee. Wenn jemand diese Geschichte aufschreiben würde, wäre sie wohl kaum zu glauben«, sagte Lennart.

»Aber genau so hat es sich zugetragen«, entgegnete Cornelius Isaksson. »Wie gut, dass Sie sich um den Professor und die ganze Angelegenheit gekümmert haben. Ohne Ihre Intervention hätte es für keinen der Beteiligten einen positiven Ausweg aus dieser Situation gegeben. Das nennt man Schicksal ...«

In diesem Augenblick donnerte und blitzte es derart laut, dass alle zusammenzuckten. Draußen tobte der Sturm, und selbst im geschlossenen Raum war der Druck der Windböen zu spüren, die gegen die Fenster schlugen.

Es schien, als wäre die Nacht über Göteborg hereingebrochen, so finster war es mit einem Mal geworden.

»Ich habe kein gutes Gefühl«, sagte Bölthorn. »Irgendetwas stimmt hier nicht. Das ist kein normales Gewitter.«

»Du hast recht«, sagte Lennart, im ersten Moment erstaunt darüber, die Stimme seines Freundes zu hören. Bis ihm einfiel, dass es natürlich mit dem elektrischen Feld der Blitze draußen zu tun hatte. »Wahrscheinlich sollten wir besser rasch nach Hause gehen und dort nach dem Rechten sehen. Oder vielleicht zu Frederik fahren … Auch mir kommt es irgendwie … magisch vor.«

»Das ist kein schlechter Gedanke«, erwiderte Cornelius Isaksson, den es nicht im Geringsten zu überraschen schien, einen sprechenden Mops in seinem Büro zu haben. »Nicht dass Ihnen Ihr Dunkles Pergament abhandenkommt und in die falschen Hände gerät. Das wäre eine Katastrophe.«

Der Anwalt kniff seine Augen zu schmalen Schlitzen zusammen, sodass seine Miene plötzlich der von Bölthorn ähnelte. Lennart versuchte, sich nichts anmerken zu lassen. Isaksson wusste ja nicht, dass ebendiese Katastrophe bereits eingetreten war, weil Nilsson und Krähenbein möglicherweise gemeinsame Sache gemacht hatten. Und Lennart hielt es nach wie vor für eine gute Idee, Isaksson lieber nichts davon zu erzählen.

Der Mops erhob sich ächzend vom Teppich im Büro des Anwalts.

Da fiel Lennart noch etwas ein, das er beinahe vergessen hätte. »Ich wollte Sie noch fragen, ob Sie zwei Herren kennen, die für diese Angelegenheit wichtig zu sein scheinen.«

»Wenn Sie mir ihre Namen mitteilen wollen, helfe ich Ihnen gerne«, antwortete Isaksson, der seine Pfeife inzwischen zu Ende geraucht hatte und beiseitelegte. »Es sei denn, es verstößt gegen meine Schweigepflicht.«

»Der eine heißt Mats Wallin.«

Der Advokat überlegte angestrengt, dann schüttelte er den Kopf. »Nein, den kenne ich nicht. Wer ist das?«

»Mats Wallin ist der Großvater von Emma Mårtensson, einer Freundin von mir. Er ist seit 1989 in der Höhle von Äskestock verschollen.«

Isaksson richtete sich hinter seinem Schreibtisch kerzengerade auf.

»Dieser Wallin war ein verrückter Hobbyarchäologe, aber er hat wohl die beiden Amuletthälften gefunden und zusammengefügt, in denen der Legende nach der Geist von Olav Krähenbein gefangen gehalten wurde«, sprach Lennart weiter. »Ich glaube, er war es, der Krähenbein zurückgeholt hat und dafür mit seinem Leben bezahlen musste. Er besaß eine alte Karte und eines der Dunklen Pergamente.«

»Wenn das stimmt …«, flüsterte Isaksson entsetzt.

»Sagen Sie, können Tote wiederauferstehen?«, fragte Lennart geradeheraus. »Jemand wie Mats Wallin zum Beispiel?«

Isaksson fasste sich rasch. »Da gibt es verschiedene Möglichkeiten, Herr Malmkvist. Allerdings ist keine dabei, die ich als angenehm beschreiben würde. Totenzauber und Wiedergänger sind üble Angelegenheiten und äußerst finstere Magie. Halten Sie besser Abstand davon. Und wie lautet der zweite Name, den Sie mir nennen wollten?«

»Järnskägg.«

Isaksson blickte Lennart mit düsterer Miene an. Dann zischte er: »Ich wünschte, ich hätte seine Bekanntschaft nie gemacht. Woher kennen Sie ihn?«

»Kennen ist zu viel gesagt«, erläuterte Lennart. »Bölthorn und ich vermuten, dass er sich vor langer Zeit in das Orakel hineingezaubert hat. Er möchte, dass Sie ihm verzeihen und ihn nicht mehr als ehrlos ansehen.«

Draußen blitzte und donnerte es wieder.

»Ich nehme diesen Wunsch zur Kenntnis«, sagte Isaksson trocken. »Aber jetzt gehen Sie besser. Wir sprechen ein andermal über diesen … Järnskägg.« Der Anwalt nickte den beiden zum Abschied zu.

Als die Tür zum Arbeitszimmer hinter ihnen ins Schloss fiel, erwartete sie bereits die Sekretärin im Flur und geleitete sie nach draußen.

Dort tobte das Unwetter.

Und es war unnatürlich warm geworden.

29. Kapitel

Grauer Schneeregen peitschte über die Straßen und Dächer der Häuser, der Sturm bog die Wipfel der Bäume wie Strohhalme. Kleinere Gegenstände und Papierfetzen wirbelten durch die Luft.

»Komm, Bölli!«, rief Lennart gegen das Tosen des Windes an und hastete mit eingezogenem Kopf hinüber zum Auto. Er war froh, als sein Mops endlich auf der Rückbank saß und er selbst die Tür des Wagens zugezogen hatte.

»Was ist das nur für ein Sturm? So einen hatten wir schon lange nicht mehr …«

Da krachte es plötzlich, und die Seitenscheibe von Lennarts Wagen zersplitterte.

»Was war das?«, rief er und duckte sich instinktiv.

»Achtung!«, rief Bölthorn aufgeregt. »Irgendjemand schießt auf uns!«

Wieder schlug etwas ein. Diesmal ins Blech, dicht neben Lennarts Bein.

»Verflucht! Los, wir müssen hier weg!«

Lennart startete den Motor und beugte sich so tief hinter das Armaturenbrett, dass er kaum etwas sah. Er gab Vollgas und fuhr mit durchdrehenden Reifen davon. Ein weiteres Projektil traf den Wagen.

Lennart schlitterte die kurvige Straße entlang. Hinter ihnen sah er die Lichter eines alten Pick-ups aufflackern, der sie verfolgte.

»Nilsson! Du Schwein!«, rief Lennart wütend.

Im Rückspiegel tauchte kurz das Mopsgesicht auf. Es sah aus wie ein zerknautschter, erschrockener Mond. Dann ging auch Bölthorn wieder in Deckung.

Es war zu spät, um umzudrehen und sich bei Isaksson zu verschanzen und die Polizei zu rufen. Wo war Tysja, wenn man sie wirklich einmal brauchte?

Die Straße war menschenleer. Der Schneeregen trieb dicht über den Asphalt, man konnte kaum einen Meter weit sehen. Müll flog umher, Dachziegel und abgerissene Äste stürzten zu Boden.

Endlich. Der Wald. Hier konnten sie sich verteidigen.

Lennart bog auf die L. Torstensonssgata ab und legte nach zweihundert Metern eine Vollbremsung hin. Er zog den Zündschlüssel ab, sprang aus dem Auto in den strömenden Regen und riss die hintere Wagentür auf. Am Ende der Straße konnte Lennart schon den Pick-up erkennen, der ebenfalls abgebogen und auf dem Weg zu ihnen war. Er brüllte gegen den Krach des Unwetters an: »Los, Bölthorn! Lauf!«

Mit seinen kurzen Stummelbeinen und dem dicklichen Hängebauch fiel es dem Mops schwer, doch er machte sich schleunigst auf den Weg, in das kleine Waldstück hinein, das etwas Schutz vor ihrem schießwütigen Verfolger zu bieten schien.

Lennart beobachtete Nilsson, der mit seinem alten Auto immer näher kam. Als er nur noch fünfzig Meter von ihm entfernt war, zog Lennart seinen Zauberstab, hob ihn hoch und konzentrierte sich. Er spürte die magische Macht, die ihn durchströmte. Dann richtete er den Stab auf den Wagen und schrie: »*Bladra lafa riða våga vappa!*«

Sofort schoss ein greller grünlicher Blitz aus der Spitze des Zauberstabs und schlug in den Pick-up ein. Das Fahrzeug schlingerte, rutschte, drehte sich und fuhr seitlich in einen Baum.

Doch Nilsson hatte sofort gebremst, sodass der Aufprall nicht sehr heftig war. Er sprang aus dem Wagen, duckte sich hinter den Kotflügel und brüllte: »Malmkvist! Jetzt kriegst du deinen Lohn! Nur wegen dir habe ich alles verloren. Verrecken sollst du!«

Dann tauchte Nilsson blitzschnell auf und schoss erneut. Der Knall vermischte sich mit dem Donner, der zeitgleich ertönte. Doch die Kugel pfiff über Lennarts Kopf hinweg und schlug hinter ihm in einen Baum. Lennart musste dringend hier weg. Er stand ohne Deckung am Wegesrand. Noch einmal zielte er mit dem Zauberstab und ließ einen beindicken Ast auf Nilssons Auto fallen. Ein dumpfer Schlag und ein Schmerzensschrei erklangen. Das war eine gute Gelegenheit, um Bölthorn nachzulaufen und sich ebenfalls im Wald zu verschanzen. Vielleicht wäre auch ein erneuter Schutzzauber eine gute Idee, sobald er bei Bölthorn war.

Eiskalter Regen strömte Lennart übers Gesicht. Wo war der Mops? Der Weg gabelte sich. Rechts erkannte Lennart kleine Pfotenspuren. Seine Schuhe sanken tief in den Matsch des aufgeweichten Bodens.

»Bölthorn? Wo bist du?«

Er rannte weiter, drehte sich immer wieder hektisch um, in der Hand den Zauberstab, bereit, sich zu verteidigen. Nilsson war nicht mehr zu sehen, er schien ihm seltsamerweise nicht zu folgen.

Der Sturm riss immer mehr Äste ab, die Lennart vor die Füße fielen. Er rief verzweifelt nach Bölthorn.

Schließlich erreichte er eine kleine Lichtung und erstarrte.

Zwischen den Bäumen saß der Mops – aber er war nicht allein. Vor ihm hockte ein riesiger Hund, groß wie ein Pony. Seine Haut schimmerte matt und bräunlich wie verwitterte Bronze.

Lennart hob den Zauberstab und fixierte dieses Monster, das wie eine Statue wirkte und trotzdem zu atmen schien. Er kannte dieses Tier … aber woher?

Da fielen plötzlich zähe Tropfen auf Lennarts Hand. Sie waren schwarz wie altes Öl und tropften immer heftiger von den Baumkronen herab, platschten auf den Boden, auf Lennarts Kopf, auf Bölthorn. Rinnsale bildeten sich und strömten in kleinen Pfützen zusammen.

»Verflucht!«, rief Lennart und wollte zu Bölthorn hinüber, um ihm zu helfen. Doch er rutschte aus und schlug der Länge nach hin. Der Regen war glitschig wie Schleim. Er stank nach Teer und schmeckte bitter. Lennart raffte sich auf und hastete weiter auf die Lichtung zu, Bölthorn entgegen.

»Lass ihn in Ruhe, du Mistvieh!«, rief er dem Monster zu. »Hau ab!«

Der Himmel wurde immer dunkler. Der ölige Regen überzog die Rinden der Bäume und troff von den Ästen.

Der Wind kam mit einem Mal von überall her. Er blies so heftig durch den Wald, dass es Lennart auf dem schlüpfrigen Untergrund Mühe kostete, nicht erneut hinzufallen.

Mit einem Mal wurde ihm klar, mit wem er es hier zu tun hatte.

»Jetzt zeig dich endlich!«, schrie Lennart wütend gegen den Sturm. »Kämpfe mit mir und töte mich, aber lass meinen Freund in Ruhe! Zeig dich, Olav Krähenbein!«

Der Sturm peitschte den pechschwarzen Regen durch die Luft. Lennarts Augen brannten wie Feuer. In seinem Mund machte sich ein bitterer Fäulnisgeschmack breit.

Und dann, wie aus dem Nichts, fingen alle Bäume Feuer, Rauch breitete sich aus und machte das Atmen fast unmöglich. Lennart tastete sich zum Rand der Lichtung vor.

»Komm her, Bölthorn!«, rief er seinem Freund zu. »Wir müssen hier irgendwie raus!«

Der Mops ruderte mit den Pfoten, rutschte immer wieder weg und rappelte sich auf, nur um wieder auf dem Bauch zu landen. Er sah aus, als wäre er in ein Loch mit schwarzem Schlamm gefallen, sein verzweifeltes Röcheln drang durch den Lärm des tosenden Windes.

»Komm! Du schaffst es!«, rief Lennart aufmunternd.

Da hörte der Wind auf einmal schlagartig auf. Das Feuer verlosch. Nur der schwarze Regen gluckste und plätscherte weiter.

Und dann kam die Krähe.

Sie segelte aus dem Wald heran und flog einen eleganten Bogen, dicht über Bölthorns Kopf hinweg, ehe sie zwischen ihm und dem bronzenen Monsterhund auf dem Boden landete. Ihr Schnabel öffnete sich zu einem widerlichen Krächzen, das Lennart durch Mark und Bein ging.

Er umklammerte seinen Zauberstab und konzentrierte sich.

Da spreizte die Krähe ihre Flügel. Sie wurde immer

größer und schwärzer, ihre dürren Füße wurden zu Beinen, der Schnabel lang wie eine Sense. Schon stießen ihre Schwingen an die ölverschmierten Sträucher, und Bölthorn hinter ihr war nicht mehr zu erkennen. Drohend erhob sie sich vor Lennart und stierte ihn böse an.

»Lennart Malmkvist«, sprach die Krähe mit dunkler Stimme, »ich grüße dich.«

»Krähenbein …«, flüsterte Lennart.

»Ja, der bin ich«, krächzte die Krähe. »Und ich bin hier, um mir meine Seele, meine Zauberkraft und meine Dunklen Pergamente zurückzuholen. Das, welches dir der alte Verräter Buri Bolmen vermacht hat, besitze ich bereits.«

»Du hast es mir gestohlen!«, schrie Lennart. »Gib es mir zurück!«

Die Krähe kratzte mit ihren Krallen Steine aus dem Boden, und die Löcher füllten sich mit schwarzem Wasser.

»Hol es dir doch!«, rief Krähenbein und lachte düster.

Lennart wich einen Schritt zurück.

»Ja«, erwiderte er trotzig. »Und auch das von Mats Wallin. Und die anderen beiden wirst du niemals bekommen. Verschwinde und lass uns in Ruhe!«

Krähenbeins markerschütternder Schrei traf Lennart wie ein Blitz.

»Dein Maul ist weit größer als deine armselige Magie, Lennart Malmkvist«, krächzte der schwarze Zauberer. »Du musst noch so viel lernen, so viel. Aber ich mache dir ein Angebot. Schließe dich mir an, verbünde dich mit mir und hilf mir zurückzukommen. Damit soll sich die Prophezeiung erfüllen, und wir beide werden zu großer Macht gelangen.«

Die Krähe machte ein paar Schritte auf Lennart zu und

warf eine ihrer Schwingen einladend nach vorn. Ihre Augen glühten und glänzten ölig schwarz, ihr Gefieder rauschte im Wind. Krähenbeins Schnabel war Lennart ganz nah.

»Komm zu mir, Lennart Malmkvist. Wehre dich nicht gegen das Schicksal …«

Doch Lennart ließ sich nicht beeindrucken. Er konzentrierte sich und ließ mit einem raschen Schwenk seines Zauberstabs alles, was sich im Wald befand, auf Olav Krähenbein niederprasseln: Äste, Steine, Erdklumpen und Felsbrocken. Es schepperte und krachte, und Bölthorn jaulte, er musste etwas abbekommen haben. Nur die Krähe wurde magischerweise nicht getroffen.

Aber Lennart legte nach – er versuchte sich am mächtigen Schlangenzauber aus Vanadias *Sofnas Ragnaböken*. Den Zauberstab auf Krähenbein gerichtet, rief er mit lauter Stimme: *»Skotja gloða yrmlar! Skotja gloða yrmlar!«*

Sofort zuckte und pulsierte der Stab, als wäre Leben in ihn gefahren. Lennart hatte Mühe, ihn festzuhalten. Und nur einen Augenblick später spie die Spitze des Zauberstabs Dutzende kleiner, brennender Schlangen aus, die mit geöffneten Mäulern auf Olav Krähenbein zuschossen. Böse reckten sie ihm ihre glühenden Giftzähne entgegen, bereit, sie ihm ins Fleisch zu schlagen.

Doch auch die Schlangen durchdrangen Krähenbein ungehindert, flogen durch ihn hindurch wie durch einen bösen Traum und fielen am Rande der Lichtung auf den ölgetränkten Boden, wo sie sich wütend wanden und dann verloschen. Da erst erkannte Lennart, dass diese Krähe eine Illusion, eine Art magisches Hologramm war. Nichts konnte sie verletzen.

Krähenbein lachte auf. Er hob den Kopf und starrte Lennart an. Dumpf und unheilvoll erklang seine Stimme: »Ich verstehe deine vergeblichen Versuche als eine Ablehnung meines Angebots. Nun gut, wie du willst, Lennart Malmkvist. Denk noch einmal in Ruhe über meine Worte nach. So eine Gelegenheit bekommst du nicht alle Tage. Früher oder später werde ich die Dunklen Pergamente alle besitzen, und dann wirst du dieses Bündnis mit mir eingehen, glaube mir. Spätestens, sobald du erkannt hast, wer du in Wahrheit bist.«

»Niemals!«, schrie Lennart Krähenbein entgegen und streckte wütend, aber leider vergeblich den Zauberstab in seine Richtung.

»Wir werden sehen – nun aber wird dir mein Helfershelfer, der bronzene Barghest, eine kleine Entscheidungshilfe hinterlassen. Leb wohl und bis bald, Lennart Malmkvist!«

Mit diesen Worten schlug Krähenbein die Schwingen vor der Brust zusammen, drehte sich blitzschnell im Kreis und begann sich in Luft aufzulösen.

Bölthorn versuchte nach ihm zu schnappen, doch es gelang ihm nicht. Die Krähe krächzte noch ein letztes Mal, dann war sie verschwunden.

Da sprang der monströse Hund mit einem Satz zu Bölthorn hinüber, packte ihn im Genick, schüttelte ihn und schleuderte ihn Lennart vor die Füße.

Und mit einem Mal hörte es auf zu regnen. Das ölige Wasser trocknete in Sekundenschnelle, und graue Ascheflecken blieben zurück, die von einem Windhauch fortgetragen wurden.

Die Magie war vergangen und Olav Krähenbein auch.

Lennart kniete sich vor Bölthorn auf den Boden. »Ich glaube, den sind wir erst einmal los, Bölli.« Er beugte sich zu seinem Hund hinunter und flüsterte ihm ins Ohr: »Alles okay mit dir? Komm, wir fahren nach Hause.«

Aber Bölthorn regte sich nicht.

Lennarts Herz begann heftig zu klopfen. »Bölthorn? Bölthorn! Komm!« Er drehte den Hund auf den Rücken, und im selben Moment entfuhr ihm ein Schmerzensschrei, als hätte der bronzene Barghest ihn und nicht seinen Freund tödlich verletzt. Bölthorn atmete nicht mehr.

Jetzt erst begriff Lennart, dass es nie um Frederik gegangen war, und erkannte zu seinem Schrecken die wahre Bedeutung der Orakelprophezeiung.

»Wach auf! Ich hole dir auch Kochfleisch. Drei Kilo, nur für dich allein ...«, flüsterte Lennart tränenerstickt.

Und unter die Unerträglichkeit des Leids und das Tosen des Sturms mischte sich weit entfernt die Melodie eines Leierkastens, der eine alte bekannte Weise anstimmte ...

Guten Abend, gut' Nacht!
Mit Rosen bedacht,
mit Näglein besteckt
schlüpf unter die Deck'!
Morgen früh, wenn Gott will,
wirst du wieder geweckt.

Fortsetzung folgt ...

Laden für Zauber- und Scherzartikel wiedereröffnet

Göteborg – Am Mittwoch fand die Wiedereröffnung von *Bolmens Skämt- & Förtrollningsgrotta* in der Västra Hamngata 6 unter neuer Leitung statt. Zu dem Fest kamen zahlreiche Besucher. Sie wurden unter anderem durch kostenlose Getränke und einen Magier angelockt, der seine Zaubertricks bei schönem Wetter vor dem Laden darbot. »Einen besseren Start hätten wir uns nicht wünschen können«, freute sich Lennart Malmkvist (32), der neue Betreiber des Zauber- und Scherzartikelladens. Noch bis zum 31.12. werde man im Geschäft sowie im neu eingerichteten Onlineshop www.fortrollningsgrotta.nu viele Sonderangebote anbieten. »Wir wollen, dass unsere Kunden glücklich sind, und haben ein zauberhaftes Sortiment für sie vorrätig«, so Malmkvist weiter.

Unwetter am Donnerstag: Sachschäden in Millionenhöhe, viele Verletzte und ein dreister Kunstraub

Göteborg – Der ganze Südwesten des Landes wurde gestern Abend von einem ungewöhnlich starken Wintersturm getroffen. Einige Küstenstädte haben durch Wind, Blitzschlag, Eisregen, Schnee und Hagel Verletzte und Sachschäden in Millionenhöhe zu beklagen. »Zum Glück gab es keine Toten«, sagte Björn Ärndalen (53), der Direktor der Leitstelle des lokalen Katastrophenschutzes, am Abend in Göteborg, wo das Unwetter am heftigsten wütete. Dort ereigneten sich außerdem tragische und seltsame Dinge. So starb ein nicht angeleinter Mops in der Parkanlage in der Nähe der Torstensonsgata. Sein Besitzer blieb unverletzt, doch die Polizei ermittelt in diesem Fall, da ein Unbekannter zuvor mehrfach auf den 32-Jährigen geschossen haben soll.

Außerdem ist es während des Sturmes unbekannten Tätern gelungen, in der Innenstadt mehrere Stein- und Bronzestatuen komplett oder teilweise zu entwenden. Laut Polizei und Kulturamt soll es sich dabei um sechs teils wertvolle Figuren handeln, darunter das im Volksmund als »Muschelmann« bekannte Fabelwesen in der Nähe der Domkirche sowie ein großer Bronzehund. Aber auch andere Statuen sind verschwunden, beispielsweise aus dem Botanischen Garten. Wie die Täter es geschafft haben, weder Spuren zu hinterlassen noch gesehen zu werden, ist unklar. Die Polizei bittet die Bevölkerung um ihre Mithilfe.

Entführungsfall beendet – Exkommissar weiter auf der Flucht

Göteborg – Die Leiterin der Göteborger Abteilung für Kapitaldelikte, Kriminalhauptkommissarin Maja Tysja, gab heute bekannt, dass der Entführungsfall der Henrietta H. aus Göteborg aufgeklärt worden sei. Die 55-jährige Ärztin wurde vor einigen Tagen von einem ehemaligen Kommissar an ihrer Arbeitsstelle entführt und gezwungen, ihm in ihrem Auto zur Flucht zu verhelfen. Einzelheiten gab die Polizei nicht bekannt, Henrietta H. sei jedoch mittlerweile wieder wohlbehalten zurück bei ihrer Familie. Nach dem Täter, dem noch weitere schwere Verbrechen zur Last gelegt werden, wird weiter mit Hochdruck gefahndet.

Danksagung

Kein Buch entsteht nur durch den Autor allein, also ohne weitere kompetente, engagierte und unermüdliche Menschen, die ihren Teil dazu beitragen. Ich möchte mich bei dem ganzen Team von dtv bedanken, das sich mit Leidenschaft für Lennart Malmkvist und Bölthorn einsetzt. Ich möchte mich sehr bei meinen Testlesern, Frau Renate Wolf-Hehrlein und Frank »Siffu Hulli« Hullerum, für ihre Ehrlichkeit im Umgang mit meinem Text und ihre stets konstruktive Kritik bedanken. Ein großer Dank geht an meine Lektorin Ulrike Schuldes, die sich mit mir wieder und wieder in den Text vertieft und am Ende zusammen mit mir eine noch bessere Geschichte hervorgebracht hat.

Mein allergrößter und liebster Dank geht aber wie immer an meine Uli, ohne deren Ideen, Anregungen, Denkweisen, unentwegtes Testlesen, Korrigieren, Ermuntern und Aufbauen dieses Buch nicht zu dem geworden wäre, was es ist.